Zu diesem Buch:

Merkwürdige Inschriften tauchen eines Morgens an verschiedenen Stationen des Marburger Grimm-Dich-Pfads auf. Sie scheinen auf Missstände und kriminelle Machenschaften in Kliniken und Apotheken hinzuweisen.

Alt-Kommissar Korbinian Wackernagel und sein Hund Silvester gehen der Sache nach und stoßen auf einige Ungereimtheiten.

Die Autorinnen:
Ursula Hirt und Dagmar Kratzsch leben seit vielen Jahren in Marburg und Dilschhausen und kennen sich dort gut aus. Die Lust am Schreiben und der Wunsch, einen Krimi entstehen zu lassen, der wirklich nur in Marburg und Umgebung spielen kann, hat sie zur Feder greifen lassen. „Friedemanns Grimm" ist ihre erste gemeinsame Veröffentlichung.

Die Handlungen und alle handelnden Personen sind frei erfunden. Jegliche Ähnlichkeit mit lebenden Personen wäre rein zufällig. Bestehende Unternehmen wurden aus rechtlichen Gründen umbenannt.

Ursula Hirt   Dagmar Kratzsch

Friedemanns Grimm

Ein Marburg-Krimi

© 2019 Ursula Hirt, Dagmar Kratzsch
Coverfotos: Ursula Hirt
Umschlaggestaltung: Christian Koch
Satz, Herstellung und Verlag:
BoD - Books on Demand, Norderstedt

ISBN: 978-3-7347-2770-2

Vorspiel

„Kommen wir nun zum Ende unserer heutigen etwas blutrünstigen Vorlesung.

Wie gezeigt, gehören Mord und Totschlag zum Alltagsgeschäft in den Märchen von Jakob und Wilhelm Grimm.

Die Methoden kommen uns bekannt vor, sind geradezu zeitgenössisch: Ertränken, ersticken, vergiften, Kopf abhacken - alles ist vorhanden, nicht einmal der Pistolenschuss fehlt, auch wenn er - von einer Frau abgefeuert! - von der Brust des Ungeheuers abprallt. Lediglich das Gegen-die-Wand-Werfen wie im ‚Froschkönig‘ oder das Verschlingen wie im ‚Rotkäppchen‘ dürfte im heutigen Repertoire der Tötungsarten eher selten zu finden sein. Dabei muss man natürlich berücksichtigen, dass der Wurf gegen die Wand als versuchter Mord oder sogar Affekthandlung ohne Tötungsabsicht mildernde Umstände bekommen würde. Ich bin kein Jurist und kenne deshalb auch nicht die korrekte Terminologie.

Jetzt aber zu den Motiven. Diese können wir zum großen Teil ebenso im modernen Kriminalroman oder bei ‚Tatort‘ wiederfinden. Aber ich sehe da mehrere Wortmeldungen. Die Dame in dem grünen Pullover, bitte?"

„Welches Märchen ist das mit der Frau und der Pistole?"

„Es hätte mich gewundert, wenn keiner danach gefragt hätte. Denn Schießeisen kommen bei den Grimms nun wirklich nicht so häufig vor wie in unseren Krimis. Und dass eine Frau einen Schuss abfeuert, ist zugegeben etwas bizarr. Wir sollten diese Einzelheit vielleicht im Hinterkopf behalten, wenn es um die Rolle der Frau in den Märchen geht.

Aber ich bin gemein. Ich sage Ihnen den Titel nicht, es ist die Nummer 163*. Diese bezieht sich auf die siebte Auflage aus dem Jahre 1857.

Doch wir waren bei den Motiven.

Da gibt es den Mord als Strafe - für eine Missetat oder aber auch für Ungehorsam - und natürlich für das Versagen, wenn der Anwärter auf die Königstochter die Aufgaben nicht erfüllen kann und dafür - wie zum Beispiel in ‚Dornröschen' - mit seinem Kopf bezahlen muss. Dass auf diese Weise der Preis für die Jungfrau enorm hinaufgeschraubt wird, ist ein weiterer Aspekt, der uns an anderer Stelle beschäftigen wird. Aber neben diesen eher unkonventionellen Motiven finden wir durchaus bekannte Beweggründe, als da wären: Einen Mitwisser der eigenen Untat loswerden, Eifersucht, Habgier, Rache, Notwehr, sogar der Serienmörder, der hier zwar nicht Psychopath, sondern Hexenmeister heißt, treibt sein Unwesen.

Aber auch bei den Motiven gibt es eine Besonderheit: Der Mord an seinen eigenen Kindern, weil man sich der Treue eines alten Dieners verpflichtet fühlt, könnte in unserer heutigen Kriminalliteratur vermutlich nur schwer Eingang finden. Offenbar fand der Erzähler diese Tat auch zu ungeheuerlich, deshalb werden die Kinder wieder lebendig.

Da ist wieder eine Frage. Bitte?"

„In welchem Märchen kommt der Psychopath vor?"

„Nummer 46. Suchen Sie selbst. Auch für die Motive werden Sie bestimmt noch weitere Beispiele finden.

Eng verbunden mit den grausigen Tötungen finden wir immer wie-

---

* Die Titel der genannten Märchen finden sich im Anhang

der Heilungen, die zum Beispiel getrennte Gliedmaßen wieder zusammen fügen. Auch tödliche Krankheiten werden wundersamer Weise geheilt - und die Mittel dazu könnten gut aus der Apotheke stammen: Salben, Wurzeln, Wässerchen, Blätter, sogar ein Pflaster wird erwähnt, das ein Geist aus Dankbarkeit verschenkt. Es ist dies allerdings kein profanes Wund-, sondern ein Wunderpflaster.

Vielleicht hat jemand von Ihnen ja Lust, in diesem Bereich etwas weiter zu forschen. Die Pharmaindustrie wäre vielleicht interessiert.

Dafür nenne ich Ihnen nun einige Märchen zu diesem Thema. Es sind dies unter anderen die Märchen ‚Die drei Schlangenblätter', ‚Fitchers Vogel', ‚Die zwei Brüder', ‚Das Wasser des Lebens' und ‚Der Geist im Glas'.

‚Schneewittchen' ist ein Sonderfall. Das Magenauspumpen gehört zwar zur Routine einer Klinik, hat aber noch keine Toten lebendig gemacht.

Als Pflichtlektüre für die nächste Woche lesen Sie bitte das Märchen ‚Die drei Feldscherer' und betrachten Sie es mit Humor unter dem Aspekt der Gefäß- bzw. Transplantationschirurgie.

Dies führt uns dann zum nächsten Thema, der Frage nach der Gerechtigkeit. Wir sind daran gewöhnt, dass in den Märchen das Gute siegt und das Böse bestraft wird. Und nicht nur in den Märchen erwarten wir das, sondern eigentlich in jeder Art von erzählender Literatur. Gehen Sie in sich: Würden Sie einen Kriminalroman weiterempfehlen, in dem der Ermittler erfolglos bleibt? Wohl kaum.

Friedrich Dürrenmatt hat dies in seinem Roman ‚Das Versprechen' bis zum bitteren Ende durchgespielt, und ihn ‚Requiem auf den Kriminalroman' genannt. Seine Filmfassung dagegen lässt uns nicht enttäuscht zurück, der Mörder wird mit einer List gestellt. Nein, wir sehnen uns nach Gerechtigkeit. Keine Hollywood-Produktion, kein

Fernsehspiel, keine Serie könnte bestehen, wenn diese Sehnsucht nicht befriedigt würde. Das verkauft sich einfach nicht gut. In der Realität wird dieser Wunsch natürlich häufig nicht erfüllt, und wir suchen schnell einen Schuldigen, wenn der Böse davon kommt. Wir hängen an der Vision, dass das Verbrechen gesühnt werden muss. Dass wir dann häufig auch noch Rache und Gerechtigkeit verwechseln, steht auf einem anderen Blatt.

Aber dies ist weder ein juristisches noch ein philosophisches Seminar, sondern wir beschäftigen uns mit Märchen. Die spiegeln die menschliche Psyche allerdings so genau wider, dass wir durchaus Rückschlüsse auf unser Verhalten und unsere Empfindungen ziehen dürfen.

Auch in der Grimm'schen Märchensammlung gibt es einige Geschichten, die nach unserem Dafürhalten ungerecht enden, auch wenn sie stark in der Minderzahl sind. Wenn Sie sich vorbereiten möchten, lesen Sie bitte die Nummer 54 und 55. Vielleicht finden Sie ja auch noch andere. Ich wünsche Ihnen viel Spaß bei der Lektüre und manches Aha-Erlebnis.

Bis zum nächsten Dienstag, auf Wiedersehen."

Friedemann Wagner suchte seine Papiere zusammen, die Studenten klopften mit den Knöcheln auf die Tische, die Vorlesung war beendet.

Er konnte nicht ahnen, dass sein Leben sehr bald von all diesen Themen, die er theoretisch so souverän behandelte, beherrscht und bis ins Tiefste erschüttert werden würde.

Juni

„Meinst du, wir können heute draußen frühstücken?"

„Bestimmt, es ist ein herrlicher Tag." Friedemann schüttete die Brötchen, die er eben geholt hatte, in den Brotkorb.

„Wenn es dir nicht zu kühl wird, wäre das toll."

„Ich kann mir ja eine Decke mitnehmen." Barbara stellte Geschirr und Marmeladengläser auf das Tablett und öffnete die Terrassentür. Friedemann fühlte eine leichte, warme Welle durch sich ziehen, er freute sich über Barbaras Vorschlag. Obwohl der Mai schön gewesen war, hatten sie kein einziges Mal draußen gefrühstückt. Barbara litt unter den Nebenwirkungen ihrer Medikamente, die sie manchmal ganz schön außer Gefecht setzten. War das jetzt nur ein einsamer guter Tag, oder ging es ein bisschen bergauf?

Friedemann holte Schinken, Käse und Joghurt aus dem Kühlschrank und nahm die Thermoskanne aus der Kaffeemaschine. Sie besaßen als einzige aus ihrem Freundeskreis noch immer keine schicke Espressomaschine, brühten sogar manchmal einen Pott voll mit Filter und Filtertüte. Er betrat die Terrasse.

Barbara hatte sich eine Decke über die Knie gelegt und hielt ihr Gesicht in die Sonne. „Das tut vielleicht gut! Ich fühle mich heute viel besser als sonst. Ich glaube, das ist das neue Medikament. Vielleicht vertrage ich es einfach besser. Wäre doch gut, was?"

Friedemann schenkte einen Becher voll Kaffee ein, reichte ihn ihr und sagte: „Das wäre sogar mehr als gut. Ich freu mich total darüber. Lass es dir schmecken." Sie frühstückten mit großem Genuss und Barbara strahlte.

„Wenn du vom Markt zurück bist, könnten wir vielleicht einen kleinen Spaziergang durch die Oberstadt machen, was meinst du? Haben wir lange nicht gemacht."

Friedemann blickte überrascht auf. Das musste heute wirklich ein ausnehmend guter Tag sein, denn wie Barbara sagte, hatten sie seit vielen Monaten von dieser lieben Gewohnheit lassen müssen, weil Barbara einfach zu schwach dafür gewesen war.

„Werd nicht übermütig!", warnte er voller Begeisterung, „nachher willst du noch zum Schloss rauf steigen."

„Keine Angst", erwiderte sie lächelnd, „wir werden es langsam angehen lassen."

Friedemann räumte den Tisch ab und machte sich fertig für seinen Gang zum Markt. Das gehörte zum Wochenende einfach dazu, und er erledigte diesen Einkauf mit großer Freude. Mittlerweile sorgte er zwar die ganze Woche über für die Lebensmittel, um Barbara nicht unnötig zu belasten, aber der Samstagmorgen in der Frankfurter Straße war doch etwas ganz anderes. Er kannte alle Standbetreiber und kaufte fast bei jedem etwas. Und natürlich traf er eine Vielzahl von Freunden, Nachbarn, Bekannten, sodass es immer eine ganze Weile dauerte, bis er schwer bepackt wieder zu Hause erschien.

„Was wollen wir am Wochenende essen?" fragte er Barbara.

„Wie wär's mit einem Fisch? Guck doch mal, was der Fischmann heute hat. Und dazu einen schönen Salat. Vielleicht gibt's schon Rucola und frischen Dill. Ein bisschen Käse wie immer, und beim Türken ein Fladenbrot und Auberginenpaste."

„Sehr wohl, Gnädigste", flachste Friedemann. „Und noch Wünsche für morgen?"

„Was hältst du von Maishähnchen? Und entsprechendes Gemüse."

„Wird sofort erledigt. Bin gleich wieder da!"

„Wer's glaubt, wird selig. Grüß alle von mir."

Während Friedemann zwei Einkaufsbeutel vom Haken an der Küchentür nahm, holte Barbara die Tageszeitung und machte es sich wieder auf der Terrasse bequem. Sie hatte ein sehr gespaltenes Verhältnis zu diesem Blättchen, der „Marburger Presse", kurz MP. Einerseits fühlte sie sich von der überregionalen Presse besser informiert, und sie ärgerte sich oft genug über die Reportagen über die Kaninchen- und Taubenzüchter. Andererseits schien ihr das Stadtgeschehen schon wichtig. Sie wollte wissen, was im Stadtparlament besprochen wurde, welche Bauvorhaben zu erwarten waren, was im kulturellen Bereich geschah. Ab und zu schrieb sie einen Leserbrief, der dann meistens nicht abgedruckt wurde, was sie wiederum sehr erboste.

Trotzdem gehörte es irgendwie dazu, und am Samstag erst recht. Seit sie krank war, hatte sie zwar jeden Morgen genügend Zeit, Zeitung zu lesen, und am Nachmittag auch noch. Aber das war so ein Relikt aus der Zeit, als sie noch jeden Tag in die Schule musste und der Samstag der schönste Tag der Woche war. Der begann mit langem Frühstück und Zeitung-Lesen und Auf-den-Markt-Gehen. Und es war der Beginn eines meist ganz freien Tages, während der Sonntag spätestens nach dem Mittagessen wieder zum Arbeitstag wurde, weil korrigiert und Unterricht vorbereitet werden musste.

Sie legte die Beine auf einen Stuhl, breitete die Decke wieder darüber und schlug die Zeitung auf. Ein langer Bericht über die Zustände in den Universitätskliniken beherrschte die dritte Seite. Sie blätterte weiter. Sie mochte nicht daran erinnert werden. Die regelmäßigen Aufenthalte dort oben auf dem Berg gehörten nicht zu den schönen Seiten ihres Lebens. Im Landkreis gab es auch nichts Neues, der Sport interessierte sie nicht und bevor sie zu den Rezensionen gekommen war, legte sie die Zeitung beiseite und hielt wieder ihr

Gesicht in die Sonne. Sie schob ein Kissen unter den Nacken und döste zufrieden vor sich hin.

Als Friedemann kurze Zeit später zurück kam, war sie gerade eingeschlafen. Er betrachtete seine Frau zärtlich. Ihr kastanienbraunes Haar zeigte nur sehr vereinzelt graue Strähnchen, es war kurz geschnitten und eine schwungvolle Welle legte sich über ihr rechtes Auge. Als er sich vor etwa 35 Jahren in Barbara verliebt hatte, trug sie lange Haare, die sie beim Sport häufig zu Rattenschwänzen zusammen band. Von ihren Mannschaftskameradinnen wurde sie deshalb oft „Pippi Langstrumpf" genannt. Ihr schmaler Mund war ein wenig geöffnet und ab und zu schnaufte sie etwas. Ihre Mundfalte war im letzten Jahr tiefer geworden, ebenso die „Denkerfalten" auf ihrer Stirn. Aber die Wangen waren glatt und rosig.

Jetzt blinzelte sie ein wenig, ihre Augen hatten ein sanftes Braun, das Friedemann sehr bewunderte. Er lächelte sie an. „Jetzt habe ich mich total beeilt und nur zwei Stunden gebraucht und du pennst hier einfach", spielte er den Beleidigten. „Ich hab dir ein paar Blümchen mitgebracht."

Er wickelte das Papier ab und es erschien ein wunderschöner Strauß in rot-orange-gelber Pracht. Barbara war ein bisschen gerührt, obwohl Friedemann das häufig machte. Aber weil es eben kein Ritual war, freute es sie jedes Mal wieder. Er holte eine Vase und stellte die Blumen hinein. Vase und Strauß passten überhaupt nicht zusammen, aber das wussten sie beide. Barbara würde später ein anderes Gefäß suchen und den Strauß neu arrangieren. Friedemann nahm ihr das nicht übel. Er konnte das eben nicht so gut wie sie.

„Gibt es Post?", fragte Barbara, als sie ein paar Umschläge in Friedemanns Hand wahrnahm.

„Ja, außer Rechnungen und Werbung ist eine Einladung zum

Klassentreffen für mich dabei. Stell dir vor, 40 Jahre Abitur! Das hätte ich glatt vergessen."

„Ach, das ist aber schön. Wann wird das denn sein?"

„Mitte des Monats. Meinst du, ich kann dich dann mal ein Wochenende allein lassen?"

„Aber ganz bestimmt", versicherte Barbara. „Ich fühle mich so viel besser als letzten Monat. Da bin ich ganz zuversichtlich. Was gibt's Neues auf dem Markt? Ein bisschen Tratsch vielleicht?"

„Na klar, was glaubst du, warum ich auf den Markt gehe? Die Baumanns haben sich eine Ferienwohnung in Marokko gekauft. Die spinnen wirklich. Und die Schmidt-Goldigers haben sich getrennt. Jetzt endgültig, wie es heißt. Aber warten wir mal den nächsten Samstag ab, dann sieht das vielleicht alles schon wieder ganz anders aus. Und dann habe ich noch eine ganze Reihe Leute getroffen, wie immer, die dich alle grüßen lassen. Aber ganz besonders herzlich soll ich dich von Sybille grüßen."

„Ach, das ist ja eine Überraschung. Lebt sie nicht mehr in Dagobertshausen?"

„Nein, sie ist jetzt in die Stadt gezogen, nach Ockershausen. Hat sich pensionieren lassen und genießt das Leben ohne Schule, wie sie sagt. Du sollst sie mal anrufen, wenn du Lust hast. Wie ist's? Magst du noch in die Oberstadt?"

„Na, klar! Ich bin wild entschlossen!"

„Dann nix wie raus, altes Haus."

„Zieh dich an und dann ran!" vervollständigte Barbara lachend den Spruch.

„Mann, Mann", murmelte Friedemann, als wollte er sagen: Wie

lange hat sich diese Blödelei gehalten? Während ihrer Studentenzeit hatte irgendjemand diesen anspruchslosen Reim von sich gegeben und sie beide und ihre Freunde unter den Sportstudenten hatten ihn in allen Variationen häufig und gern benutzt.

Friedemann war dankbar, dass sie sich an diese Albernheiten heute erinnerten: Es war ein gutes Zeichen. Sie zogen sich ihre Jacken über und verließen das Haus in der Friedrichstraße. Sie schlenderten durchs Südviertel bis zum Rudolphsplatz und fuhren dann mit dem Fahrstuhl in die Oberstadt. Schon standen einige Tische vor den Kneipen draußen, und sie waren gut besetzt. Man konnte meinen, es sei schon Sommer, und Marburg atme voller Lebensfreude.

Friedemann und Barbara gingen die Reitgasse hinauf und wandten sich dann nach rechts.

„Schau, schon wieder stehen da zwei Läden leer. Es wird einfach nicht besser hier oben", meinte Barbara. „Kein Wunder bei den Mieten. Na, wenigstens das Bürstengeschäft existiert noch. Lass uns mal reingehen, ich brauche ein kleines Geschenk für Antje."

Sie betraten den Laden und amüsierten sich über das Angebot an Bürsten. Für jeden Zweck, für jedes Eckchen in Haus und Küche, für jeden Winkel des menschlichen Körpers gab es eine Bürste. Nur Zahnbürsten fehlten. Barbara schlenderte durch den kleinen Laden und kaufte schließlich eine Bürste für Pilze.

„Man soll Pilze doch nicht waschen", erklärte sie Friedemann auf dessen fragenden Blick.

Ein paar Schritte weiter und sie kamen zur „Wasserscheide". Bunte Linien auf der Straße zeigten, wie sich früher die Abwässer, die vom Schlossberg kamen, teilten und in zwei verschiedene Richtungen in die Stadt hinab flossen. Dort erhob sich auf ein paar Betonstufen die Bronzeskulptur des „Christian". Er war der letzte Marburger Dienstmann, der den Reisenden noch bis in die sechziger Jahre die Koffer in die Stadt geschleppt hatte. Mit der obligatorischen Zigarre im Mund musste er ein ziemliches Original gewesen sein. Um ihn herum saßen ein paar junge Leute, tranken Cola und lachten. Die Studenten reduzierten den Marburger Altersdurchschnitt um Generationen und belebten die Stadt in jeder Ecke.

Barbara blieb stehen und deutete auf die Skulptur des Froschkönigs, der oben auf Resten der Stadtmauer saß und ein Buch in den Händen hielt. Er war Teil des „Grimm-Dich-Pfads", eine von Marburgs Attraktionen. Dazu gehörten auch Objekte, die an Mauern und Häusern angebracht waren und verschiedene Märchen repräsentierten. Die Anlehnung an einen ‚Trimm-Dich-Pfad' war nicht zufällig, erforderte die Betrachtung der einzelnen Werke doch durchaus eine sportlich zu nennende Unternehmung in den engen, steilen Gassen. Trotzdem zogen sie eine Menge Touristen an.

„Weißt du, warum er liest?", fragte Barbara.

„Weiß ich nicht. Aber ich finde ihn so sehr sympathisch."

„Ich auch", bekräftigte Barbara, „obwohl ich das Märchen selbst ganz bescheuert finde." „Ach ja?" staunte Friedemann. „Komm, wir setzen uns auf die Bank unter dem grünen Kerlchen und du erzählst mir, was dich so ergrimmt bei den Grimms."

„Gute Idee. Also grundsätzlich wird hier nicht der Gute belohnt, sondern diese blöde Prinzessin."

„Aber du weißt doch, dass im Märchen die Personen für etwas Bestimmtes stehen", wandte Friedemann ein, der hier in seinem Metier war. Nicht nur einmal hatte er Seminare über Märchenforschung durchgeführt und einige Schriften darüber veröffentlicht.

„Mag ja sein", entgegnete Barbara, „aber diese Prinzessin ist wirklich zu blöd. Erst mal ist sie nicht in der Lage, ihren Ball zu fangen."

Friedemann grinste. Für Barbara als ehemalige Handballerin war das natürlich unverzeihlich.

„Dann gibt sie Versprechen, die sie nicht hält. Allein ihr Vater, der König, ist in Ordnung. Und vielleicht der Heinrich am Schluss. Denn der Vater verlangt von ihr, ihr Wort zu halten. Für Dienstleistungen war das Tier gut genug, aber dann findet sie es eklig. Und dann die Szene im Schlafzimmer! Als er in ihr Bett will, schmeißt sie ihn gegen die Wand. Sie will ihn töten! Ermorden! Und erst kurz vor seinem Tod kommt die Wahrheit ans Licht, und er wird entzaubert."

Barbara holte tief Luft. Sie hatte sich richtig in Rage geredet. Friedemann lächelte. Er konnte nicht wissen, dass der letzte Satz sehr bald sein Leben komplett verändern und bestimmen sollte.

„Und die dumme Zicke kriegt ihn auch noch als Belohnung!", beendete Barbara ihren Vortrag. „Das ist ungerecht, und ich bin müde. Lass uns nach Hause gehen." Friedemann verkniff sich eine Rede über die unterschiedlichen Interpretationen dieser Geschichte, er war hier nicht im Seminar.

Sie erhoben sich von der Bank und wanderten langsam zurück, beide zufrieden und voller Zuversicht.

***

Die Schiffssirene hupte, langsam kam der schwere Kreuzer in Gang und löste sich von der Kaimauer. Ein neues, lauteres Hupen. Sie stand an der Reling und schaute zu, wie sie sich langsam vom Land löste und immer mehr Wasser zwischen ihr und dem Festland zu sehen war. Ein tiefes Gefühl der Freude überkam sie. Das war der

Aufbruch in ein neues Leben, von dem sie noch gar nicht wusste, was es ihr bringen würde. Eine Fahrt in ein unbekanntes Land, in eine unbekannte Zukunft. Noch eine Hupe, diesmal lang anhaltend und durchdringend. Das war kein Schiff. Sarah schreckte hoch und öffnete die Augen. Das klang sehr nach blockiertem Lieferwagen vor ihrem Fenster. Natürlich. Wieder hatte jemand so intelligent geparkt, dass ein Durchkommen nicht möglich war. Wieder diese Hupe. Verdammt noch mal.

Sarah war nun vollends wach. Schnell war ihr klar, dass das Schiff sie mit Sicherheit nicht an ferne Ufer bringen würde und sie mit ihrem Bett vorliebnehmen musste. Sie drehte sich um. Der Platz neben ihr war leer. Manfred war wie immer noch in der Nacht aufgebrochen, um in die eheliche Wohnung zurückzukehren. Sie seufzte. Wann würde sich daran endlich etwas ändern? War der Traum von dem Schiff vielleicht ein gutes Omen und Manfred würde sich endlich von seiner Frau trennen? Es war so unwürdig, dieses Versteckspiel und die Heimlichkeiten. Wahrscheinlich wusste in der Klinik sowieso jeder von ihrer Liaison und seine Frau bestimmt auch. Trotzdem durften sie in der Öffentlichkeit nicht zeigen, dass sie ein Paar waren, mussten sich und ihre Liebe verleugnen und verstecken.

Sarah stand auf und machte sich einen Kaffee. Sie putzte sich nur schnell die Zähne und kroch mit dem Kaffeepott wieder ins Bett. Der Lieferwagen war wohl inzwischen durchgekommen, jedenfalls hatte das Hupen aufgehört. Sarah trank genussvoll den ersten Schluck. Sie liebte diese Samstage, wenn sie keinen Dienst hatte und frei über ihre Zeit entscheiden konnte. Das Wetter war herrlich, sie musste sich bewegen. Das Fitnessstudio war zwar direkt um die Ecke, aber das war etwas für graue Tage.

Sie liebte zwar ihre kleine, gemütliche Wohnung in dem alten Fachwerkhaus in der Oberstadt, doch die hatte auch ihre Nachteile. Da sie kein Auto besaß - wo sollte man hier auch parken? - musste sie zum Joggen erst mit dem Bus fahren. Hin war das kein Problem, aber der Rückweg bedeutete entweder durch die Stadt laufen oder verschwitzt im Bus sitzen. Nein, das ging besser von der Klinik aus. Sie lächelte. Ja, so hatte sie Manfred kennen und lieben gelernt.

Es war vor gut einem Jahr, als der Frühling ihr sagte, dass sie nun endlich das Fitnessstudio gegen den Wald tauschen sollte. Also nahm sie ihre Joggingsachen mit in die Klinik und nach ihrem Frühdienst begann sie mit einer kleinen Tour Richtung Spiegelslustturm. Von dort hat man eine grandiose Aussicht über die Stadt, und an einem gewöhnlichen Wochentag gab es dort auch kaum Ausflügler. Als sie sich der Absperrung näherte, sah sie etwas enttäuscht, dass sie nicht allein war. Auf einer der Bänke saß ein älterer Mann und las. Verblüfft sah sie, dass er wirklich ein Buch in den Händen hielt. Keine Zeitung, kein Tablet, ein ganz normales Buch. Und noch verblüffter war sie, dass hier ihr Chef, der renommierte Gefäßchirurg Dr. Buttermann, saß. Er schien sehr gefesselt, denn er blickte nicht auf und Sarah wollte nicht auf sich aufmerksam machen. Also verzichtete sie auf den Ausblick, machte kehrt und trabte zurück zur Klinik, um dort zu duschen und sich umzuziehen.

Zwei Tage später wiederholte sich die Szene. Wieder hatte sie Frühdienst, warf sich in ihre Joggingsachen und lief los. Sie war noch lange nicht am Turm angekommen, da kribbelte die Neugier in ihr, ob er dort wieder säße. Und tatsächlich, er hatte offenbar ähnliche Dienstzeiten wie sie und eine Vorliebe für diesen Platz. Wieder hatte er ein Buch vor sich, aber diesmal schaute er auf, als Sarah sich näherte. Jetzt konnte sie nicht mehr kehrtmachen, das hätte albern ausgesehen. Also ging sie auf ihn zu und grüßte ihn.

„Oh, Schwester Sarah, das ist ja eine Überraschung", grüßte er zurück. „Sie haben sich aber eine schöne Strecke zum Laufen ausgesucht."

„Ja, ich mag den Wald hier oben und von der Klinik aus ist es praktisch, hier zu laufen". Etwas Geistreicheres fiel ihr nicht ein.

„Ich mache auch gern hier oben Pause, aber ich bin zu faul zum Joggen. Deshalb habe ich immer einen Schmöker bei mir."

Er grinste, und Sarah fand, dass er ein viel sympathischeres Gesicht hatte, als wenn er ihr auf dem Flur oder im Krankenzimmer begegnete. Dort wirkte er meist verkniffen und gehetzt, hier schien er sich zu entspannen und wohl zu fühlen. Er hatte schütteres Haar und einen breiten Mund, der beim Lächeln noch breiter wurde. Seine hellen Augen stachen von der gesunden Hautfarbe ab - stimmt, er war gerade aus dem Urlaub gekommen - und er blinzelte ein bisschen, weil sie in der Sonne stand. Man hätte ihn hier für einen gutmütigen Endfünfziger halten können, der ein bisschen zu rund um die Mitte war und sein Leben genoss. Ganz anders in der Klinik, wo er das Personal oft harsch anfuhr, wenn etwas nicht schnell genug ging oder nicht sorgfältig gearbeitet worden war.

Sarah überwand ihr Erstaunen und stammelte noch „Na, dann will ich mal wieder...", machte kehrt und lief diesmal eine etwas längere Runde.

Ja, so hatte das angefangen. Irgendwann hatte sie sich auf diese Begegnungen gefreut, irgendwann hatte sie sich zu ihm auf die Bank gesetzt und ihm zugehört, wenn er über seine Lektüre sprach, irgendwann hatte er seinen Arm um sie gelegt. Und jetzt saß sie allein in ihrem Bett und wäre so gern einmal neben ihm aufgewacht, hätte so gern mit ihm gefrühstückt, den Tag ohne Hast begonnen.

Sie stand auf und ging ins Bad, betrachtete sich eine Weile im Spiegel. Eigentlich war sie ganz zufrieden mit dem, was sie sah. Ihre andalusische Urgroßmutter hatte ihr ein freundliches Gen-Geschenk hinterlassen: Dunkle Augen und dunkle Locken, die sie aber im Moment ziemlich kurz trug. Ihr Mund war ein bisschen zu schmal für ihren Geschmack, da half sie manchmal etwas nach. Sie war jetzt Ende 30, sozusagen im besten Alter - das behaupteten die frühen Rentner allerdings auch von sich - und achtete auf Figur und Fitness. Ja, eigentlich alles in Ordnung, oder? So vor dem Spiegel, ja. Und sonst?

Nein, keine Sinnfragen jetzt und keine Analysen. Keine kritischen Betrachtungen ihres Arbeits- und Liebeslebens, dazu war der Tag zu schön. Sie würde ihr Fahrrad rausholen und eine ordentliche Strecke strampeln. Dann konnte sie ihren Frust loswerden und sich trotzdem an dem herrlichen Wetter freuen.

Als sie ihr Rad aus dem Keller hoch getragen hatte, stand sie auf der Straße und merkte, wie viele Touristen schon unterwegs waren. Sie bewunderten die Altstadt mit ihren sorgfältig restaurierten Fachwerkhäusern. Als nach dem Krieg die Wohnungsnot groß war, wurde an den Rändern der Stadt neu gebaut, und es gab weder Geld, noch Interesse, in die alten Häuser zu investieren. Deshalb verfielen sie immer mehr und wären in den sechziger Jahren fast komplett abgerissen worden. Kluge Stadtplaner hatten das verhindert. Sarah schob brav ihr Rad die Fußgängerzone hinauf und erreichte den höchsten Punkt der Straße.

Ein kleiner Junge zeigte mit der Hand auf die grüne Figur oben auf der Mauer und rief: „Guck mal, Mama, der Froschkönig! Und der liest!"

Sarah schaute ebenfalls hinauf und stutzte. Sie war schon hundert Mal an dieser Figur vorbeigelaufen und hatte sie noch nie näher betrachtet. Jetzt musste sie lachen. Tatsächlich, der da oben erinnerte sie ein bisschen an Manfred. Der war zwar beileibe kein ekliger Frosch, aber wenn er unzufrieden über seine Mitarbeiter war, dann konnte er seinen Mund ähnlich formen wie der Frosch da oben. Das bedeutete so viel wie: „Reiß dich am Riemen. Bring das wieder in Ordnung. Ich will das nicht noch einmal sehen. Sonst wird es unangenehm für dich." Oder war da auch ein bisschen Selbstgefälligkeit zu sehen? „Seht, ich bin doch wer, oder etwa nicht? Und ich bin klug. Und mächtig. An mir kommt keiner vorbei, wenn ich das nicht will."

Doch wenn sie gut gegessen hatten, einen Rotwein tranken und sich auf die kommenden Stunden in Sarahs Bett freuten, dann konnte er ganz rund und liebevoll lächeln, dann machte sein breiter Mund genau die entgegengesetzte Kurve.

Jetzt hatte Sarah die Fußgängerzone hinter sich und konnte in die Pedale treten. Sie bog auf den Radweg nach Norden und ließ die Stadt hinter sich. Sie kannte den Weg und brauchte sich nicht zu orientieren. Sie hatte auch außer einer Flasche Wasser und dem obligaten Notfallset nichts mitgenommen, denn sie wollte am Nachmittag wieder zurück sein.

Hinter Cölbe bog sie nach links ab, Richtung Sarnau, und blieb auf dem Radweg. Es waren zwar ein paar Radler unterwegs, aber sie konnte es kräftig schnurren lassen. Sie spürte den Wind im Gesicht und genoss das Gefühl der unbeschwerten Geschwindigkeit. Zwar war der Helm schon eine Beeinträchtigung, weil der Wind eben nicht auf dem Kopf zu spüren war, aber nach dem Unfall einer Freundin, der ohne Helm dramatisch geendet wäre, ließ sie der Vernunft an dieser Stelle den Vorrang.

Sie konnte nicht verhindern, dass Manfred wieder auf ihrem mentalen Schirm erschien. Sie dachte mit Zärtlichkeit und Sehnsucht an ihn und freute sich auf den nächsten gemeinsamen Abend. Obwohl sie immer nur kleine Häppchen Glück von ihm bekommen konnte, waren die doch bestimmend in ihrem Leben. Und vielleicht trennte er sich wirklich einmal von seiner Frau.

Das größere Problem war Daniel. Sie hatte ihn auf einer Party kennen gelernt und viel Spaß mit ihm gehabt. Sie hatten viel getanzt und gelacht. Am Ende wurden Tequila-Runden ausgegeben mit dem einzigen Zweck, die Mädels betrunken zu machen. Das hatte auch seine Wirkung, Sarah ging es bald ziemlich schlecht, sie schaffte es gerade noch bis in den Garten und erbrach sich dort. Einen Moment später legte Daniel einen beschützenden Arm um sie und sagte: „Komm, ich bring dich nach Hause." Dass er damit sein eigenes Zuhause meinte, wurde ihr erst klar, als sie am nächsten Morgen in einem fremden Bett, in einem fremden Zimmer aufwachte. Neben ihr lag Daniel und sah ihr belustigt beim Aufwachen zu.

„Na, wieder ein bisschen besser beieinander?", fragte er spöttisch. Sarah hatte Kopfschmerzen und musste sich erst mal sortieren. „Magst du duschen und dann frühstücken? Die Brötchen sind ganz schnell aufgebacken." Trotz ihres Zorns schien ihr das ein Versöhnungsangebot, das sie annahm. Das war ein Fehler gewesen, denn Daniel hielt sie nach dieser Nacht für seine Freundin, die stets für ihn bereit zu sein hatte.

Einmal waren sie noch essen gegangen, und ihr wurde deutlich klar, dass dieser Mann nicht zu ihr passte. Seine großspurige Art war ihr zuwider. Er prahlte mit seiner Apotheke und dem Geld, das er damit verdiente, ließ seine Unabhängigkeit nach seiner Scheidung raushängen und versuchte ihr ständig zu vermitteln, dass er ihr Traummann war. Dass er super fit und potent war, betonte er wiederholt. Nein, das war nicht der Mann für sie. Sie erklärte ihm, dass sie eine Beziehung hatte und keineswegs bereit für eine Bindung war. Aber Daniel war auf diesem Ohr taub. Sein beharrliches Werben wurde mehr und mehr eine Belastung und Sarah wusste nicht, wie sie ihn loswerden könnte.

Sie hatte sich derart in ihre Gedanken verstrickt, dass sie nicht mehr auf den Weg geachtet hatte und nun plötzlich über einen wunderschönen Waldpfad fuhr. Den Radweg hatte sie offenbar verlassen, und ihr war nicht so ganz klar, wo sie sich befand. Aber das beunruhigte sie nicht weiter, der Wald war herrlich und sie konnte sich grob nach der Sonne orientieren.

Nach ein paar Metern sah sie plötzlich eine schmale Gestalt auf einem Baumstamm sitzen. Sie trug einen Reithelm und Reithosen, hielt sich den Ellbogen und weinte herzzerreißend. Sarah stieg vom Rad ab und setzte sich zu ihr. Sie berührte sie sanft an der Schulter und fragte: „Da hast du wohl einen Satz gemacht, was?" Das Mädchen sah auf, schniefte und nickte. Sie war höchstens 13 Jahre alt und hatte ein feines, rot geweintes Gesicht mit vielen Sommersprossen auf der Nase. Unter dem Helm lugten ein paar rote Löckchen hervor, auf dem Unterarm sah Sarah eine blutige Risswunde, die offenbar von einer Brombeerranke rührte.

„Was tut dir weh?" fragte sie professionell und holte ihr Notfallpäckchen aus der Satteltasche.

„Der Ellbogen und der linke Knöchel. Aber wie!"

„Zeig mal." Sarah schaute sich den Ellbogen an, der ziemlich geschwollen war. Auch der Knöchel war dick, glücklicherweise trug das Mädchen keine Stiefel, sondern Wanderschuhe, die sie mühelos ausziehen konnte.

„Ich mache dir schnell einen Verband." Sie Sarah versorgte zuerst die Wunde am Arm, dann band sie den Arm am Körper vorsichtig fest und zum Schluss umwickelte sie den Knöchel mit einer elastischen Binde. Das Mädchen schaute fasziniert zu.

„Sind Sie Ärztin?", fragte sie ehrfürchtig.

„Nein, Krankenschwester."

„Ich möchte Ärztin werden. Das ist ein toller Beruf."

Sarah lächelte wissend und sagte: „So, die Erste Hilfe ist erledigt. Jetzt musst du schnell nach Hause und dann in die Klinik, damit die beiden Gelenke geröntgt werden können. Hast du ein Handy, damit wir deine Eltern benachrichtigen können?"

„Nein, ich habe es vergessen."

„Blöd. Ich habe auch keins mit. Um dein Pferd müssen sich andere kümmern. Kannst du laufen?" Das Mädchen stand auf und humpelte ein paar Schritte, aber es fiel ihr sichtlich schwer.

„Setz dich auf den Gepäckträger", befahl Sarah, „solange der Weg so holprig ist, schiebe ich. Dann fahre ich dich nach Hause. Weißt du den Weg?"

„Klar." Jetzt lächelte die Kleine und fand den Ritt auf dem Gepäckträger offenbar ganz spaßig.

Es dauerte nicht lange und sie hatten Goßfelden erreicht, wo das Mädchen zu Hause war. Ihre Eltern bekamen einen Schreck, als das merkwürdige Gespann vor ihrer Haustür Halt machte. Aber weil ihre Tochter nicht ernsthaft verletzt und dazu noch ganz vergnügt wirkte, beruhigten sie sich sofort wieder. Sarah erklärte die Situation und nannte ihnen den diensthabenden Arzt, an den sie sich im Klinikum wenden sollten. Sie bugsierten das Mädchen ins Auto, riefen im Reitstall an und bedankten sich bei Sarah.

„Sie waren wirklich ein Schutzengel, was hätte Clara ohne Sie gemacht? Wir stehen in Ihrer Schuld." „Unsinn", sagte Sarah, „das war doch einfach nur Glück."

Der Vater bat sie um ihre Adresse, die sie ihm auf einen Zettel schrieb. Dann fuhren sie davon und Sarah bestieg wieder ihr Rad. Ihr war wohl zumute, weil sie hatte helfen können. Das war so ganz anders als in der Klinik, wo es zu ihrem Job gehörte. Hier war das direkt und augenfällig und hatte Menschen froh gemacht. Genau, das war der Unterschied.

***

Daniel hasste diese Glocke. Immer wenn er Nachtdienst hatte, schienen sich sämtliche Stadtteilbewohner am Rande ihrer physischen Existenz zu befinden und dringend ein Medikament zu benötigen. Wenn er sich dann von seiner spartanischen Liege erhob und durch die Apotheke schlurfte, um am Notfenster nach dem lebensrettenden Rezept zu fragen, bat der nächtliche Klient in der Regel um Kinderzäpfchen gegen Fieber, das war ja noch ok, oder nach Aspirin oder Halsschmerztabletten oder einem Wärmepflaster. Warum in aller Welt konnte man das nicht am Tag kaufen? Musste er dafür seinen Nachtschlaf opfern und diese Idioten bedienen? Jetzt schellte diese Glocke schon zum dritten Mal!

Er musste tief geschlafen haben, denn im Aufwachen hatte er noch ein undeutliches Bild vor sich, es war Sarah, die auf einem Dach lief und wie eine Katze schnurrte. Zum Vierten. „Ja, ich komme!" Er zog seinen weißen Kittel über den Trainingsanzug und öffnete die Nachtdienstklappe. Wortlos wurde ihm ein Rezept durchgereicht und er nahm es an sich. Während er in den Lagerraum ging, las er, was der Kunde wünschte. ‚Merkwürdig, dass der mitten in der Nacht kommt.'

Daniel zog einen der Schübe heraus, um das Medikament zu entnehmen, ließ ihn aber wieder zurückgleiten. Dafür ging er ins Labor und nahm eine Packung Tabletten aus einer Schublade. Er verglich die Aufschrift mit dem Rezept und ging zurück zum Notfenster.

„Könnten Sie ausnahmsweise bar bezahlen? Ich habe ein Problem mit dem Abrechnungssystem. Nachts funktioniert das manchmal nicht."

„Wenn es der gleiche Preis ist wie immer, muss ich erst zum Automaten. So viel habe ich nicht bar."

„Ja, es sind 534,50 €. Es tut mir leid, dass ich Ihnen diese Umstände mache, aber die Software von unserer Kasse scheint nicht die beste."

„Ist nicht so dramatisch. Der Automat ist ja gleich um die Ecke. Hauptsache, ich habe das Medikament. Meine Frau glaubte, noch genügend Vorrat zu haben, hat sich aber getäuscht. Sonst würde ich Sie auch nicht aus dem Bett holen. Bin gleich wieder da." Nach zehn Minuten war der Kunde zurück und drückte ihm elf druckfrische 50 €-Scheine in die Hand. Sie fühlten sich glatt und geschmeidig an, unbenutzt, geradezu jungfräulich. Daniel zählte die Scheine behutsam, stempelte das Rezept ab und gab das Wechselgeld heraus.

Zurück auf seiner Liege versuchte er, das Bild von der schnurrenden Sarah wiederzubeleben, aber es gelang ihm nicht. Er würde sich eine tolle Überraschung für sie ausdenken, koste es, was es wolle. Er freute sich schon jetzt auf ihr erstauntes Gesicht, obwohl er noch überhaupt keine Idee hatte. Aber die würde schon noch kommen. Zufrieden drehte er sich zur Wand und hoffte inständig, nicht noch einmal aufstehen zu müssen.

Es dauerte etwa 30 Minuten, dann klingelte es wieder. Daniel war gerade weggedöst, aber leider hatte Sarah offenbar andere Reviere erobert, jedenfalls erschien sie nicht mehr, weder schnurrend noch sprechend. Er wälzte sich unter seiner Decke hervor, zog den Kittel über den Trainingsanzug und öffnete das Notdienstfenster. Er konnte nur eine Lederjacke sehen, dann erschien ein junges, knabenhaftes Gesicht mit kurzen, blonden Haaren. Es sah überhaupt nicht krank aus, sondern im Gegenteil ganz frisch und rosig. Eigentlich ganz nett, wenn man auf diesen Typ steht.

Daniel war ein bisschen besänftigt, aber nur ein bisschen.

„Haben Sie Kondome?", fragte das hübsche Gesicht und zeigte ein strahlendes Lächeln mit vielen wohlgeformten Zähnen. Die Besänftigung schmolz schlagartig.

„Deshalb holen Sie mich hier raus?", raunzte er.

„Aber Sie haben doch Nachtdienst, oder?", fragte die Knäbin ganz unschuldig.

„Schon, aber die Dinger können Sie in jedem Drogeriemarkt kaufen. Den ganzen Tag lang. Oder im Supermarkt. Vielleicht auch am Zeitschriftenkiosk, was weiß ich, und Automaten gibt es dafür auch noch. Warum also jetzt und hier?"

„Weil ich sie genau jetzt brauche. Das heißt, in einer Viertelstunde oder so."

„Und das konnten Sie nicht anders organisieren?"

„Wie? Verstehe ich nicht. Dass ich sie jetzt gleich brauche? Nein, das konnte ich vorher nicht wissen."

„Ich meinte, sie vielleicht vorher auf Vorrat zu kaufen", grummelte er, aber er hatte keine Lust mehr, Grundsätzliches zu diesem Thema zu diskutieren.

Er nahm irgendeine Packung, ohne nach Vorlieben gefragt zu haben, und knallte sie auf das Brett am Fenster. Die junge Frau war klug genug, jetzt nicht auch noch seine Wahl in Frage zu stellen, sondern nahm sie schnell an sich.

„Sonst noch was?", knurrte Daniel.

„Ach, wenn Sie jetzt schon auf sind, könnten Sie mir bitte auch noch eine Zahnbürste geben. Mittlere Stärke."

„Vielleicht auch noch ein bisschen Shampoo, Haferflocken und Kräutertee? Wenn wir schon beim Drogeriesortiment sind und das Frühstück nicht gesichert ist?", fragte Daniel boshaft. Er hatte jetzt wirklich schlechte Laune und hätte gern noch ein bisschen rumgestänkert.

„Nein, nur eine Zahnbürste, bitte", antwortete sie fest und holte ihr Portemonnaie heraus. „Kann ich mit Karte zahlen?"

„Nein, können Sie nicht. Unser System ist kaputt."

Daniel ging in den Laden, holte eine Zahnbürste und behielt sie wie eine drohende Waffe in der Hand.

„Wenn Sie nicht bar bezahlen können, geben Sie mir die Kondome zurück."

„Ach, das krieg ich schon noch zusammen", murmelte sie und fingerte einige Münzen heraus.

„Na, also." Das Fenster schloss wie ein Fallbeil, Daniel tippte den Betrag in die Kasse, schmiss die Münzen hinein und schloss die Lade. Er grinste. So ein bisschen Schikane tat manchmal ganz gut. Dabei streichelte er die glatten Geldscheine in seiner Kittelschürze. Nicht nur sieben auf einen Streich, dachte er vergnügt, und nicht etwa Fliegen, sondern 500 Mäuse! Von wegen System kaputt!

***

Es gibt Duftkombinationen, die sind geradezu unwiderstehlich. Dazu gehören... nein, das Shampoo nicht, das hat einen Grundgeruch, den ganz viele Kosmetika haben, vermutlich ein Konservierungsmittel. Auch das Rasierwasser gehört nicht dazu, und in der Kombination mit dem Shampoo schon gar nicht. Aber was da jetzt so hoch weht, das gehört schon in die Extraklasse: Kaffee und Croissants, gepaart mit einem Hauch Orangensaft und dienstfrei. Genau genommen riecht dienstfrei nicht, aber es gehört zu der Duftnote frischer Samstag. Eine weitere Mischung sind Burgunder, Kerzenwachs und Sarah. Schwer und süß in einem, viel zu begrenzt, aber nachhaltig. Wäre eine Koppelung dieser beiden Dimensionen überhaupt vorstellbar? Erst Burgunder, Kerzen und Sarah, und dann fast ohne Übergang Kaffee, Croissants, Orangensaft und Sarah? Unerreichbares Vergnügen?

Während er sich in seinen Bademantel wickelte und in die Hausschlappen rutschte, entschied er, sich auf den naheliegenden Teil der verlockenden Düfte zu konzentrieren und stieg die Treppe zur Küche hinunter. Ilsa saß bereits in einem der bequemen Korbstühle im angrenzenden Wintergarten, träufelte Honig auf ein frisch aufgebackenes Croissant und verfolgte auf dem Fernsehbildschirm aufmerksam das Anbraten einer Lammkeule.

Sie nickte Manfred kurz zu und schlürfte ein wenig aus ihrer Kaffeetasse. Sie hatte die blonden Haare hochsteckt und trug eine elegante, graue Weste und Reithosen.

Manfred füllte sich einen Becher mit Kaffee und goss etwas Orangensaft in ein Glas. Wieder diese wunderbare Kombination von Düften! Er trank einen kleinen Schluck Saft und ließ den Kaffee ein wenig vor seiner Nase vorbeiziehen, bevor er ihn trank. Manche Düfte verheißen mehr als sie erfüllen. Tee zum Beispiel oder Pfeifentabak, aber auch Kaffee in gewisser Weise, schon der flüchtige Geruch verspricht Genuss. Aber dieser Kaffee hielt sein Versprechen, und schon der erste Schluck ließ den Morgen strahlen. Der Frühstücksplatz im

Wintergarten mit weitem Blick auf die Stadt war wie ein Geschenk, zumindest an den dienstfreien Tagen.

Ilsa schaltete den Fernseher aus und ließ noch einmal Honig auf ihr Croissant fließen.

„Wann ist die Geschichte mit deiner Krankenschwester eigentlich zu Ende?" Jetzt war genug Honig in den Luftlöchern des Gebäcks versunken, und sie schaute ihm offen ins Gesicht.

Manfred schluckte seinen Kaffee schnell hinunter. Dann atmete er tief ein und sah Ilsa an. Ihre Gleichgültigkeit erschien ihm ein wenig aufgesetzt. Er öffnete den Mund, als ob er antworten wollte, aber da er keine Antwort wusste, schloss er ihn wieder. Ilsa nahm ein zweites Croissant in Angriff.

„Hast du mich gehört?", fragte sie.

„Ja, natürlich", murmelte er, aber damit war seine Fähigkeit zu antworten erschöpft.

„Du solltest dir mal überlegen, wie viel dir an deiner Familie, an diesem Haus und allem Drumherum liegt. Ich meine nicht nur mich und die Kinder…"

Manfred überlegte. Was meinte sie? Die Eltern waren tot, die beiden Kinder lebten mit ihren Partnern in Frankfurt und Köln. Das war doch die Familie, oder? Und was hatte Sarah damit zu tun? Das betraf doch höchstens Ilsa? Er schaute sie an, seine Sprachlosigkeit hatte ihn fest im Griff.

„Es ist an der Zeit, dass du einige Weichen stellst. Im Herbst wirst du Großvater."

Jetzt verschluckte sich Manfred, ohne etwas im Mund zu haben. Er hustete und hustete noch einmal, weil ihm ganz einfach nichts Besseres einfiel als Reaktion. Er? Großvater? Opa? Es dauerte eine Weile, bis er auf die naheliegende Frage kam, welches seiner Kinder ihn zu diesem zweifelhaften Glück verhelfen würde.

„Frauke?"

„Nein, Christoph. Sie haben es mir gestern erzählt. Anke wollte eine weitere Untersuchung abwarten, bevor sie es uns mitteilt. Freust du dich denn gar nicht?"

„Natürlich", stammelte er, „das ist wirklich eine Überraschung. Ich kann das noch gar nicht glauben. Dann wirst du also Oma? Ich lach mich tot."

Ilsa schätzte das offenbar anders ein.

„Wir werden ja sehen, wer dabei lächerlich aussieht und wer nicht", entgegnete sie ein wenig frostig. "Ich will in den Reitstall. Bei dem tollen Wetter bleibe ich sicher länger draußen. Denk dran, dass wir heute Abend bei Herders eingeladen sind. Und für morgen müssten wir einkaufen oder wir gehen essen. Kümmerst du dich bitte um ein Gastgeschenk?"

Manfred nickte wie ein Wackeldackel in der Hutablage eines Spießerautos und Ilsa verließ den Wintergarten, um ihre Reitstiefel in den Wagen zu packen.

Er sank in seinem Korbstuhl zusammen. Der wunderbare Blick verschwamm wie im Nebel. Er fühlte sich wie ein Häufchen... nein, Elend stimmt nicht, aber halt klein, wie ein Häufchen im Bademantel, dachte er, oder besser - jetzt musste er grinsen über seinen Vergleich - wie ein Würstchen im Schlafrock.

Ilsa hatte ihn tief erschüttert. Erst die Selbstverständlichkeit, mit der sie über Sarah sprach, und dann der zu erwartende Familienzuwachs - das war eine Rolle, die er sich überhaupt nicht vorstellen konnte. Die Kinder auf den Knien zu schaukeln war schon lange her, und gar zu oft hatte er es auch nicht getan. Das Weiterkommen in der Klinik stand immer an oberster Stelle und dabei hatte Ilsa ihn immer bestärkt. Jede erklommene Gehaltsstufe war eine Genugtuung, die Ilsa reichlich auskostete. Und jetzt war er ziemlich weit oben, es fehlte nur noch ein Schritt, und da sollte er durch einen Wechsel in der Familienstruktur Weichen stellen? Wie meinte Ilsa das? Warum hatte sie das Haus erwähnt? Musste er sich irgendwie entscheiden? Was hatte seine Großvaterrolle mit der Klinik oder Sarah zu tun? Frankfurt war eine Stunde entfernt, er würde nicht jede Woche seinen Enkel betreuen.

Wie er sich selbst fühlte, war eine andere Sache. Ein Opa im Bett mit einer attraktiven Dreißigjährigen? Ein bisschen lächerlich?

Apropos Sarah... Ilsa hätte ihm eigentlich etwas früher von ihrem Ausritt erzählen können, dann hätte er sich mit Sarah verabredet. Obwohl das am Wochenende immer schwierig war: Man musste schon möglichst weit weg fahren, wo einen niemand kannte, und dafür brauchte man mehr Zeit als nur einen Vormittag. Aber da Ilsa ja offenbar Bescheid wusste, könnte er seine Verabredungen auch transparenter machen. Du reitest, ich ... reite auch. Wieder musste er grinsen. Seine Bildersprache hatte durch den Doppelschock offenbar nicht gelitten.

Aber was sollte er nun den ganzen Samstag machen? Über ein Gericht für den Sonntagabend nachdenken, dafür einkaufen und die Blumen für Herders nicht vergessen. Das waren überschaubare Aufgaben, noch dazu, wenn man sich zum Essengehen entscheiden würde. Ein bisschen im Garten werkeln. Tja - was hätte er denn gemacht, wenn Ilsa zu Hause geblieben wäre? Vermutlich zum Markt gefahren und dann irgendwo einen Kaffee getrunken.

Wenn er seinem Berufsklischee genügen wollte, müsste er über eine

Runde Golf nachdenken. Aber er weigerte sich, Golf zu spielen. Nur weil das die anderen machten oder auch weil er es spießig fand? Er wollte nicht darüber nachdenken. Um sich abzulenken, holte er sich noch einen Kaffee, nahm die Zeitung vom Tisch mit, legte die Beine auf Ilsas Stuhl und begann wieder die Duftsinfonie zu genießen, erweitert durch ein bisschen Druckerschwärze und den Luxusblick oberhalb des Zeitungsrandes.

Da schau, eine ganze Seite Knüll-Klinikum. „.. fuhr im ersten Quartal stattliche Gewinne ein." Na, das hörte man gern. Er arbeitete ja auch kräftig an den Gewinnen mit. Sein Tun war von höchster Qualität und Effizienz. Das schüttelte man nicht so einfach aus dem Ärmel. Dazu brauchte man viel Erfahrung, viel Disziplin und ja, zugegeben auch ein gutes Team. Vor allem, was die Effizienz betraf. Und da zogen leider nicht alle an einem Strang. Immer wieder diese Überlastungsbeschwerden seitens des Pflegepersonals. Er beschwerte sich doch auch nicht, wenn auf dem OP-Plan plötzlich noch drei Fälle mehr auftauchten. Dann wurde eben operiert. Einer nach dem anderen. Und OPs brachten nun mal Geld. Und Geld bedeutete mehr Rendite.

Ilsas Aktien, die sie natürlich nicht so offen auf ihren Namen gezeichnet hatte, bringen doch immer ganz hübsch noch was ein. Wäre mit der Uni-Klinik nicht möglich gewesen. Er jedenfalls war zufrieden mit der Privatisierung. Mochten die Linken dagegen wettern, wie sie wollten. Der Standard der Patientenversorgung war hochwertig, die Anzahl der gewinnbringenden Leistungen zufriedenstellend, Wachstum inklusive.

Sarah reihte sich manchmal in den Chor der Lamentierer ein: Zu wenig Zeit für den Einzelnen, keine empathische Betreuung, zu viel Stress und damit Fehleranfälligkeit. Das eben darf nicht passieren. Auch im Stress muss exakt und effektiv gearbeitet werden. Der gute

Ruf darf nicht in Gefahr geraten, sonst leidet das Unternehmen. So ist das überall in der Wirtschaft. Darüber gerieten sie oft in Streit, so dass sie jetzt vermieden, über ihren gemeinsamen Arbeitsplatz zu reden.

Aber sie hatten genügend andere Gesprächsthemen. Apropos, sollte er ihr von seinen zukünftigen Großvaterfreuden berichten? Er war sich ja noch gar nicht sicher, ob das auch Freuden waren. Und wie würde sie das aufnehmen? Garantiert würde sie lachen. Er mochte ihr Lachen sehr, es schien immer so von ganz unten aus ihr herauszukommen. Nicht so ein helles Geklingel aus dem Lockenkopf, sondern ein tiefes, warmes, umarmendes Lachen. Bloß wenn sie nicht mit ihm, sondern über ihn lachte, fand er das nicht so hinreißend. Und bei der Opa-Story würde sie garantiert über ihn lachen - weil er nicht mitlachen würde.

Er blätterte unaufmerksam weiter und war inzwischen beim Sport angekommen. Seine alten Tennis-Cracks hatten in der Bezirksliga den vorletzten Platz erreicht. Na, herzlichen Glückwunsch. Gut, dass er sich nicht mehr für die Mannschaft hatte aufstellen lassen. Sonst würde er wieder an den Wochenenden auf irgendwelchen Plätzen in der Provinz rumrennen, um abends waidwund und todmüde ins Bett zu fallen. Warum machen das die alten Herren immer noch? Müssen sich beweisen, dass der Alterungsprozess bei ihnen eine Ausnahme macht? So einen kleinen Schlenk - bei mir aber erst mal noch nicht? Da wusste er doch was Besseres. Und damit war er wieder bei Sarah und der Frage, was Ilsa mit den „Weichen" gemeint hatte.

Der Samstag war zu schade zum Grübeln. Er würde jetzt in die Stadt fahren und Blumen kaufen und alles Weitere würde sich dann schon ergeben.

***

Friedemann stellte seine Tasche auf den Sitz neben sich und lehnte sich zurück. Er war schon lange nicht mehr mit der Bahn nach Kassel gefahren und genoss das jetzt sehr. Barbara hatte ihn noch einmal bestärkt, an diesem Treffen teilzunehmen, denn es ging ihr nach wie vor recht gut. Er ließ die vertraute Landschaft an Lahn und Eder an sich vorbeigleiten und lief in Gedanken schon vor zu seinen ehemaligen Klassenkameraden. Viele hatte er seit dem letzten Treffen nicht gesehen, und das war zehn Jahre her. Er wusste auch nicht, wer kommen würde, der Organisator hatte das recht konservativ mit Briefpost vorbereitet. Deshalb war er gespannt.

Er fuhr bis zum alten Hauptbahnhof und begrüßte lächelnd den „Himmelsstürmer" auf dem Vorplatz. Er mochte diese Skulptur mit der riesigen stählernen Diagonale in Richtung Wolken und dem kleinen Menschen ganz oben. So musste man sich fühlen, wenn man entweder ganz jung war oder einen gewaltigen Plan verfolgte. Einen Plan, von dem man so überzeugt war, dass keiner und nichts einen davon abbringen konnte. Nichts dergleichen traf auf ihn zu, aber vorstellen konnte er es sich schon. Er ging die Treppenstraße hinunter bis auf die Königsstraße und schaute über den imposanten Friedrichsplatz. Hier hatte letztes Jahr das Parthenon der Documenta gestanden, jetzt war es längst abgebaut und die Bücher verschenkt. Er hatte einen Tag lang allein die Kunstschau besucht und sich einen Großteil der Ausstellungsorte angesehen.

Friedemann bog nach rechts und wanderte die Königsstraße hinauf. Er staunte immer wieder, welchen Weitblick die Städtebauer damals schon bewiesen hatten: Anstatt die zerbombte Innenstadt wieder so aufzubauen, wie sie war, hatten sie richtig viel Platz gelassen und dann auch noch die Autos aus der Königsstraße verbannt. Mein Gott, was war das für ein Theater in Marburg gewesen, als die Oberstadt Fußgängerzone werden sollte! Das Ende der Zivilisation schien angebrochen, weil man nicht mehr mit dem Auto auf den Marktplatz fahren durfte, und die Geschäftsleute sahen ihrem nahenden Hungertod entgegen! Dann musste dafür ein furchtbar hässliches Parkhaus am Pilgrimstein gebaut werden, das kaum ausgelastet wurde, weil es zu eng war. Die Lackspuren an den Säulen gaben Auskunft über die jeweiligen Farbhits. Es konnte ja auch niemand ahnen, dass die Autos immer größer wurden. Und jetzt jammerten die Geschäftsleute über die Lieferfahrzeuge, die die ganzen vielen Online-bestellten Päckchen zustellen mussten.

Friedemann hatte inzwischen das Hotel „Hessenland" erreicht. Langsam ging er an der Glasfassade entlang und betrachtete die Fotos, die das Innere des Hotels zeigten. Man hatte den unteren Teil und den Frühstücksraum im Stil der fünfziger Jahre restauriert und zeigte dies stolz den Passanten. Er trat ein und musste erst mal tief Luft holen. Ja, genau so war das damals auch gewesen. Hier war das Foyer, daneben der Ballsaal. Dort die Treppe hinunter zu den Toiletten. Hier hatten die Abschlussbälle der Tanzstunde stattgefunden. Hier waren sie 17-jährig geschniegelt und gebügelt angetreten, mit Hosenfalte und Schlips und die Tanzstundendame galant am Arm führend. Hier hatte man Wein getrunken und den Eltern und vor allem den anderen Teilnehmern gezeigt, was für ein begnadeter Tänzer man war, wenn man beim Cha-Cha-Cha schmissig in die Promenade schwenkte oder beim Langsamen Walzer die Dame zum Schmelzen brachte - wenn man ihr nicht auf den Fuß trat. Friedemann war ein recht guter Tänzer gewesen, was ihm bei den Mädels viele Punkte einbrachte, bei den Jungs aber eher neidvolle Häme hervorrief. Nach einer langen Pause während der Studienzeit hatte er mit Barbara wieder angefangen, eine Tanzschule zu besuchen, und sie hatten beide Freude daran gehabt. Durch Barbaras Krankheit war leider auch dies zum Erliegen gekommen.

An der Rezeption saß ein dunkelhäutiger junger Mann, den man nicht anders als schön bezeichnen konnte. Seine klaren, schwarzen Augen blickten Friedemann erwartungsvoll an.

„Wagner. Ich hatte ein Einzelzimmer reserviert."

„Willkommen, Herr Wagner", begrüßte der Angestellte ihn freundlich, „Sie haben das Zimmer Nummer 18, hier ist Ihr Schlüssel. Wenn Sie etwas brauchen, sagen Sie mir bitte Bescheid. Ich wünsche Ihnen einen angenehmen Aufenthalt." Friedemann bedankte sich und stieg die Treppe hinauf, um sein Gepäck abzustellen. Das Zimmer war komfortabel, aber weder modern noch luxuriös. Es ging zur Straße hinaus und war vermutlich nicht sehr ruhig. Aber er hatte seine Ohrstöpsel dabei.

Er wollte sich nicht lange aufhalten, sondern einen Kaffee trinken und die Veränderungen in der Umgebung erkunden. Deshalb ging er Richtung Weinberg, vorbei an den Torhäusern, die während der Documenta so eindrucksvoll mit Kaffeesäcken umhüllt waren, durchquerte einen kleinen Park und stand vor dem neu gestalteten Grimm-Museum. Er betrat das Gebäude und ging bis zu dem Café durch, wie magnetisch angezogen von der gläsernen Wand, die einen traumhaften Blick über die Ausläufer der Aue und das Fuldatal erlaubte. Er setzte sich an einen Tisch direkt an der Glaswand und sah hinaus. Seine Gedanken gingen zurück in die Zeit, als er mit seinen Freunden auf der Fulda gerudert war oder sich mit ihnen in der Aue im Freibad traf. Er bestellte einen Kaffee und als er ihn vor sich stehen hatte, nahm er einen Schluck und lehnte sich zufrieden zurück. Barbara ging es noch immer gut, er durfte mal ein Wochenende Auszeit nehmen, und er war allein. Er genoss diese Momente, in denen niemand etwas von ihm wollte oder erwartete.

In diesem Augenblick betrat ein Mann in etwa Friedemanns Alter den Raum, schaute sich um und steuerte nach kurzem Zögern zielsicher auf Friedemanns Tisch zu.

„Mensch, Frieder, du bist das! Das ist ja klasse, dass wir uns schon hier treffen!" Er reichte ihm die Hand, und Friedemann musste erst mal aus seiner Alleinsein-Freude auftauchen, bevor er seinen Klassenkameraden Holger erkannte.

„Holger! Ja, komm setz dich." Sie schüttelten sich die Hände und klopften sich gegenseitig auf die Schultern. Holger war hoch gewachsen und hatte stattliche Schultern. Sein dunkles, gewelltes Haar trug er etwas länger als andere Männer seines Altes, seine Gesichtsfarbe zeigte eine leichte Bräunung. Gegenübersitzend tauschten sie den üblichen Begrüßungs-Smalltalk aus und taxierten sich verstohlen, maßen Fülle und Farbe des Haars, die Tiefe der Geheimratsecken, die Falten um Augen, Mund und Hals, die schlaffen Wangen und Kinnpartien, den Umfang der Körpermitte. Sie hatten sich gegenseitig nichts vorzumachen oder vorzuwerfen, beide hatten sie sich vergleichbar gut gehalten, konnten aber ihre Jahre nicht leugnen. Kritischer würde die Situation sicher erst, wenn die Frauen aus der Abiturklasse auftraten. Aber so weit war es ja noch nicht.

Weil Holger zu den letzten Treffen nicht hatte kommen können, hatten sie sich über 30 Jahre nicht gesehen und auch keinen Kontakt gehabt. Zwei Kaffees später hatten sie Stufe 1 - Skizzierung der gegenwärtigen Lebenssituation - und Stufe 2 - die letzten 30 Jahre im Zeitraffer - souverän hinter sich gebracht und standen nun am Scheideweg zum Abtauchen in Schulerinnerungen, Diskussion eines brennenden Themas wie z.B. Trainerwechsel bei Bayern München oder aber dem Nachhaken an einer Falte in der glatten Lebenserzählung. Friedemann entschied sich für den letzten Weg.

„Warum bist du damals eigentlich aus Marburg weggegangen? Das kam für mich ziemlich plötzlich, und in der Volleyball-Mannschaft standen wir ohne den zweiten Steller ganz schön dumm da."

„Stimmt. Wir waren in der Mannschaft ein gutes Team, du und ich. Aber das hatte nichts mit euch zu tun. Es hing mehr so mit…"

Es schien ihm schwer zu fallen, die richtigen Worte zu finden. Friedemann wartete.

„Also erst mal hing das mit meiner Doktorarbeit zusammen. Ich war schon ziemlich weit, hatte eine Menge empirischer Daten erarbeitet und auch der theoretische Teil war fast fertig. Ich hatte damals einen Studienkollegen, der war ein paar Semester weiter und mit dem habe ich viel zusammen gemacht. Wir haben uns gut verstanden und unsere Ergebnisse häufig verglichen und ausgetauscht. Dann wurde der Kollege fertig und mein Doktorvater erklärte mir, dass ich einen Großteil meiner Dissertation ändern müsste, weil Kollege soundso just diesen Bereich in seiner Promotionsschrift überzeugend dargestellt habe. Tatsächlich waren unsere Arbeitsgebiete nicht weit voneinander entfernt, aber bei der Anmeldung des Themas war genug Spielraum."

„Und daraufhin bist du weg?"

„Nicht nur. Erinnerst du dich an Ilsa?"

„Klar, das war doch deine Flamme damals. Ich habe sie nur ein paarmal gesehen, sie war verdammt hübsch."

„Stimmt. Und für mich war sie die Frau, mit der ich zusammen bleiben wollte. Ich konnte mir gut vorstellen, mit ihr eine Familie zu gründen und alt zu werden. Verstehst du?"

„Ja und dann?"

„Dann hatte just jener Kollege auch ein Auge auf sie geworfen, um sie geworben, und er hatte damit letztlich mehr Erfolg als ich."

„Das heißt, er hat sie dir ausgespannt?"

„Genau. Und das gab mir dann den Rest. Ich bin, wie ich dir ja vorhin erzählt habe, nach Bremen gegangen und konnte meine Promotion dort fertig machen. Aber es hat mich unendlich viel Kraft gekostet. Nachdem Ilsa mich verlassen hatte, brauchte ich für alles viel mehr Zeit und Mühe. Aber ich habe mich durchgebissen. Und wie du ja weißt, habe ich auch eine andere Frau gefunden." Er lächelte.

„Und jetzt bist du wieder in Marburg. Ist dieser Kollege auch noch da?"

„Ja, leider. Ich habe lange überlegt, ob ich dem Angebot in der Onkologie wirklich folgen soll. Aber es war dann doch zu reizvoll. In Kiel sollten sie ja auch ein Zentrum für Partikeltherapie bekommen, und da wäre ich liebend gern hingegangen. Aber das ist ja dann gestrichen worden, und in Marburg stand es auch auf Messers Schneide. Und Manfred ist in einer anderen Abteilung. Ich werde ihm nicht häufig begegnen."

„Aber wir werden uns hoffentlich wieder häufiger begegnen", sagte Friedemann und legte seine Hand auf Holgers Arm. „Und vielleicht hast du auch Lust, in unserer Freizeit-Truppe wieder Volleyball zu spielen. Überleg dir's doch mal."

„Mach ich bestimmt. Sag mal, wann treffen wir uns im Ratskeller? Haben wir uns jetzt total verquatscht?" Friedemann schaute auf die Uhr.

„In einer halben Stunde. Das reicht. Wo wohnst du?"

„Bei meinen Eltern. Die sind beide noch ganz gut drauf und leben nach wie vor hier."

„Ich will noch mal schnell ins Hotel. Was machst du?"

„Ich bleibe noch einen Moment sitzen und komme dann direkt

in den Ratskeller."

„Gut. Dann sehen wir uns gleich." Friedemann zahlte und verließ das Museum. Es rumorte in ihm. Holgers Geschichte machte ihn zornig. Immer und überall gab es diese Typen, denen der eigene Erfolg wichtiger war als alles andere. Diese Über-Leichen-Gänger, die dann auch noch hoch angesehen zur „Elite" gehörten! Was war das für eine bescheuerte Elite? War es denn völlig egal, wie man zu seiner Position gekommen war? Zählte zum Schluss nur noch die Gehaltsstufe? Friedemann schnaubte. Eigentlich wollte er diesen Abend, auf den er sich lange gefreut hatte, genießen und nicht über rücksichtslose Zeitgenossen nachdenken. Aber er hatte einen versteckten Hang zum Choleriker, wie Barbara manchmal spöttelnd feststellte.

Im Hotel nahm Friedemann eine schnelle Dusche und zog ein frisches Hemd an. Er überprüfte im Spiegel seine Rasur - die war noch in Ordnung. Er betrachtete sich und versuchte sich vorzustellen, wie einer seiner Klassenkameraden ihn vielleicht wahrnehmen würde, nachdem er ihn über Jahre nicht gesehen hatte: schlankes Gesicht, leicht eingefallene Wangen, schmaler Mund. Der Kinn- und Oberlippenbart war schon recht grau, wogegen beim Haupthaar noch die ursprüngliche, dunkelblonde Farbe überwog, die nur stellenweise von grauen Strähnen durchsetzt war. Eine altmodische randlose Brille ließ seine mausgrauen Augen etwas größer erscheinen. Friedemann grinste sein Spiegelbild an, dann nahm er sein Jackett und machte sich auf den Weg.

Als er die Ratsstuben betrat und nach dem reservierten Bereich für seine Klasse Ausschau hielt, kam eine attraktive Frau auf ihn zu, reichte ihm ein Glas Sekt und begrüßte ihn.

„Hallo, Frieder! Willkommen bei Schweitzers Oldies!"

Friedemann verstand erst mal gar nichts. Ach so, ja, natürlich.

Die Oldies von der Albert-Schweitzer-Schule. Aber wer um alles in der Welt war bloß diese Frau? Er nahm das Glas, deutete ein Anstoßen an und trank einen kleinen Schluck. Die Dame amüsierte sich offenbar köstlich über seine Ratlosigkeit. Ihre tiefblauen Augen blitzten hinter einer dünn gefassten Hornbrille, ihr schmaler Mund zeigte ein fröhliches Lächeln, ihre weißen Locken tanzten, als sie den Kopf schüttelte.

„Na, immer noch keine Idee?" Friedemann schüttelte verlegen den Kopf wie ein ertappter Schuljunge. „Anette Wilders. Geborene Brandt."

Ein wenig theatralisch schlug sich Friedemann mit der Hand vor die Stirn. „Ach du liebes bisschen! Anette! Entschuldige, dass ich so lange auf dem Schlauch stand. Ich..."

„Macht gar nichts. Da drüben sind unsere Tische. Wenn du noch mal Identifikationsprobleme haben solltest, wende dich vertrauensvoll an mich", unterbrach sie ihn schmunzelnd und wandte sich dem nächsten Eintretenden zu.

Friedemann machte sich aber noch nicht auf den Weg, sondern lauschte erst mal vorsichtshalber, wer da als nächstes begrüßt wurde. So konnte er einer Wiederholung seiner peinlichen Trotteligkeit vielleicht vorbeugen.

„Matthias! Schönen guten Abend!"

„Anette. Wie gut du wieder ausschaust." Küsschen links, Küsschen rechts. Sektglas. Der hatte also keine Schwierigkeiten. Und wer war noch Matthias? Ach ja, das Mathe-Ass mit der Querflöte. Friedemann drehte sich zu ihm um.

„Hallo, Matthias! Wie schaut's?"

„Frieder, altes Haus! Komm, da drüben sind die anderen."

Friedemann war froh, jetzt einen kompetenten Wiedererkenner als Begleiter zu haben, der ihm soufflieren konnte. Er folgte ihm und ließ ihm bei den neuerlichen Begrüßungen unauffällig den Vortritt. Auf diese Weise glänzte er bei allen seinen alten Gefährten auf Anhieb mit dem richtigen Namen. Vor allem bei den Frauen wäre er sonst noch mehrere Male in Verlegenheit gekommen. Nachdem das Haarefärben offenbar nicht mehr zum gesellschaftlichen Muss gehörte, erstrahlte an mehreren Köpfen trotziges Grau oder Weiß, was ihm das Erinnern der Gesichter erschwerte. Aber bald war die schwierigste Aufgabe gelöst, und er suchte sich einen Platz neben einem seiner alten Freunde, mit dem er schon während der Schulzeit, aber auch später in Marburg viel Sport getrieben hatte. Er tadelte sich zwar wegen dieser Gewohnheit, in Menschenansammlungen möglichst die Bekannten zu suchen, aber wer machte das nicht?

Jetzt war erst mal das Studium der Speisekarte vorrangig, und im Laufe des Abends wurden an verschiedenen Stationen genau die Stufen 1 und 2 der Konversation abgearbeitet, die Friedemann und Holger bereits hinter sich hatten. Doch dann ging man ziemlich schnell zum Beleben der gemeinsamen Erinnerungen über. Die kleinen Streiche wurden zur dreisten Rebellion überhöht, die Schrullen der Lehrer mutierten zum pathologischen Krankheitsbild, Abschreibtechniken und andere Schummeleien wurden im Detail erklärt und rochen verdächtig nach Heldentum. Ein kleiner Frauentrupp sonderte sich ein wenig ab, wohl weil sie diese Geschichten alle schon kannten, und erörterte mit Entschlossenheit den Zusammenhang von Gender-Forschung und Großmuttersein.

Friedemann ließ sich gern in die alten Zeiten zurückversetzen, blödelte mit den alten Kumpels herum und lachte viel. Einige Stunden und mehrere Gläser Wein später war er froh, dass der Weg vom Ratskeller zum Hessenland so kurz war.

***

Es hatte schon ein paar Tage geregnet, und der Sommer wollte so gar nicht richtig in die Gänge kommen. Aber heute versprach es ein sonniger Tag zu werden und Sarah nahm vorsichtshalber ihre Joggingsachen mit zum Dienst.

Sie verschloss sie wie immer in ihrem Spind und zog sich um. Es war ein Tag wie jeder andere auf der Station. Sie begann ihre erste Runde und schaute nach den einzelnen Patienten. Das war für sie ein angenehmer Teil ihrer Arbeit. Der persönliche Kontakt mit den Kranken tat ihr wohl, und wenn sie kleine Wünsche erfüllen konnte, wurde das meist mit Dankbarkeit bedacht. Sehr selten gab es notorische Nörgler, denen man nichts recht machen konnte und die sich dann auch noch benahmen wie Generäle bei der Lagebesprechung. Denen trat sie eher kühl und professionell entgegen, es fiel ihr schwer, solchen Menschen gegenüber Empathie zu entwickeln.

Sie hätte eigentlich am liebsten mit Kindern zu tun, aber damals hatte sie keinen Ausbildungsplatz in der Kinderkrankenpflege bekommen. Sie war auch nicht unzufrieden, bloß wenn wieder so ein „General" seine Anweisungen erteilte, wünschte sie sich auf die Kinderstation.

Dass sie selbst keine Kinder hatte, machte sie manchmal traurig. Irgendwie war nie der richtige Mann dafür zur Stelle gewesen. Und ein Kind haben ohne Mann, nur um des Mutterseins willen, kam für sie nicht in Frage. Auf der anderen Seite hatte sie natürlich große Freiheiten, viel Zeit für sich und einen Beruf, den sie liebte. Aber die Uhr lief, bald war es zu spät für sie zum Kinderkriegen. Wenn sie daran dachte, breitete sich eine dunkle Decke über sie. Sie fühlte sich sehr unsicher bei der Überlegung, wie wichtig eine Familie für sie war. Wenn dieser Wunsch wirklich ihr Leben dominierte, dann hätte sie sich nicht in einen verheirateten Mann verlieben dürfen und stattdessen mit aller Kraft nach einem geeigneten Partner suchen müssen. Aber das hatte sie nicht getan, und so wartete sie auf die wenigen Momente mit ihrem Geliebten.

Manfred war heute hauptsächlich im Operationssaal beschäftigt, deshalb sah sie ihn nicht auf der Station. Sie sehnte sich sehr nach dem Ende ihrer Schicht und dem anschließenden Joggen. Vielleicht war Manfred ja auch wieder an seinem Platz, und sie hätte auf diese Weise noch ein paar Minuten mehr von ihm als die spärlichen Dates, die sonst übrig blieben.

Nach Dienstschluss zog sie sich schnell um und trabte in Richtung Spiegelslustturm. Sie wollte schauen, ob Manfred da war und dann ihre Runden drehen. Während sie auf dem Fußweg neben der Straße entlang lief, kam überraschend die Sonne durch und ließ die Bäume in frischem Grün leuchten. Sie holte tief Luft und freute sich. Das war sicher ein gutes Omen für diesen Tag.

Als sie an „ihrer" Bank ankam, saß Manfred tatsächlich schon da und schien auf sie zu warten. Er hatte heute kein Buch dabei, sondern hielt mit geschlossenen Augen das Gesicht in die Sonne. Als er ihre Schritte hörte, öffnete er die Augen und lächelte sie zärtlich an.

„Guten Morgen, meine Schöne! Wie freue ich mich über deine holde Erscheinung im Sportsgewand statt Schwesternkleid, alleine statt im Pfleger Tross, auf leichtem Fuß den Boden streichelnd statt graue Fliesen wund zu treten."

Sarah gab ihm einen Kuss. „Du hast wohl heute einen poetischen Anfall? So ganz stimmte das Versmaß aber noch nicht."

„Komm her und setz dich, und sei nicht so streng mit mir." Er legte seinen Arm um ihre Schultern und zog sie zu sich heran. So saßen sie eine Weile, ohne zu sprechen.

Es hatte heute während einer Routineoperation einen Zwischenfall gegeben, hatte sie gehört. Offenbar war Manfred beteiligt gewesen, aber Genaueres wusste sie nicht. Sie wollte auch nicht fragen, merkte aber, dass Manfred etwas beschäftigte. Also wartete sie ab.

Jetzt gab er sich einen Ruck. „Hattest du vor, heute zum Uni-Fest zu gehen?", fragte er.

Sarah war verblüfft. Wollte er über den Zwischenfall nicht reden, oder brauchte er etwas Unverfängliches zum Anwärmen? Oder war das Fest ein Problem?

„Ich weiß noch nicht, wollte ich spontan entscheiden. Aber ich glaube schon. Wenn das Wetter sich hält, macht es bestimmt Spaß. Warum fragst du?"

„Ilsa will unbedingt hin, und ich habe gar keine Lust. Ich würde viel lieber zu dir kommen. Aber sie ist wild entschlossen, also kann ich nicht einfach nein sagen."

„Das heißt, wir kennen uns nicht, wenn wir uns treffen?"

„Das nicht. Ilsa weiß Bescheid, sie hat es mir kürzlich gesagt. Ziemlich cool, übrigens. Ich weiß nicht, was ich davon halten soll. Aber ich wollte dich nur warnen, damit du nicht enttäuscht bist, wenn wir uns sehen sollten." Er drückte ihr einen Kuss auf die Stirn.

„Das bin ich ja gewohnt", seufzte sie. „Auf der Station ist das ja auch so." Sie wollte ihm den Übergang erleichtern, falls er über die Geschichte heute sprechen wollte, aber er schien nicht geneigt, das zum Thema zu machen.

„Ach, noch was." begann er von Neuem und holte tief Luft.

Aha, jetzt kommt's, dachte Sarah.

„Ilsa meint, sie müsste mich wieder stärker in die Familie einbinden. So ungefähr hat sie es formuliert. Ich soll mich da mehr engagieren."

Sarah setzte sich abrupt auf und sah ihm ins Gesicht. „Wie? Du in der Familie? Was soll das bedeuten?"

„Ja, weiß ich auch nicht so genau. Häufiger zu den Kindern fahren vielleicht. Oder mich mehr um sie kümmern. Oder weiß der Geier!" Er machte eine Pause.

Sarah hatte das Gefühl, als würden ihre Beine weggezogen. Hatte sie nicht immer wieder gehofft, Manfred würde sich von seiner Frau trennen? Und jetzt dies? Das bedeutete noch weniger Zeit mit ihm, noch mehr Rücksicht auf seine Lebenssituation, noch stärkeres Zurückweichen ihrerseits?

„Aber irgendwann muss ich es dir ja doch sagen. Bitte lach nicht. Ich werde Großvater."

Sarah verschlug es den Atem. Sie verbiss sich einen Lacher, doch komisch fand sie die Neuigkeit schon.

„Aber das ist doch kein Drama, oder? Das hat doch mit uns nichts zu tun? Wenn du Vater würdest, wäre das viel aufregender."

Manfred sah sie entsetzt an. „Du willst doch nicht sagen, dass..."

„Nein, will ich nicht. Aber was beunruhigt dich daran so sehr?"

„Ich kann es dir nicht sagen. Es ist mehr Ilsa, die mich beunruhigt. Ich glaube, sie hat eine Strategie, um dich von mir zu trennen. Und da kommt der Familienzuwachs gerade recht. Außerdem will sie, dass ich mich auf die Chefarztstelle bewerbe."

„Und du, was willst du?"

„Ich will natürlich auch Chefarzt werden. Das war schon immer mein Ziel. Und ich schaffe das auch. Ich habe schließlich einen ausgezeichneten Ruf..." Seine Stimme erlahmte etwas zum Ende des Satzes, als wäre sie zu müde für ein Ausrufezeichen. „...zu verteidigen." Er kniff den Mund zusammen, als wollte er die Worte daran hindern herauszukommen. Aber schließlich gab er auf.

„Mir ist da heute eine dumme Geschichte passiert. Weiß nicht, wie es dazu kommen konnte. Muss vielleicht unkonzentriert gewesen sein. War eine harmlose Sache, ein Stent im Oberschenkel. Irgendwie ist mir die Kanüle verrutscht... War letztendlich nicht lebensgefährlich, aber verdammt peinlich. Noch dazu vor großem Publikum. Muss auf die Studenten einen tollen Eindruck gemacht haben..."

Das war es also. Der große Chirurg und Lehrer des genauen und effizienten Arbeitens hatte einen Fehler gemacht, hatte sich blamiert. Und jetzt schämte er sich. Die Sache lastete vermutlich auf seinem Ehrgeiz schwerer als auf seinem Ruf, obwohl man das bei einer Chefarzt-Bewerbung nicht unterschätzen sollte. Böse Zungen könnten da einiges auslösen.

Sarah zog ihn zu sich heran und gab ihm einen Kuss. „Auch wenn es dich jetzt arg beutelt, grüble nicht zu viel darüber. Weder über die Ursachen noch die möglichen Konsequenzen. Du kannst sowieso nichts tun als abwarten. Jeder hat schon mal einen Fehler gemacht. Ist dir der Chefarzt wichtiger als alles andere?", fragte sie und streichelte über seine Wange.

„Ja." antwortete er spontan, und seine Stimme klang kalt und hart. Aber gleich darauf korrigierte er sich. „Natürlich nicht wichtiger als du. Aber das hat ja nichts miteinander zu tun." Er erhob sich etwas weniger geschmeidig als sonst, umarmte Sarah und sagte: „Mach's gut, Liebes. Vielleicht sehen wir uns heute Abend aus der Ferne."

Sarah nickte, löste sich von ihm und rannte los. Ihr war, als müsste sie sich ganz schnell von ihm entfernen.

***

Nachdem das Uni-Fest mehrere Jahre ausfallen musste, weil die Stadthalle aufwändig renoviert worden war, sollte es dieses Jahr ganz besonders prächtig werden. Im Gegensatz zu den vorherigen Jahren wurde diesmal die Biegenstraße zwischen der Stadthalle und dem Hörsaalgebäude gesperrt, so dass ein riesiger Platz die beiden Hauptgebäude miteinander verband. Auf diesem waren eine ganze Reihe unterschiedlicher Stände aufgebaut, an denen verschiedene Spezialitäten und Getränke angeboten wurden. In der Mitte thronte ein gewaltiger Spießbraten und daneben eine überdimensionale Paella-Pfanne, die garantiert aus Spanien importiert worden war. Daniel kannte diese Pfannen aus seinen Urlauben an der Valencianischen Mittelmeerküste, wo sie auf keinem Volksfest fehlen durften. Er würde nachher prüfen, ob die provinziellen Marburger auch eine anständige Paella hinkriegten.

Das Fest war jetzt in vollem Gange, und an allen Ständen standen die Besucher, um einen Snack oder ein Getränk zu sich zu nehmen, einige standen in Gruppen und schwatzten, andere flanierten lediglich und sahen sich die Leute an.

Daniel schlenderte über den Platz und machte den ersten Halt in einer eleganten Cocktailbar-Imitation, die mit bequemen Sesseln warb und wenig mit dem Brauerei-Ambiente solcher Feste gemein hatte. Er bestellte sich eine Piña Colada, ließ sich nieder und beobachtete das Volk. Besser gesagt konzentrierte er sich auf die Frauen. Die älteren edel stilisierten Professoren-Gattinnen überschlug er, ebenso die ganz jungen Mädchen, die so gerade der Schulbank entkommen waren. Fast alle trugen ihr Haar lang, meist zusammengedreht in eine zerzauste Zwiebel. Trugen sie es offen, wurden sie in regelmäßigen Abständen mit affektierter Geste nach hinten geschleudert. Dazu das Outfit der Jahreszeit entsprechend mit viel Haut unter den Spaghettiträgern, leider häufig genug von der Rückseite grauslich anzusehen mit sichtbarem BH in unpassender Farbe. Die Mädels sollten sich mal von hinten betrachten! Nein, alles dazwischen war von Interesse und besonders die mittleren Jahrgänge. So wie Sarah eben. Diese Frauen sah er gern an. Dort drüben zum Beispiel: halblange, kastanienbraune Haare, super Figur, enge Hosen, schwarzes Spitzen-Top, grüner Schmuck in exakt der gleichen Farbe wie die Schuhe. Wenn man genau hinsah, waren die Umrisse eines Mini-Tangas zu erkennen. Oder war das nur seine Phantasie? Oder diese: blonder Lockenkopf, tiefblaues, schlichtes Kleid, bunter Sommerschal, braune, hochhackige Sandalen. Er sah im Geiste seine Hand von dem Riemchen der Sandale hochwandern über die Wade, den Oberschenkel, noch ein bisschen weiter… Dort drüben war eine dunkle Schönheit, die ein wenig auf Spanisch machte mit roter Blüte im Haar und glockigem Gewand, als wollte sie gleich einen Flamenco zum Besten geben - auch dieser Typ Frau reizte ihn sehr.

Warum gab er diesem Begehren nicht nach? Warum konzentrierte er sich immer noch auf Sarah? War es ihr Widerstand, der ihn so reizte? Vermutlich. Ja, er wollte jagen und siegen. Und er würde nicht aufgeben. Er hatte schon bei ganz anderen Frauen Erfolg gehabt, auch Sarah würde irgendwann ihre Barrikaden aufgeben. Da war er sich ziemlich sicher.

Daniel ließ noch einmal seinen Blick schweifen, dabei gerieten auch ein paar Männer in sein Visier. Auch da gab es einiges zu sehen heute Abend. Zugegeben, weniger bei der Kleidung, sondern eher bei den

Frisuren. Die Älteren fassten ihr graues, schütteres Haar gern in Pferdeschwänzen zusammen. Sollte das eine 68er-Reminiszenz sein? Ein bisschen Rebellion mit 70? Die Mittelalten liebten die Totalrasur, sprich Glatze, dann konnte man nicht erkennen, wo die Haarpracht anfing und wo sie aufhörte. Schlauer Schachzug bei Haarausfall-Phobie. Die Jüngeren trugen gerne Dutt, hatten die sich das von den Maori abgeschaut, oder wo kam diese komische Mode her?

Daniel war konservativ, nicht nur, was die Frisur betraf. Seine dunkelblonden Haare waren noch recht dicht - er war ja auch erst 42! - und er hatte sie in einen leichten Schwung geföhnt, ein bisschen wie Elvis, aber nicht so extrem und nicht so schmierig. Das passte seiner Meinung nach gut zu seinen markanten Zügen, den deutlich sichtbaren Wangenknochen und dem kantigen Kinn, vor allem aber zu seiner Nase. Die war ein Prachtexemplar, nicht unförmig, aber doch von beeindruckender Größe. Gab es nicht diesen Spruch, nach dem man von der Nase eines Mannes auf seine Potenz schließen konnte?

Bei seiner Kleidung war er anspruchsvoll und kaufte nur teure Marken. Das war er seiner Stellung schuldig und außerdem liebte er es, elegant gekleidet zu sein. Schlabberhosen und schlecht sitzende Jacketts waren ihm ein Gräuel.

Sein Cocktailglas war leer und er stand auf, um ein bisschen herumzuschlendern. In Wirklichkeit suchte er Sarah, das wurde ihm mehr und mehr bewusst. Im Hörsaalgebäude war laute Musik, in den Foyers wurde wild getanzt. In der Überzahl waren es Frauen, die dort tanzten, dazwischen ein paar mutige Männer mittleren Alters. Die ganz jungen Jahrgänge hatten sich in der Cafeteria versammelt, wo eine Disco mit flackerndem Licht schreckliche Geräusche produzierte.

Er ging wieder hinaus auf den Hof, die Paella war jetzt fertig und wurde auf Papptellern serviert. Daniel holte sich ein Glas Weißwein und eine Portion Paella und setzte sich auf eine Bank. Das Reisgericht gab es ja in vielen Variationen, wobei die valencianische, also die ursprüngliche, nur mit Kaninchen, Hühnchen und Bohnen zubereitet wurde. Diese hier war mit Meeresfrüchten, was nicht schlecht schmeckte, aber an die originale natürlich nicht herankam. Daniel fällte ein gnädiges Urteil. Es war nicht einfach, den richtigen Garpunkt des Reises hinzukriegen: er durfte nicht zu weich sein, nicht zu hart, am Rand ein bisschen angebrannt, „socarrat" nannte das der Fachmann, zu denen Daniel sich natürlich zählte. Schon in der kleinen Pfanne musste man dabei geschickt sein, in einer so großen war das richtig professionell.

Er überquerte die Straße und sah sich auf dem Vorplatz der Stadthalle um. Das Restaurant warb um die Gäste, die auch an einem solchen Abend nicht ohne Menü auskommen wollten. Sie saßen draußen und genossen die milden Temperaturen. Daneben plätscherten die in den Boden gelassenen Wasserspiele in wechselnden Farben, auch hier gab es Getränkestände.

Im Innern des Hauses war das Gedränge dicht, denn das Foyer war nach der Renovierung noch kleiner geworden, es bestand eigentlich nur aus einer steilen Treppe. Daniel ging sie hoch in den zweiten Stock und musste sich durch die Menschenmenge regelrecht durchzwängen. Das gefiel ihm überhaupt nicht, aber er wollte auf die Dachterrasse. Bevor er sie betreten konnte, stand er in einem kleinen Stau vor der Tür.

„Sind diese Betonwände nicht schrecklich?", hörte er eine ältere Dame sagen. „Konnte man die nicht verkleiden oder wenigstens anmalen?"

„So mag man das halt heutzutage in der modernen Architektur. Das ist der Brutalismus", dozierte ihr Begleiter.

„Ja, sieht brutal aus", meinte die Dame.

„Hat aber nichts mit brutal zu tun", erklärte nun der Herr oberlehrerhaft, „kommt von 'brut', rau, und bezeichnet den unbehandelten Beton."

‚Aha', dachte Daniel, ‚wie gut, dass ich das jetzt auch weiß, werde ich bei nächster Gelegenheit souverän erwähnen'. Er schob sich durch die Menge hindurch zum Rand der Terrasse.

Von hier oben sah das Gewusel unten auf dem Platz besonders hübsch aus. Die bunten Lampen, die Wasserspiele, die fröhlichen Menschen, die Gerüche der Fressbuden, die Musik, all das fügte sich zu einem sehr lebendigen Bild zusammen. Daniel blieb eine Weile stehen, suchte nach wie vor nach Sarah, konnte sie aber nicht entdecken. Nach einer Weile ging er wieder hinunter, warf einen Blick in den Hauptsaal. Hier wurde etwas hausbackener getanzt, im Moment schwangen die älteren Semester ihre Waden im Foxtrott. Daniel sah eine Weile zu, dann ging er wieder nach draußen.

Er war unschlüssig. Eigentlich wusste er nicht so recht, was er jetzt noch tun sollte. Tanzen kam nicht in Frage, Bekannte hatte er nicht getroffen, noch einen Cocktail trinken hatte er keine Lust, Hunger hatte er auch nicht mehr. Sollte er wieder nach Hause fahren? Natürlich könnte er eine der attraktiven Frauen, die noch immer in großer Zahl das Auge erfreuten, anbaggern. Aber eigentlich wollte er sicher sein, ob Sarah nicht doch noch auftauchen würde. Er entschied sich für einen Kaffee in dem Restaurant, von da aus hatte er einen guten Überblick.

Gerade als er sich setzen wollte, entdeckte er eine Gestalt, die Sarah hätte sein können. Schnell ging er in ihre Richtung, überholte sie, um ihr ganz zufällig von vorn zu begegnen. Tatsächlich. Sie sah toll aus. Ihre dunklen Locken glänzten, sie trug rote, schwere Ohrringe, ein schlichtes schwarzes Kleid mit einem roten Schal und rote Pumps. Alles passte perfekt zusammen, sogar die Farbe des Lippenstifts stimmte.

„Hallo, Sarah, so eine Überraschung! Wusste gar nicht, dass du auch auf solche Feste gehst."

„Warum sollte ich nicht?", fragte Sarah etwas schnippisch.

Auf eine Auseinandersetzung mit Daniel hatte sie nun überhaupt gar keine Lust. Aber im Grunde war es eine Schnapsidee gewesen, herzukommen. Was wollte sie hier eigentlich? Und natürlich musste sie ausgerechnet Daniel in die Arme laufen. So was von überflüssig!

„Bist du in Begleitung, oder darf ich's wagen, dir meinen Arm anzutragen?"

‚Blödmann!' dachte Sarah, ‚versucht hier auf gebildet zu machen und kennt die Zitate nicht einmal richtig. Oder sollte das witzig sein?'

„Weder noch", antwortete Sarah, „ich bin mit einer Freundin verabredet." Das stimmte zwar nicht, aber vielleicht konnte sie auf diese Weise Daniel abschütteln. Weit gefehlt.

„Na, wunderbar, dann können wir uns zu dritt amüsieren."

„Ich glaube nicht, dass sie daran Interesse hat. Und ich auch nicht."

„Och Sarah", Daniel legte seinen Arm um ihre Hüfte und ließ die Hand etwas abwärts gleiten, „sei doch nicht so grausam. Lass uns ein bisschen Spaß haben."

In diesem Augenblick schauten Ilsa und Manfred Buttermann von der Dachterrasse nach unten, und gleichzeitig sahen sie die beiden.

„Deine Krankenschwester wird sich schon auch anders vergnügen, wie du siehst", sagte Ilsa spitz. Manfred verschlug es die Sprache. Woher wusste Ilsa, wie Sarah aussah? Und was sollte er von dieser

Szene halten? War das dieser Apotheker? Sarah hatte ihm kurz von Daniel erzählt und dass sie ihn immer wieder auf Abstand halten musste.

Hatte sich da etwas verändert? Er konnte nicht mehr sehen, wie Sarah sich unter Daniels Arm herauswand und das Weite suchte.

Juli

Das erste, was Barbara sah, als sie die Tür öffnete, war ein großer, bunter Blumenstrauß. Erst dann kam dahinter Sybilles fröhliches Gesicht zum Vorschein. Sie hatte graublonde Haare, die in wilden Afro-Locken um ihren Kopf standen, blitzende, blaue Augen und eine frische Gesichtsfarbe. Sie trug ein hellbraunes Jäckchen und eine Halskette mit großen, bunten Kugeln. Ihre Lippen hatte sie dezent geschminkt, ihr herzliches Lächeln zeigte ein makelloses Gebiss.

„Wie schön, dich zu sehen!", sagte Barbara, ließ sie eintreten und nahm ihr die Blumen ab. „Vielen Dank für den herrlichen Strauß!"

„Hab' ich auf dem Friedhof geklaut", sagte Sybille keck, und als Barbara verdutzt aufblickte, beruhigte sie sie. „Natürlich nicht. Aber es liegt doch nahe, wenn man in Ockershausen wohnt. Oder?"

Barbara lachte und führte sie auf die Terrasse, wo sie bereits den Kaffeetisch gedeckt hatte.

„Setz dich doch. Ich hole eben eine Vase."

Barbara verschwand wieder im Haus und Sybille betrachtete die Umgebung. Die Wagners lebten in der Parterrewohnung eines alten Stadthauses, das früher sicher einmal einer begüterten Bürgerfamilie gehört hatte und jetzt in drei Wohnungen aufgeteilt worden war. Alle Häuser in der Umgebung hatten Gärten, die etwas tiefer lagen als die Erdgeschosse und innerhalb des Blocks eine grüne Insel mit zum Teil mächtigen Bäumen und vielen Blumen bildeten. Durch den Anbau einer Stahltreppe vom Balkon hinunter kamen sie nun in den Genuss eines direkten Zugangs, und da die anderen Hausbewohner den Garten höchstens mal für ein Sommerfest nutzten, konnte Barbara ihn als den ihren betrachten und nach Herzenslust Blumen pflanzen.

Sybille sah ein bisschen neidisch auf die Pracht. Ihre Wohnung lag im zweiten Stock eines Genossenschaftsblocks, der zwar auch viel Grün nach hinten hinaus hatte, aber sie konnte halt nur vom Balkon runter auf den Rasen blicken.

„Hübsch ist das hier. Das Südviertel ist doch nach wie vor eine gute Adresse", sagte sie, als Barbara mit dem Strauß wieder auf die Terrasse trat.

„Stimmt, wir sind auch froh, dass wir diese Wohnung gefunden haben."

Sie schwankte plötzlich ein wenig, stellte schnell die Vase auf den Tisch und hielt sich an der Stuhllehne fest. Sybille war sofort bei ihr, um sie vor einem eventuellen Sturz zu bewahren, aber da hatte Barbara schon wieder Halt.

„Ist alles in Ordnung mit dir?"

„Ja, schon vorbei. Danke. Alles gut. Setz dich doch."

Sybille schaute noch ganz besorgt, aber Barbara lächelte nur, stellte die Vase in die Mitte des Tisches und nahm die Kaffeekanne, um ihnen einzugießen.

„Sag mal, was ist mit dir? Ich weiß, dass du in der Klinik warst. Willst du darüber sprechen?" Sybilles direkte Art war erfrischend, aber manchmal auch an der Grenze zur Neugier.

Doch Barbara konnte gut damit umgehen und hatte früher in der Schule durchaus ab und zu die Auskunft verweigert.

„Im Zeitraffer: Ich hatte letztes Jahr einen leichten Schlaganfall, der glücklicherweise glimpflich ablief, weil die Hilfe ganz schnell da war. Dann haben sie mir einen Stent gesetzt, der bis jetzt gut funktioniert hat. Ich nehme allerdings noch Medikamente, die anfangs ziemliche Nebenwirkungen hervorriefen. Dann ging es sechs Wochen ganz prima, aber jetzt fangen die Schwindelgefühle und Erschöpfungszustände wieder an. Nächste Woche muss ich wieder in die Klinik, um das untersuchen zu lassen. Vielleicht muss doch ein Bypass her, mal sehen."

Sybille nickte und merkte, dass Barbara nicht mehr erzählen wollte.

„Und du?", fragte Barbara, „wie geht's dir? Seit wann wohnst du in Marburg?"

„Seit meiner Pensionierung, die ich Gott sei Dank beizeiten eingeleitet habe. Ich kriege zwar etwas weniger Knete, aber die Unabhängigkeit ist mir ein Vielfaches wert. Und dann hat mir das traute Dagobertshausen nicht mehr so recht gefallen. Einerseits etwas langweilig und andererseits nervig mit dem ganzen Vergnügungs-Zauber, der da jetzt gebaut worden ist. Hier eine Reithalle, da ein Restaurant, dort eine Eventscheune, fehlt nur noch das Kasino! Und dazu natürlich breite Straße, dicker Parkplatz, viele Autos. Und jetzt in Ockershausen? Ich brauche kein Auto mehr. Hab' meins verkauft und bin glücklich."

Barbara betrachtete Sybille, wie sie voller Überzeugung sprach und dabei den Kuchen nicht ignorierte. Sie hatten immer gut zusammen arbeiten können, aber privat waren sie sich nicht sehr nahe gekommen. Sybille hatte wohl einen erwachsenen Sohn, einen Partner hatte man allerdings nie bei ihr gesehen. Zeitweise lebte sie mit einer Frau zusammen, wobei man munkelte, ob das nur eine WG oder mehr war. Aber keiner fragte sie und sie erzählte wenig von sich. Sie hatte zwar einige Jahresringe mehr als sie selbst, doch ihre lebhafte Art machte das mehr als wett.

„Und jetzt habe ich noch einen unheimlich netten Mann kennen gelernt", fuhr Sybille fort.

‚Aha,' dachte Barbara, ‚dann ist sie wohl doch kein Lesbienchen?'

„Auch pensioniert, war bei der Polizei, etwas älter als ich. Abends kommt er ab und zu auf einen Sherry zu mir herüber, dann erzähle ich ihm, was in Marburg passiert. Er ist ein ziemlicher Kommunikationsmuffel und ich ja nun gar nicht. Und weil ich immer alles, was in der MP steht, schon einen Tag vorher weiß, ist er durch mich immer bestens informiert."

„Wie machst du das mit dem einen Tag vorher?" fragte Barbara interessiert.

„Ganz einfach: Smartphone, Whatsapp, viele Kontakte und Antennen am Kopf. Hab' ich alles. Und Korbi..."

„Korbi?"

„Ja, das ist sein Spitzname."

„Eher Spitz- oder eher Streichelname?"

„Jetzt willst du's aber ganz genau wissen, was? Nee, eher Spitz. Ich bin, abgesehen von dem Nachrichtensender, so eine Art Katalysator für ihn."

„Du sprichst in Rätseln."

„Also, Korbi war schon zweimal verheiratet und ist mit seinem jetzigen Zustand sehr zufrieden. Seine zweite Frau hat erst nach ihrer Scheidung gemerkt, was sie an Korbi hatte. Ihr neuer Mann entpuppte sich nämlich als eine absolute Knalltüte. Naja, und jetzt versucht sie, ihn wieder anzubaggern. Und solange Korbi darauf keine Lust hat, schiebt er mich vor. Ich muss dann sozusagen die Atmosphäre reinigen. Aber ich mach das gern. Ist lustig. So ein bisschen wie Verstecksspielen."

Sybille grinste hintergründig und schob sich ein Stück Kuchen in den Mund. „Wirst du denn wieder in die Schule gehen, wenn du fit bist?"

„Ich kann ja noch nicht absehen, wie lange dieser Kreislaufkasper dauert", antwortete Barbara. „Und ich bin mir auch noch nicht sicher, ob ich schon aufhören möchte. Es ist gut, dass ich das nicht jetzt entscheiden muss."

„Ich kann dich eigentlich nur bestärken, wenn du ans Aufhören denkst. Du hast noch viele Jahre vor dir, die du mit deinem Friedemann genießen kannst. Wann wird er denn pensioniert?"

„Eigentlich erst in fünf Jahren, also könnte ich auch noch eine Weile arbeiten und wir hören dann zusammen auf."

„Überleg' es dir gut. Es ist einfach ein tolles Gefühl, wenn du entscheiden kannst, was und wann du arbeitest. Du musst ja nicht den ganzen Tag auf der Couch liegen."

„Was machst du denn, wenn du gerade mal nicht auf der Couch liegst oder auf Sendung bist?"

„Och, nichts Aufregendes. Ich mache viel Sport, bin in einigen Vereinen, helfe ab und zu im Welt-Laden aus, schreibe ein paar Geschichten, und dann bin ich natürlich gern unterwegs. Verreisen, wenn keine Ferien sind, ist klasse. Und da ich noch ganz viele weiße Flecken auf meiner Landkarte habe, nutze ich das jetzt mit großem Vergnügen. Das muss gar nicht weit sein, oft machen wir nur kleine Touren innerhalb Deutschlands. Ich habe ein paar Freundinnen, die auch solche Reisetanten sind. Mit denen tingele ich dann regelmäßig."

„Das hört sich toll an. Ich könnte mir vorstellen, dass dies das wichtigste Argument für eine vorzeitige Pensionierung sein könnte. Wenn ich mal so weit bin, nehmt ihr mich dann mit?"

„Das kann ich dir in die Hand versprechen. Du würdest gut zu unserem Klub passen."

„Dann will ich mich mal beeilen, damit ich bald wieder fit bin", sagte Barbara fröhlich und goss noch einmal Kaffee nach. Sie konnte nicht ahnen, dass dieser Wunsch nicht in Erfüllung gehen würde.

***

Daniel stand vor seinem Ganzkörperspiegel und betrachtete seinen Körper. Das Open Side Shirt hob seine kräftige Schultermuskulatur hervor, und die Boxershorts brachten seine Oberschenkel richtig gut zur Geltung. Nicht umsonst ging er regelmäßig ins Fitness-Studio und unterstützte dies mit einem entsprechenden Cocktail aus seiner Apotheke, den man durchaus auch an der Theke der Muckibude erstehen konnte. Er war zufrieden mit sich. Seine Muskelmasse und der Reingewinn der Anabolika bildeten ein ansehnliches Gespann.

Jetzt dachte er über die beste Garderobe für diesen Tag nach. Eher helle Hose und gestreiftes Hemd mit Leinensakko oder besser Jeans mit Poloshirt und leichtem Pulli über den Schultern? Oder doch lieber Rolli und Lederjacke? Was passte besser zu seinem neuen Lebensabschnitt? Er entschied sich für Outfit Nummer 1, zögerte allerdings noch ein wenig bei der richtigen Farbe des Sakkos. Eher Zimt oder Kiesel oder Staubblau? Oder nein, doch lieber eine Kombination von allen dreien. Mit Wildlederslipper (Lava), Baumwollhose (Ecrue), Polo (Trüffel) und Lederjacke (Whiskey) fühlte er sich schließlich standesgemäß und dem Anlass entsprechend gekleidet.

Er setzte sich in seinen VW und fuhr quer durch die Stadt Richtung Süden. Sein erster Halt war der Weinladen, wo er mit viel Muße - er hatte sich für diesen Tag frei genommen - einen Champagner und einen Bordeaux kaufte. Sehr vorausschauend hatte er sich kürzlich einen Minikühlschrank fürs Auto angeschafft, den er nun einweihen konnte. Im Supermarkt erstand er ein paar Rosmarin-Chips, Salzmandeln und Lachshäppchen.

Schließlich machte er sich auf den Weg zu seinem ersten „richtigen" Ziel des heutigen Tages: dem BMW-Händler. Etwas verschämt parkte er seinen alten Golf am Rand des Geländes und schritt elastisch auf das gläserne Verkaufsgebäude zu. Die Türen öffneten sich automatisch und kaum hatte er den repräsentativen Raum betreten, steuerte eine attraktive Frau, wieder eine von diesen feschen Mittdreißigerinnen, auf ihn zu und begrüßte ihn wie einen alten Bekannten.

„Hallo, Herr Schneider. Heute ist es endlich soweit! Das gute Stück ist gestern gekommen, wir haben es heute für Sie angemeldet und Ihre Wunschkennzeichen sind auch schon dran. Sie könnten also geradewegs einsteigen und losfahren."

„Ja, das habe ich auch vor. Wo steht er?"

„Ich bringe Sie gleich hin. Ich möchte Ihnen noch die Papiere, das Handbook und das Garantiepaket mitgeben. Wir haben schon alles vorbereitet."

Sie ging zu einem schwungvollen Tresen, zog ein Päckchen in schwarzer Lederverpackung hervor und überreichte es Daniel. Dann wandte sie sich zur Tür. „Bitte kommen Sie mit."

Er folgte ihr gerne, denn sie trug einen Lendenschurz-ähnlichen Seidenrock und schwarze High-Heels. Ihre Waden waren tadellos, ebenso Po und Hüften. Die Vorderseite hatte er nicht so genau inspizieren können, weil ihn das Lederpäckchen so fasziniert hatte, aber vermutlich passte sie zum Ensemble. Auf dem Hof standen einige hochwertige Karossen, aber Daniel hatte sein Schmuckstück bereits entdeckt. Die Frau steuerte auch genau auf diesen Wagen zu.

Während er sich seinerzeit sehr schnell für den Fahrzeugtyp, es musste ein Sechser sein, und die diversen Ausstattungs-Extras entschieden hatte, fiel ihm die Entscheidung über die Farbe der Lackierung schwer. Metallic musste schon sein, aber eher Glaciersilber oder Space Grey oder doch lieber Kaschmir? Schließlich hatte er sich für Glaciersilber entschieden, das klang einfach cool. Auch die Wahl der Lederfarbe war richtig schwierig. Saß es sich besser auf Pergament, Château, Amethyst oder Magma? Das war die engere Wahl gewesen.

Jetzt warf die umwerfende Verkäuferin ihre blonde Mähne nach hinten, setzte ein strahlendes Lächeln auf und hielt ihm einen Schlüssel hin.

„Herzlichen Glückwunsch, Herr Schneider, und ganz viel Vergnügen mit Ihrem neuen Cabrio."

Daniel fühlte sich wie ein Lottokönig. Es hätte nicht viel gefehlt, und er hätte die blonde Schönheit an sich gezogen und sie zu einer Spritztour eingeladen. Vielleicht rechnete sie sogar damit? So verführerisch, wie sie ihm den Schlüssel entgegenhielt, als ob es der Schlüssel zu ihrem Schlafzimmer wäre?

Daniel riss sich zusammen, nahm den Schlüssel entgegen und bündelte seinen Charme, indem er ihr lediglich tief in die Augen blickte und sagte: „Aus Ihrer Hand ist der Schlüssel ein doppeltes Geschenk. Vielen Dank. Würden Sie mir bitte noch einmal zeigen, wie der Klappmechanismus funktioniert?" Dabei stieg er ein und ließ sich mit einem Wonnegefühl auf die Ledersitze (Farbe: Château) gleiten.

„Natürlich, gerne."

Um an den Knopf für das Verdeck zu kommen, musste sie sich weit nach vorne beugen, so dass Daniel sich nun auch von der Qualität der Frontausstattung überzeugen konnte.

„Sehen Sie, hier öffnen und schließen Sie das Verdeck. Achten Sie bitte darauf..."

Daniel hörte nicht mehr hin, er wusste sowieso alles über das Auto, er hatte das Vorführmodell mit Hingabe getestet und bereits alle Knöpfe mehrfach gezogen, gedrückt, geschoben... Er schnupperte an ihrem Parfüm, auch das war sehr einladend. Jetzt konnte er sich nicht mehr beherrschen. Wie aus Versehen stieß seine Hand an ihren Oberschenkel und blieb ein kurzes Weilchen dort liegen.

„Oh, Entschuldigung", murmelte er, und der Untertitel lautete deutlich: „Darf's ein bisschen mehr sein?"

„Okay", sagte die Frau, und Daniel wusste nicht, ob sie die Entschuldigung oder den Untertitel meinte. „Dann ist ja soweit alles klar, oder?" Sie richtete sich auf, ihr Blick war jetzt eher geschäftsmäßig als verführerisch. „Unser Kundendienst ist jederzeit für Sie da. Ich wünsche Ihnen eine gute Fahrt."

Damit stöckelte sie über den Hof zurück zum Verkaufsgebäude. Daniel war etwas verwirrt, dass sein Charme so wenig Resonanz gebracht hatte, aber jetzt war das Auto wichtiger. Er ließ es vorsichtig an, und der Motor schnurrte wie eine zärtliche Katze. Was für ein Klang! Er rollte langsam über den Hof zu seinem alten Golf und nahm den Korb mit den Lebensmitteln und den Kühlbehälter heraus. Sogar das hatte er im Vorfeld recherchiert: Wie man diese raffinierte Minibar anschloss, um im geeigneten Moment den Champagner artgerecht temperiert präsentieren zu können. Den Schlüssel würde er demnächst beim Gebrauchtwarenhändler abgeben, der konnte die alte Kiste dann abholen. Damit wollte er sich nun nicht auch noch beschäftigen.

Er fuhr auf die Umgehungsstraße und bog auf die Schnellstraße Richtung Gießen. Bis Sarah Dienstschluss hatte, dauerte es noch eine Stunde und die wollte er jetzt auf der Jungfernfahrt genießen. Er öffnete das Verdeck, schob eine CD, auch an die hatte er gedacht und sorgfältig ausgewählt, in den Player und drehte die Lautstärke ordentlich auf. Dann bog er auf die Autobahn Richtung Gießen, um seinem neuen Spielzeug ein bisschen Dampf zu machen.

Er klopfte den Takt auf dem Lenkrad mit - passende Handschuhe musste er sich noch zulegen - und überholte zügig einen PKW nach dem nächsten. Auf eine Geschwindigkeitsbegrenzung konnte er jetzt keine Rücksicht nehmen, sollten sich die Prolo-Deppen mit ihren Rostlauben doch daran halten. Dafür musste er mehrmals die Lichthupe betätigen, weil ihm nicht rechtzeitig der gebührende Platz eingeräumt wurde. Auch die Hupe hatte einen betörenden Klang. Es war alles perfekt. Er sammelte auf diese Weise circa 15 Ordnungswidrigkeiten, aber es war sein Glückstag. Keine Polizei, kein Blitzer.

Langsam sollte er sich auf den Heimweg machen, damit er Sarah nicht verpasste. Also fuhr er von der Autobahn ab und nahm jetzt für den Rückweg die Landstraße. Er freute sich schon auf Sarahs Gesicht. Das würde mit Sicherheit eine gelungene Überraschung. Mit so einem Auto mussten ihre Widerstände dahinschmelzen wie Vanilleeis in der Sahara. Er würde ihr eine kleine Spritztour anbieten und dann an einem abgelegenen Waldweg die Minibar öffnen. Sogar an Gläser hatte er gedacht, es konnte eigentlich nichts schiefgehen.

Rechtzeitig erreicht er das Klinikum auf den Lahnbergen und suchte einen Parkplatz im Freien, wo man sein Auto auch aus einiger Entfernung gut sehen konnte. Leider war ihm der Mitarbeiterparkplatz verwehrt, sonst hätte er sich direkt vor den Personalausgang gestellt, den Sarah in der Regel benutzte. Um ganz sicher zu sein, dass er sie nicht verpassen würde, wollte er sie an der Station, auf der sie arbeitete, abpassen.

Dazu musste er allerdings erst einmal durch den Haupteingang die untere Halle aufsuchen, in der sich nicht nur ein Blumen- und ein

Bücherladen, eine Bäckerei und ein Frisör mit umfangreichem Perücken-Angebot, sondern auch die Rezeption befanden, wo er sich den Weg zu Sarahs Station beschreiben ließ. Auf dem Weg verlief er sich einige Male und schien immer wieder in Abstellfluren zu stranden, aber nach einigen Versuchen und weiteren Auskünften von vorbei hastendem Personal hatte er schließlich die richtige Station gefunden.

Beim Passieren der Zugangstür rannten zwei Schwestern den Gang entlang, ein Arzt nahm mit fliegenden Kittelschößen den gleichen Weg. Irgendwo blinkte ein Licht, allgemeine Hektik verbreitete eine unangenehme Atmosphäre. Es schien irgendetwas passiert zu sein.

***

Sarah nahm eine Wasserflasche und ein Glas und ging in Zimmer 7. „Soll ich Ihnen ein wenig eingießen, oder möchten Sie später trinken?"

„Ach Schwäster, schirre Sej mir doch bitte woas eans Gloas, ich krieje die Flasche immer so schlaicht uff."

„Gern, Frau Weiershäuser. Brauchen Sie sonst noch etwas?"

„Ach Schwäster, aich wollt so gern mit meier Schwiejertochter telefoniern, oawer aich hu mei Brill verlägt en wääß die Nommer nit. Dej hu nemlich e naue. Aich brauch noch e Noachthimd en poar Innerhose. Doas sinn dej mir bränge. Kinn Sej bitte moal en mei Bichelche gucke? Dej häße so wej aich."

Sarah nahm das speckige Telefonbüchlein vom Nachttisch und schlug nach. „Da stehen vier Weiershäuser. Welche sind es denn?"

„Der Gerd en die Ute en de Borngass 15 en Ronzhause. Kinnte Sej so lieb sei en oach fir maich wiern? Da vertoa aich mich wenigstens nit."

Sarah wählte und reichte der alten Frau den Hörer.

„Ach Schwäster, Sej sei so lieb. Vielen Dank."

Sarah lächelte und verließ eilig das Zimmer. Sie musste noch einige Apparate kontrollieren und solche Extrawünsche kosteten immer zusätzlich Zeit. Aber wenn noch nicht einmal ein paar Minuten für das Privatgespräch mit einer Patientin übrig waren, war irgendetwas falsch im System. Gott sei Dank gab es keine starren Besuchszeiten mehr und die Verwandten konnten kommen und gehen, wann sie wollten. Das hatte Vor- und Nachteile. Manchmal konnten die Besucher dem Personal auch einen Gang abnehmen, aber meist störten sie eher mit Fragen und Bitten.

Als sie gerade die Tür von Zimmer 10 öffnen wollte, um dort den Tropf zu kontrollieren, kam Manfred über den Flur und stellte sich dicht neben sie. Er schaute nach links und nach rechts, es war niemand zu sehen.

Er streichelte kurz ihre Wange, küsste sie schnell auf den Mund und sagte: „Kannst du gleich mal in mein Zimmer kommen? Es ist dringend."

Sarah nickte und wartete, bis er sich entfernt hatte. Erst dann betrat sie das Zimmer und begrüßte die Patientin.

„Hallo, Frau Wagner, ist alles okay?"

„Glaub schon", antwortete diese müde und versuchte zu lächeln.

Sarah kontrollierte die Durchlassgeschwindigkeit des Tropfs und korrigierte sie minimal. Dann legte sie ihre Hand auf den Arm der Patientin und sagte: „Der Arzt hat Ihnen ja schon gesagt, dass die Operation gut verlaufen ist. Machen Sie sich keine Sorgen. Dass Sie noch schlapp sind, ist völlig normal."

„Ich habe so komische Schmerzen im Bauch und kriege schlecht Luft."

„Das werden die Nachwirkungen von der OP sein. Wenn sie stärker werden und länger anhalten, müssen wir Sie noch mal untersuchen. Hier ist der Knopf, mit dem Sie uns rufen können. Ich schau nachher noch einmal rein." Sie strich beruhigend über den Arm und verließ das Zimmer.

Sie zögerte. Sollte sie gleich in Manfreds Zimmer gehen oder lieber noch die anderen Apparate kontrollieren? Es war das erste Mal, dass er mit ihr auf der Station allein sprechen wollte. Sie hatten immer alle Situationen vermieden, die einen Verdacht nähren könnten. Auch wenn das Personal etwas wusste oder ahnte, sollte jede Provokation vermieden werden. Für Sarah war das Selbstschutz vor Gerede, für Manfred Schutz seiner derzeitigen und noch mehr erwünschten Position. Wenn er es also so dringend machte, würde es wohl etwas Wichtiges sein. Aber lange dauern durfte es auf keinen Fall.

Auch jetzt war niemand auf dem Flur zu sehen und sie klopfte leise an die Tür des Arztzimmers. Genau genommen war das natürlich nicht Manfreds Zimmer, sondern jeder diensthabende Arzt hatte das Recht, sich dort aufzuhalten und Untersuchungen durchzuführen. Aber Manfred als Ranghöchster auf der Station hatte so nach und nach das Zimmer für sich reklamiert. Außer der notwendigen medizinischen Ausrüstung und einiger Fachliteratur lagen noch ein paar persönliche Gegenstände herum, allerdings keine Familienfotos auf dem Schreibtisch! Und so nutzten die Kollegen diesen Raum fast gar nicht. Die Assistenzärzte hielten sich lieber im Schwesternzimmer auf und die Studenten hatten auf der Station überhaupt keine Heimat.

Als sie die Tür öffnete, stand Manfred am Fenster und sah hinaus.

Er kam schnell auf sie zu, nahm sie in die Arme und küsste sie auf Mund und den Hals hinunter. Sarah wehrte ihn ein wenig ab. „Manfred! Doch nicht hier! Wenn jetzt jemand reinkommt!"

„Wird er nicht." sagte er und schloss behutsam ab. „Ich muss dich einfach einmal anfassen dürfen, wenn ich dauernd an dir vorbeilaufe."

Er sah sie begehrlich an, küsste sie wieder, streichelte ihren Po und drückte sich an sie. „Wenn jemand klopft, reagieren wir einfach nicht. Ich habe den Pager abgeschaltet. Wir müssen nur ganz leise sein."

Damit öffnete er ihren Kittel und streifte ihn ab. Sarah war völlig perplex. Sie wollte das eigentlich nicht auf der Station. Sie musste noch die anderen Apparate kontrollieren. Und wie peinlich, wenn sie draußen jemand hörte. Sie wollte sich aus seiner Umarmung freimachen, aber Manfred ließ ihr keinen Raum. Er küsste sie fordernd und besitzergreifend, und sehr bald konnte und wollte Sarah keinen Widerstand mehr leisten. Es war eine kribbelnde Lust in ihr, hier, unter diesen Umständen, auf der schmalen Untersuchungsliege eine schnelle, kleine Kliniksnummer zu haben, entgegen aller Vernunft und Disziplin.

So ganz schnell war er dann doch nicht, und sie waren auch nicht so leise, dass sie die Rufe draußen auf dem Flur hätten hören können. Erst als jemand gegen die Tür pochte und „Doktor Buttermann! Sind Sie da? Doktor Buttermann!" rief, lösten sie sich erschreckt, zogen sich schnell an und warteten, bis die Schritte sich von der Tür entfernt hatten. Dann öffnete Manfred leise das Schloss und glitt hinaus. „Komm später nach!", sagte er noch und dann war er verschwunden.

Sarah befand sich mit einem Schlag wieder in der Realität. Irgendetwas musste passiert sein, da konnte sie nicht hier sitzen und strategische Pausen einlegen. Sie lief auf den Flur und sah sich um. Dort,

Zimmer 10! Die Alarmlampe blinkte und eben schoben sie Frau Wagner hastig hinüber in Richtung OP. Manfred war nicht zu sehen, offenbar bereitete er sich bereits auf einen Noteingriff vor.

Sarah wurde ganz schlecht. Sie hatte der Patientin versichert, dass sie sie rufen könne und dass sie noch einmal nach ihr sehen wollte. War denn keiner auf der Station gewesen, der das Licht gesehen hatte und hätte einspringen können? Nein, dieser Gedanke war jetzt völlig überflüssig. SIE war nicht da gewesen. hatte versagt. Sie hatte etwas getan, was nicht hätte sein dürfen. Sie hatte Schuld. Ein tiefer Schluchzer stieg in ihr auf, den sie nicht beherrschen konnte. „Bitte, lieber Gott, lass alles gut gehen! Bitte lass sie überleben! Bitte!"

Es dauerte eine kleine Ewigkeit, bis sie Gewissheit hatte. Ihr Gebet hatte niemand erhört. Barbara Wagner hatte nach einer spontanen Embolie einen Kreislaufstillstand erlitten. Die eingeleitete Reanimation konnte ihren Tod nicht verhindern.

Sarahs erster Gedanke war Flucht. Weglaufen in den Wald, irgendwohin, wo niemand war. Sich verkriechen in eine dunkle Höhle und abwarten, bis das Zittern von Körper und Seele etwas weniger würde. Sie ging ins Schwesternzimmer, wo die anderen Pflegekräfte, die auch Dienstschluss hatten, mit der unterbrochenen Übergabe fortfuhren. Sarah stand daneben wie eine Wachsfigur und hörte die Stationsschwester die Daten verlesen. Fühlte sich keiner verantwortlich für das, was da gerade geschehen war? Hatte eben zum Zeitpunkt der Übergabe das Notlicht im Schwesternzimmer nicht geblinkt? Hatte es keiner gesehen? War sie die Einzige, die so etwas wie Schuld verspürte? Gehörte ein solches Unglück zur Alltagsroutine der anderen?

Mechanisch ging sie zu ihrem Spind, nahm Jacke und Tasche und verließ die Station.

Vor der Tür stand Daniel.

„Sarah! Endlich! Ich habe auf dich gewartet. Ich habe eine Überraschung..."

Sie sah ihn mit leeren Augen an, und als er ihr fahles Gesicht sah, erschrak er.

„Sarah, ist etwas passiert?"

Sie schüttelte den Kopf, und plötzlich rannte sie los. Den langen Flur hinunter war es noch kein Problem, ihr zu folgen. Aber dann war sie plötzlich um eine Ecke gebogen und verschwunden. Daniel nahm dieselbe Abzweigung und war offenbar auf einer anderen Station gelandet. Eine junge, hübsche Frau mit asiatischen Gesichtszügen schob einen Essenscontainer vor sich her. Er drängte sich an ihr vorbei und lief ein paar Schritte den Flur hinunter. Ein Arzt kam gerade aus einem der Patientenzimmer und sah ihn etwas erstaunt an.

Aber Daniel drehte bereits um, hier würde er Sarah nicht finden. Zurück auf dem Hauptflur hastete er wieder los, bog in einen nächsten Nebengang ein. Hier standen mehrere Betten auf dem Flur, in einem lag ein unförmiges Bündel. Er mochte nicht wissen, ob sich unter dem Wäscheberg ein Mensch befand oder nicht. Noch eine Abzweigung weiter schien er in ein Lager oder einen Labortrakt geraten zu sein, verschlossene Türen auf beiden Seiten des Gangs boten zwar Informationsschilder, aber er hatte keine Zeit, sie zu lesen.

Wieder zurück im Treppenhaus, rannte er die Treppe hinunter und kam in einen schmalen Gang, in dem Wäschecontainer ein schnelles Vorwärtskommen erschwerten. Er schlug einen Haken, kam in eine neue Abzweigung, die wieder etwas breiter war. Doch direkt vor ihm schlurfte eine sehr alte Frau, gebückt und mit einem Stock tastend, genau in der Mitte des Gangs. Sie trug einen rosa Bademantel und ein grünes Kopftuch. Offenbar hatte auch sie sich verlaufen. Er schob sich an ihr vorbei und sah über sich ein Schild „Zum Kreißsaal". Das konnte niemals der richtige Weg sein, dennoch lief er weiter und kam hinter einem Fahrstuhl in einen Raum, der sich zu einem Wartezimmer öffnete.

Daniel war in der Blutbank gelandet. Er lief die Treppe hinauf, sah einen Hinweis auf die Kinderstation und kapitulierte. Hier gab es für einen Eingeweihten zu viele Möglichkeiten, sich zu verstecken.

Er konnte sich gut vorstellen, wie sich hier die meisten Menschen leicht verirrten. Allein die Bezeichnungen der Ebenen - er war gerade von „+2" auf „-2" hinunter und dann wieder auf „0" empor gestiegen - würde vielleicht den einen oder anderen überfordern. In dem weiträumigen Haupt-Treppenhaus, in dem er sich jetzt befand, war es wieder leichter, sich zurechtzufinden, und er fand den hinteren Ausgang des riesigen Gebäudes.

Er sah sich um. Am anderen Ende des gewaltigen Klinik-Komplexes angelangt, musste Daniel sich erst einmal orientieren. Er verließ den Neubau, in dem er nach seiner Odyssee gelandet war, überquerte einen Parkplatz und wandte sich in Richtung Haupteingang. Dort kannte er sich wieder aus.

Auf dem Weg zum Parkplatz ging er an der Bushaltestelle vorbei, um zu sehen, ob Sarah dort vielleicht stand. Aber sie war offenbar noch in dem Gebäude oder schon im Wald. Er zuckte mit den Schultern und ging hinüber zum Parkplatz. Da stand nun sein schönes Cabrio, glänzte glaciersilbern in der Sonne und wartete auf ihn.

Als er sah, dass sich einige Menschen staunend um das Auto versammelt hatten und offenbar den Preis diskutierten, wurde ihm aber doch noch ganz warm ums Herz. Voller Stolz ließ er aus möglichst weiter Distanz den Schließmechanismus klicken und genoss dann die Blicke der Bewunderer, als er sich dem edlen Gefährt näherte, gekonnt lässig die Tür öffnete, sich elegant auf den Fahrersitz gleiten ließ und den Motor startete. Erst als er kein Publikum mehr um sich hatte, kam der Groll auf Sarah hoch. Sie hatte ihm seine Überraschung gründlich verhagelt, und das nahm er ihr übel.

August

„Erde zu Erde, Asche zu Asche, Staub zu Staub." Erde zu Erde. Erde zu Erde. Leben zu Ende. Asche zu Asche. Mehr Laub als Staub. Raschelndes Laub, Vogelgezwitscher. Ein strahlend blauer Himmel überspannte den Ruheforst, die Sonnenstrahlen blitzten durch die dichten Buchenkronen. Erde zu Erde. Asche zu Asche. Drei Mal eine Handvoll Erde auf die Urne, in der Barbaras Asche lag, jetzt noch in dem Loch neben der Buche, bald an den Wurzeln, dann in dem Baum, ihn nährend und erhaltend. Friedemann schaute hinauf in die Krone, als wollte er den Weg verfolgen, den Barbaras sterbliche Reste nehmen würden. Als er den Blick senkte, sah er die Trauergemeinde wie eine dunkle Masse, die sich um den Urnenbaum verteilte. In einigem Abstand stand eine Frau allein, die ihm bekannt vorkam, die er aber nicht einordnen konnte. Sie gehörte jedenfalls weder zu Barbaras Kolleginnen noch zu den Freunden aus dem Südviertel.

Die Gruppe sprach das Vaterunser. Das undeutliche, dumpfe Gemurmel wurde übertönt von den Vögeln, die hier ihr eigenes Konzert veranstalteten. Auch als der Pfarrer den Segen sprach, hatten die Zwitscherer keinen Respekt und flöteten unbeirrt weiter.

Jetzt war die Zeremonie zu Ende, der Pfarrer schüttelte Friedemann die Hand, die Freunde sprachen ihm ihr Beileid aus, manch einer umarmte ihn still, andere drückten nur seine Hand. Es gab kaum Verwandte, ihrer beider Eltern waren bereits verstorben, und Friedemanns Bruder lebte in Kanada.

Nur Hanna, Barbaras Cousine, war gekommen. Sie umfasste Friedemanns Schultern und sagte: „Wenn ich dir irgendwie helfen kann, sag bitte Bescheid."

Friedemann nickte und fühlte sich trotzdem inmitten dieser Menschen, die ihm so zugetan waren, hilflos und allein gelassen. Am liebsten wäre er so schnell wie möglich nach Hause gefahren oder irgendwohin, wo er allein sein konnte. Aber das ging natürlich nicht. Er hatte zu einem Kaffee in einem kleinen Gasthof eingeladen, und das musste er heute noch überstehen. Langsam löste sich die Gruppe auf, die Leute gingen in Richtung Parkplatz, genossen den kleinen Spaziergang auf dem schattigen Weg zurück. Die fremde Frau war nicht mehr zu sehen, sie war offenbar in eine andere Richtung gegangen.

Während des Kaffees hielt Friedemann sich tapfer. Er hatte lange überlegt, in welcher Weise er dieses Ritual gestalten sollte. Ein Bild von Barbara aufstellen? Gegenstände, die sie liebte, dazulegen? Eine kleine Rede halten? Er hatte nicht so viel Erfahrung mit Trauerfeiern, und wenn, wurden diese in der Regel von Kindern für ihre Eltern inszeniert. Inszeniert - das hörte sich an wie eine Theatervorstellung, und während er weiter darüber nachdachte, wurde ihm die Nähe zwischen diesen beiden Veranstaltungen unangenehm bewusst. Doch das war ja das Wesen eines Rituals: Die geplante Durchführung eines Vorgangs, bei dem man sich an Traditionen und Regeln zu halten hatte. Und die Ausgestaltung dessen hatte damit sehr wohl etwas von einer Inszenierung.

Wurde das wirklich von ihm erwartet? Oder war er das Barbara schuldig? Musste er nicht eher für sie als für die Trauergemeinde etwas geben, etwas sagen, sie würdigen, liebevoll an sie erinnern? Natürlich musste er das nicht, aber er wollte es für Barbara tun, und trotzdem verursachte ihm der Gedanke daran Qualen. Er wollte kein Foto und keine Devotionalien, ein paar Worte mussten genügen. Seine Fähigkeiten als sprachlich versierter Akademiker halfen ihm überhaupt nicht weiter, und nach mehreren Abenden schmerzhaften Grübelns und Konzipierens hatte er am Ende eine kleine Ansprache verfasst, mit der er zwar nicht zufrieden war, die ihm aber doch das

Gefühl gab, dieser schwierigen Aufgabe einigermaßen gerecht geworden zu sein.

Als alle Freunde und Kollegen in der Gaststube versammelt und bewirtet waren, erhob er sich und verlas diese schwierigste aller seiner bisher gehaltenen Reden. Immer wenn seine Stimme brüchig zu werden drohte, räusperte er sich heftig und fuhr fort. Er schaffte es ohne Tränen, doch es kostete ihn eine unendlich große Anstrengung.

Als er fertig war, dachte er, der schwierigste Teil läge nun hinter ihm. Aber dann erhob sich ein Kollege, um Barbaras Verdienste in der Schule zu würdigen, ein Bekannter aus Studentenzeiten erinnerte an fröhliche gemeinsame Stunden, und eine enge Freundin der letzten Jahre beschwor die herausragenden Eigenschaften dieser außerordentlichen Frau herauf.

Friedemanns psychische Kräfte nahmen mit jeder Viertelstunde spürbar ab, er versuchte sich auf die Freunde zu konzentrieren, die wiederum mühten sich, ihm das Gefühl des Aufgehoben-Seins zu vermitteln und boten ihre Hilfe an. Doch was oder wer konnte jetzt helfen? Eigentlich wussten es alle, aber die Geste kam von Herzen, und Friedemann nahm sie dankbar zur Kenntnis. In einer Ecke sah er zu seiner Verwunderung Hanna und Sybille in angeregtem Gespräch. Kannten sich die beiden von früher? Davon wusste er nichts. Aber er war jetzt nicht in der Stimmung, darüber nachzudenken.

Schließlich verabschiedeten sich die Letzten, und Friedemann konnte endlich nach Hause fahren. Es war mittlerweile Abend geworden, aber noch war es angenehm mild. Er setzte sich auf die Terrasse und sah hinauf in den Himmel. Warum glaubte man immer, die Verstorbenen befänden sich dort oben, obwohl man gerade Asche zu Asche getragen hatte? Ob Barbara ihn jetzt beobachtete? Ob sie das vorangegangene Zeremoniell ähnlich ertragen hatte wie er? Ob sie jetzt froh war, mit ihm allein zu sein? Ob sie ihm mitteilen wollte, dass sie nicht freiwillig gegangen ist? Dass sie sich auf die kommende Zeit mit ihm gefreut hatte? Dass sie tiefe Trauer darüber empfand, dass sie ihn allein gelassen hat? Können Seelen trauern?

Plötzlich wurde Friedemann schmerzhaft bewusst, wie gern er und Barbara Kinder gehabt hätten, wie sehr es ihm jetzt helfen würde, wenn Barbara in ihren Kindern weiterleben könnte. Natürlich würde deren Trauer um ihren Tod ihm wehtun, aber ein Teil Barbara wäre eben noch da. Er würde sie ständig wieder erkennen in ihnen, ihre Ähnlichkeiten wären lebendig, ihre Entwicklung wäre auch die von Barbara und ihm.

Seine Gedanken zogen weiter, immer wieder zurück zu dem schrecklichen Augenblick, als ihn der Telefonanruf aus der Klinik erreichte. Und dann die Stunden danach! Wie ein Film zogen diese Bilder wieder und wieder an ihm vorbei. Der Arzt, der ihm erklärte, wie es dazu hatte kommen können, wie unerwartet für alle diese Embolie aufgetreten war, wie sehr sich alle bemüht hatten, sie zu reanimieren. Die Atmosphäre auf der Station war gedämpft, das Personal schien leiser aufzutreten als sonst und schneller über den Flur zu huschen als gewohnt, als könnten sie dadurch den entsetzlichen Druck auf seiner Brust lindern.

Jetzt fiel es ihm plötzlich ein: Die unbekannte Frau bei der Beerdigung war eine der Schwestern, die Barbara betreut hatten. War das so üblich? Ging immer einer von der Klinik mit auf Beerdigungen? Wohl kaum. Dann hätten sie viel zu tun. Warum also dann ihre Anwesenheit? Hatte sie ein freundschaftliches Verhältnis zu ihr aufgebaut, so dass es für sie ein Bedürfnis war, an Barbaras Beerdigung teilzunehmen? Vielleicht. Oder gab es einen anderen Grund?

Friedemann wollte nicht mehr darüber grübeln. Seine Gedanken schwammen jetzt zurück in angenehmere Zeiten, sie verloren sich in Bilder, die wie Fotos vor ihm standen, immer mit demselben Motiv im Vordergrund.

***

Es stand 24 zu 22. Holger spielte den zweiten Pass genau auf die Position 4, Friedemann sprang, holte aus und schlug den Ball kräftig über das Netz. Der gegnerische Block berührte ihn ein wenig, aber der Ball tropfte ab und fiel in den Dreimeterraum. „Super!", schrien die Spieler aus Friedemanns Mannschaft, sprangen in die Luft und freuten sich über den Sieg. Friedemann reckte einen Arm in die Luft und strahlte, und auch die Gegner zollten ihm Beifall. Das gefiel Holger. Man freute sich hier in dieser Freizeitgruppe natürlich über den eigenen Sieg, aber auch über eine gelungene Aktion des Gegners. Lange Diskussionen darüber, ob ein Ball im Aus gelandet war oder nicht, gab es nicht, im Zweifelsfall wurde wiederholt. Und obwohl die Punkte gezählt wurden, hatte man spätestens unter der Dusche das Ergebnis wieder vergessen.

„Genug für heute?", fragte einer der Spieler, und alle anderen stimmten zu. „Wer kommt mit zum Bier?"

Mehrere riefen: „Klar."

„Frieder?"

„Nee, ich hab nicht so die rechte Lust."

„Ach, komm doch mal wieder mit. Warst so lange nicht dabei."

„Na gut, hast ja recht. Auf ein Schnelles."

Es hatte einige Überredung gekostet, Friedemann wieder zum Volleyballspielen zu motivieren. Er hatte sich völlig zurückgezogen und vermied Menschen in Gruppen. Schließlich war es Holger, der den Ausschlag gab. Nachdem Friedemann ihn beim Klassentreffen dazu eingeladen hatte, in der Freizeitgruppe mitzuspielen, hatte er es sich mehrmals vorgenommen, aber immer wieder kam etwas dazwischen. Schließlich rief er Friedemann an und fragte ihn, ob er bei ihm mitfahren könne. Er wusste von Barbaras Tod, aber nicht von Friedemanns totalem Rückzug. Friedemann wollte erst absagen, aber dann besann er sich und wollte Holger nicht den Spaß verderben. So waren sie zu zweit aufgetaucht, und die anderen Spieler freuten sich sichtlich über Friedemanns Rückkehr und den Neuling, der, wie sich im Laufe des Abends herausstellte, eine echte Bereicherung der Truppe war.

Später beim Bier gab es genügend Gesprächsstoff. Weil in den Schulferien die Hallen geschlossen waren, konnte diese Woche das erste Mal wieder nach der Sommerpause gespielt werden. Und da fast alle eine Urlaubsreise gemacht hatten, wollte jeder ein bisschen erzählen. Da gab es den Kletterer, der in den Alpen fast abgestürzt wäre, den Surfer, der an Spaniens Atlantikküste seinem Geschwindigkeitsrausch gefrönt hatte. Einer hatte sich die Bretagne-Krimis in den Koffer gepackt und war die einzelnen Gourmet-Tipps abgefahren, ein anderer hatte sich auf eine Wein-Tour - ebenfalls einer Krimiserie folgend - nach Südtirol begeben.

Holger und Friedemann hörten erst mal nur zu, denn jeder Bericht war spannend, und einige konnten richtig gut erzählen. Wenn manchmal etwas dick aufgetragen wurde, störte das niemanden, und keiner konnte es nachprüfen. Schließlich fragte einer: „Und du, Holger, was hast du gemacht?"

„Ich habe mir einen ganz alten Wunsch erfüllt und bin mit meiner Frau in einem Hausboot durch Frankreich geschippert."

„Das klingt total gut. Erzähl."

„Wir haben eine Route gewählt, an der es nicht so viele Schleusen gibt, denn sonst bist du immer nur am Schleusenöffnen und -schließen. Wir hatten unsere Räder mit und konnten halten, wo wir wollten, um Rad zu fahren oder zu übernachten. Es war unglaublich entspannend."

„Ist das nicht nervig, du kommst ja gar nicht voran mit so einer Pénichette, oder?"

„Genau das ist der Vorteil. Die Langsamkeit ist genau das Tolle an der Sache. Nach drei Tagen hatten wir das Gefühl, bereits 14 Tage Urlaub hinter uns zu haben, so erholt fühlten wir uns. Nächstes Jahr wollen wir das in Irland machen, vielleicht auch mal in Mecklenburg."

Friedemann wurde nicht gefragt. Alle wussten von seinem Unglück, und keiner wollte in ihn dringen. Ihm war das sehr recht. Was hätte er auch schon erzählen können? Dass er mit dem Rad bis zur Erschöpfung gefahren war, um den Schmerz nicht so stark spüren zu müssen, dass er sich manchmal abends systematisch betrunken hatte, dass er seine Seminararbeiten unkorrigiert auf dem Schreibtisch einstauben ließ? Nein, das war alles nichts zum Erzählen.

Viel später als geplant brachen sie auf und Friedemann nahm Holger wieder mit. Der wohnte in der Nähe des Südbahnhofs, da bot sich die Fahrgemeinschaft an.

„Hast du Lust, noch ein Glas Wein mit mir zu trinken?", fragte Friedemann, als sie sich am Wilhelmsplatz befanden. Eigentlich wollte Holger nach Hause, aber er merkte, dass Friedemann noch seine Gesellschaft brauchte, deshalb sagte er sofort: „Klar, gerne. Ich geh dann zu Fuß nach Hause."

Holger war vorher nie in Friedemanns Wohnung gewesen, und er staunte über die Sauberkeit und Ordnung, die hier herrschten. Er hatte ein mittleres Chaos vermutet, entsprechend dem Klischee des trauernden Witwers, der nicht nur seinen Seelen- sondern auch seinen Alltags-Haushalt nicht auf die Reihe brachte. Aber nichts von alledem. „Ist es noch warm genug für draußen?", fragte Friedemann, und Holger nickte spontan. Er liebte die milden Sommerabende, an denen man draußen sitzen konnte, auch wenn man einen Pullover brauchte. „Rot oder weiß?", fragte Friedemann wie ein Pommesverkäufer am Weihnachtsmarkt. „Rot, bitte", antwortete Holger und machte es sich auf der Terrasse bequem. Der Himmel war klar und die Sterne blinzelten, der Mond war gerade auf Diät.

Als sie beide mit Wein versorgt waren und auch ein paar Mandeln nicht fehlten, wartete Holger einfach ab. Friedemann hatte etwas auf dem Herzen, das war klar. Und er musste nicht lange warten.

„Ich möchte dich etwas fragen", begann Friedemann. „Bitte sei mir nicht böse, dass ich dich hier als Informationsquelle benutze, aber ich muss etwas wissen und will nicht auf die Weisheiten von Internetforen hören."

„Frag nur", antwortete Holger, „wenn ich es weiß, sage ich es dir gern."

„Ich habe bis heute nicht verstanden, warum Barbara sterben musste", begann Friedemann. „Ich bin davon überzeugt, dass ihr Tod irgendwie mit menschlichem Versagen, wie man so schön sagt, zu tun hat. Und das macht mich unglaublich wütend."

„Sehr verständlich", antwortete Holger. „Kannst du mir ihre Krankheit etwas näher beschreiben?"

„Sie hatte einen leichten Schlaganfall und bekam daraufhin einen Stent."

„Beschichtet oder unbeschichtet? Weißt du das?"

„Beschichtet. Sie bekam ein Präparat verschrieben, das sie unbedingt über ein Jahr einnehmen sollte. Das tat sie auch gewissenhaft, ich habe häufig selbst das Medikament besorgt. Anfangs klagte sie über Nebenwirkungen."

„Welche?"

„Durchfall, Schwindel, Mattigkeit. Dann hörten die plötzlich auf. Wir waren so erleichtert. Sie fühlte sich gut, hatte neuen Lebensmut. Wir hatten sogar schon eine größere Reise geplant. Dann nahmen die Symptome plötzlich wieder zu. Bei einer Kontrolluntersuchung fand man eine weitere heftige Gefäßverengung, die gleich wieder durch einen Stent erweitert wurde. Aber offenbar hatten sich schon Plaques gebildet, die eine Thrombose verursachten. Das wurde wohl nicht erkannt, jedenfalls war eine Embolie die Folge. Der Noteingriff konnte sie nicht mehr retten."

„Sehr merkwürdige Geschichte", meinte Holger.

„Was ist für den Fachmann daran merkwürdig? Für mich ist es das schon lange, aber ich kann es nicht begründen."

„Die Sache mit den Nebenwirkungen ist sehr untypisch. Wenn sie das Medikament oder die Dosierung nicht gewechselt hat, gibt es kein Motiv für schwankende Nebenwirkungen. Und wenn sie das Medikament kontinuierlich genommen hat, hätte keine Thrombose entstehen dürfen, denn die wird durch den Wirkstoff verhindert. Und eine Embolie kündigt sich durch Luftnot an. So etwas merkt man und kann rechtzeitig eingreifen."

„Vorausgesetzt, es ist genügend Pflegepersonal zur Stelle."

„Genau." Sie schwiegen. Hier war eben ein Raum geöffnet worden, der beide erschreckte und der schlimmen Vermutungen den Weg bereiten könnte.

„Da gibt es noch etwas, was mich beschäftigt. Auf Barbaras Beerdigung war eine der Krankenschwestern, die sie betreut hat. Ich habe sie kennengelernt, als ich Barbara besucht habe. Eine ganz sympathische, kompetente junge Frau. Warum geht die auf die Beerdigung einer Patientin? Ich konnte sie nicht fragen, weil sie plötzlich verschwunden war."

„Mmmh. Ja. Da kann man viel spekulieren. Weiß ich natürlich nicht. Kennst du ihren Namen?"

„Nur ihrem Vornamen. Sarah."

„Und weißt du, wer der verantwortliche Arzt war?"

„Der hieß, glaube ich, Battenfeld oder so. Nein, Butterberg. Nein, Buttermann. Jetzt hab ich's. Ja. Buttermann."

Wäre der Mond ein wenig runder gewesen, hätte Friedemann jetzt eine tiefe Falte über Holgers Stirn gesehen und einen harten Zug um seinen Mund bemerkt. Aber der Mond war mager, und so hörte er seinen Freund nur sagen: „Ich werde mich da mal schlau machen."

„Kannst du an die Patientendaten ran?"

„Muss mal sehen. Im Intranet dürfte das kein Problem sein. Hast du noch Reste von dem Medikament, das Barbara genommen hat?"

„Ich denke, ja."

„Gib mir das mal mit. Ich sag dir Bescheid, wenn ich mehr weiß." Holger lehnte sich zurück und nahm einen tiefen Schluck. Friedemann hatte das Gefühl, als würde sein Gast voller Genugtuung seufzen. Aber vielleicht hatte er sich das nur eingebildet.

***

Daniel grollte noch immer. Dass Sarah einfach verschwunden war, als er sie in seinem edlen Wagen abholen wollte, war einfach unfair. Hatte er nicht eigentlich für sie gespart und getrickst und wieder gespart, um diesen Schlitten kaufen zu können? War er nicht als Überraschung für sie gedacht gewesen? Wollte er nicht hauptsächlich ihr eine Freude damit machen? Immer wieder hatte er sich diese Version vorerzählt, und zum Schluss glaubte er selbst daran, dass er zu den fleißigen Sparern gehörte, die alles daransetzten, um einen anderen Menschen glücklich zu machen. Er würde sich nicht abschrecken lassen und eben einen neuen Anlauf versuchen. Er vertraute unerschütterlich seiner Überredungs- und Überzeugungskraft.

Sarahs Dienstplan herauszufinden, war nicht so schwer. Es gab da eine Ex-Affäre, die sich wohl noch immer ein bisschen Hoffnung auf den reichen Apotheker machte. Sie arbeitete auf einer benachbarten Station von Sarah und hatte keine Schwierigkeiten, mal einen Schwatz im anderen Schwesternzimmer zu halten. Dabei einen Blick auf den Dienstplan zu werfen oder die Ohren offen zu halten, wenn über Doktor Buttermann und Sarah gelästert wurde, war überhaupt kein Problem. Auf diese Weise wurde ihm klar, dass Sarah und der Oberarzt verbandelt waren, dass dies wohl der Grund für ihren Widerstand war und er damit einen starken Rivalen hatte.

Als Sarah in ihren Joggingsachen den Hintereingang verließ, stellte sich Daniel ihr in den Weg.

„Hallo, Sarah. Schön, dich zu sehen."

Sie reagierte zurückhaltend. Sie hatte ihn zwar das letzte Mal erfolgreich abgeschüttelt, jetzt war das aber nicht so einfach möglich. „Hallo, Daniel. Was machst du hier? Ich will gerade laufen."

„Schade. Kannst du das nicht verschieben? Ich habe eine ganz tolle Überraschung für dich! Dazu müsstest du allerdings ein paar Schritte mit mir gehen. Bitte." Daniel hatte seinen Hundeblick aufgesetzt und schaute sie so bittend an, dass sie sich schäbig vorgekommen wäre, ihn einfach stehen zu lassen.

„Wenn es denn sein muss. Aber danach will ich laufen."

Auf dem Weg zum Parkplatz fragte er nach dem Zwischenfall auf der Station, den er am Rande mitbekommen hatte. Aber da mauerte Sarah. „Nichts von Bedeutung. Kommt immer mal vor. Normaler Alltags-Wahnsinn."

Schließlich waren sie am Parkplatz angekommen, und Daniel steuerte auf seinen Wagen zu. Er öffnete die Türen mit der Fernbedienung, machte eine einladende Geste und sagte: „ Darf ich dich zu einer kleinen Spritztour einladen? Es wird mir ein besonderes Vergnügen sein, deinen Chauffeur zu spielen, Prinzessin." Sarah war verblüfft. Dieser Schlitten musste eine horrende Summe gekostet haben. Woher hatte Daniel so viel Geld? Sie hatte überhaupt keine Lust, sein Angebot anzunehmen, denn sie wusste schon, wie das dann weitergehen würde. Eine freundliche Absage war bestimmt wirkungsvoller als eine schroffe, also nahm sie sich zusammen und sagte: „Daniel, das ist ja ein wunderschöner Wagen. Aber ich möchte jetzt nicht Auto fahren, ich möchte laufen. Ich brauche das jetzt."

„Du bist dir natürlich absolut sicher, was du gerade brauchst, oder? Vielleicht wieder mal ein kleines Match mit dem Oberarzt? Dem Gott in Weiß? Ist es das, auf was du aus bist? Kleine Krankenschwester liebt großen Chirurgen? So wie im Lore-Roman? Der einfache Apotheker reicht nicht? Das ist so geschmacklos!"

Sarah stand da wie vom Donner gerührt. Woher wusste Daniel das? Und wie viel wusste er? Ging es über ihre Liaison mit Manfred hinaus? Meinte er vielleicht sogar das Geschehen auf der Station und Frau Wagners Tod? War da tatsächlich etwas bemerkt und weitergetragen worden?

Sie brachte keinen gescheiten Gedanken zustande, fühlte nur eine dicke, schwarze Wolke aus Angst und Wut vom Bauch her nach oben ziehen.

„Du Widerling!", war alles, was ihr dazu einfiel.

„Blöde Kuh! Arztliebchen!" Daniel schwang sich auf den Fahrersitz und ließ den Motor aufheulen. Er hatte vorausschauend so geparkt, dass er nicht rangieren musste, um einen eleganten Start hinzulegen. Dies kam ihm jetzt zugute: Die quietschenden Reifen ermöglichten einen dramatischen Abgang.

***

Als Sarah auf ihrer Rundstrecke trabte, versuchte sie, das eben Gehörte zu ordnen und zu verarbeiten. Sie kam zu keinem zufriedenstellenden Ergebnis. Sie konnte sich nicht vorstellen, dass Daniel etwas mitbekommen hatte von dieser schrecklichen halben Stunde, die sie schon hundertmal ungeschehen gewünscht hatte. Er hatte hinter der Stationstür auf sie gewartet. Ob er von dort die Hektik des Noteingriffs mitbekommen hatte? Aber er konnte unmöglich wissen, warum Manfred zu spät zur Stelle war. Vermutlich war alles ein Bluff, weil er durch ihre Zurückweisung beleidigt und verletzt war.

Dass über sie und Manfred gelästert wurde, konnte sie sich gut vorstellen, und dass davon etwas nach außen drang, war auch gut denkbar. Aber alles andere... Ihr Grübeln half überhaupt nichts, auch die Bewegung in der frischen Luft brachte keine Lösung wie sonst, wenn sie ein Problem hatte und dies mehr mit den Füßen als mit dem Kopf behandelte. Die Unsicherheit blieb.

Sie hoffte sehr, Manfred auf „ihrer" Bank zu treffen. Sie brauchte jemanden, um ihre Gefühle mitzuteilen. Aber er saß nicht dort. Sie rang ihre Enttäuschung nieder und lief noch etwas schneller als sonst. Auch das half nur wenig, doch eine kleine Verbesserung konnte sie bereits unter der Dusche feststellen: Die Wut war stärker als die Angst geworden. Sie fühlte eine unbändige Lust, Daniel eins auszuwischen, sich zu rächen.

Doch bereits auf dem Heimweg im Bus ebbte diese Regung wieder ab, und das mittlerweile als ständiger Begleiter auftretende Schuldgefühl übernahm erneut die Oberhand. Bis jetzt hatte sie niemanden einbezogen in ihre quälerischen Selbstvorwürfe, hatte versucht, allein damit fertig zu werden. Aber mittlerweile war ihr bewusst, dass sie darüber reden musste. Und nur eine Person kam dafür in Frage: Beate. Sie hatte Beate vor ein paar Jahren bei einer Fortbildung kennengelernt und sich schnell zu ihr hingezogen gefühlt. Sie arbeitete im „Sonnenblick", einer Reha-Klinik ganz in der Nachbarschaft, und häufig genug hatten sie sich nach dem Dienst verabredet, um sich ein paar Ärgernisse von der Seele zu reden oder einfach nur zu tratschen. Beate war wie sie Single und suchte nach wie vor nach dem Traummann, den sie in jeder neuen Beziehung zu finden glaubte. Bis jetzt endeten alle diese Versuche mit einer Enttäuschung.

Einmal hatten sie einen gemeinsamen Urlaub auf Ibiza verbracht, und Beate hatte sich prompt in einen Einheimischen verliebt. Er hieß Santiago und besaß eine kleine Bar in der Nähe von Talamanca. Ein paar Monate lang war die Welt in Ordnung, sie lernte Spanisch in der Volkshochschule und plante ihren nächsten Aufenthalt auf der Insel so schnell wie möglich. Doch noch bevor sie den nächsten Urlaub beantragen und einen Flug buchen konnte, erklärte Santiago ihr, er habe nun genug Geld verdient und wolle zu seiner Frau und den beiden Kindern nach Mallorca ziehen, um im Haus der Schwiegereltern ein Restaurant zu eröffnen. Beate war am Boden zerstört, und Sarah wagte es nicht, ihre Zweifel, die sie von Anfang an gehegt hatte, nun im Nachhinein mitzuteilen. Also fungierte sie als Seelenmülleimer und versuchte zu trösten, soweit das möglich war. Ihre eigenen Sorgen um die Beziehung mit Manfred vertraute sie Beate erst an, nachdem diese wieder einigermaßen stabil schien, weil sie einen neuen Mann kennen gelernt hatte.

Sie rief noch aus dem Bus ihre Freundin an, und sie verabredeten sich spontan eine Stunde später in einer Kneipe in der Nähe der Elisabethkirche. Es lohnte sich nicht, vorher nach Hause zu gehen, also beschloss Sarah, auf Beate zu warten. Sie stieg an der Kirche aus und machte einen Rundgang um das imposante Wahrzeichen ihrer Stadt.

An den ehemaligen Klostergebäuden vorbei, betrat sie den kleinen Hof gegenüber der Lahninsel. Hier standen fünf Sandsteinstatuen, die die fünf Tugenden Glaube, Liebe, Hoffnung, Mäßigkeit und Gerechtigkeit darstellten. Sarah schien es, als wollten diese barocken Damen den Vorbeigehenden stets daran erinnern, er möge mal sein eigenes Tugend-Arsenal betrachten. Das passte im Moment überhaupt nicht zu ihrer Stimmung.

Da war die Heilige Elisabeth ihr doch sehr viel näher. Auf der Nordseite der Kirche waren helle Steinplatten in den Boden eingelassen, die die Grundmauern des ehemaligen Hospizes markierten. Sie waren bei archäologischen Grabungen vor einigen Jahren entdeckt worden und versetzten die Fachleute in großes Erstaunen. Man hatte immer angenommen, die Heilige habe während ihrer letzten drei Witwenjahre im Dienst der Kranken in einem schäbigen, strohgedeckten Holzschober gearbeitet und dort die Leprakranken bis zur Selbstaufgabe gepflegt. Aber nun war sicher, dass die Wirkungsstätte der unglücklichen jungen Frau ein stattlicher, mit Schiefer gedeckter

Steinbau gewesen war. Welche Kraft musste sie entwickelt haben, sich gegen ihre fürstliche Verwandtschaft zu behaupten, die ihr Geldverschwendung und unwürdiges Verhalten vorwarf! Wie sehr musste sie unter ihrem offenbar sadistisch veranlagten Beichtvater Konrad leiden, der ihr ständig Schuldgefühle eintrichterte, die sie trotz ihrer Wohltätigkeit nicht überwand! Auf bloßen Knien verbrachte sie Stunde um Stunde in einer eiskalten Kapelle im Gebet. Kein Wunder, dass sie mit 24 Jahren starb!

Und jener fürchterliche Konrad hatte darauf nichts Besseres zu tun, als ihre Heiligsprechung voranzutreiben, damit möglichst schnell ein Pilgerort entstand, der kräftige Einnahmen versprach! Sie war noch keine vier Jahre tot, als mit dem Bau dieser wunderschönen Kirche begonnen wurde, und die Pilger strömten aus aller Welt herbei.

Sarah war nun zum Haupteingang gelangt, und weil sie nichts Besseres vorhatte, betrat sie den Innenraum und ging langsam den Mittelgang entlang bis zu den vorderen Sitzreihen. Hier gab es keine Kirchenbänke, sondern einzelne Stühle, von denen kaum einer besetzt war zu dieser Tageszeit. Jemand übte auf der Orgel, und weil er kein Anfänger war, genoss sie die gewaltige Musik, die sie plötzlich umfing. Sie schloss die Augen, fühlte sich wie eingehüllt von einer mächtigen Kraft, die so viel stärker war als sie selbst, die sie abschirmte von der Welt draußen, sie schützte und trug. Es schien ihr, als würde sie leichter, als wären die Gewichte, die auf ihr lasteten, auf dem Vorhof geblieben.

Plötzlich brach das Orgelspiel ab. Der Zauber war vorbei. Der Organist blätterte in seinen Noten und als er wieder einsetzte, kam ihr noch einmal Elisabeth in den Sinn. War Selbstkasteiung ein Weg, aus der Schuld auszubrechen? War es Wohltätigkeit? Gab es überhaupt einen Weg? Elisabeth hatte ja gar keine Schuld auf sich geladen, aber sie litt darunter. Und sie selbst? Würde ein Geständnis sie befreien?

Davon wurde Frau Wagner auch nicht wieder lebendig.

Sie blickte auf und betrachtete das schlichte Kruzifix. Dieser Jesus hing an einem gebogenen Kreuz, sein Kopf war aufgerichtet und er schien auf die Gemeinde zu schauen. Es war ihr sehr vertraut, obwohl sie nicht häufig in dieser Kirche war. Ihre christliche Erziehung hatte sich auf den Konfirmandenunterricht beschränkt, und sie hatte nie eine Beziehung zur Kirche entwickelt. Aber dieses Kreuz hatte eine besondere Geschichte.

Als sie Schülerin war, hatten sie mit ihrer Lehrerin die Elisabethkirche besucht und dieses Kruzifix betrachtet. Es war ein Werk von Barlach und während des NS-Regimes in Gefahr, als „entartete Kunst" zerstört und zu Munition eingeschmolzen zu werden. Ein beherzter Bürger entfernte es von seiner Halterung auf dem Altar und versteckte es, in einen Teppich gewickelt, auf einem Dachboden. Erst einige Jahre nach dem Ende des Krieges wurde es entdeckt und wieder an seinen Platz gestellt. Sarah war und blieb beeindruckt von dieser Geschichte. Welch ein Mut gehörte dazu und welche Leidenschaft, ein Kunstwerk zu retten, dabei sich selbst und die eigene Familie aufs Höchste zu gefährden! Warum war der Mut bei den tugendhaften Damen eigentlich nicht vorhanden? War Mut keine Tugend? Oder war sie nicht weiblich genug?

Sarah musste über ihre lästerlichen Gedanken ein wenig grinsen. Sie erhob sich, verabschiedete sich unmerklich von der schmalen Figur und ging den Mittelgang zurück. Sie blieb noch einmal stehen und betrachtete die fröhliche Bemalung der Orgel, die ihr so sehr gefiel. Sie ließ sich von der Musik hinaustragen in die Dämmerung und steuerte auf die Kneipe zu, in der Beate sie erwartete.

Das Gespräch tat ihr gut, auch wenn es keine Lösung brachte. Doch das hatte sie auch nicht erwartet. Beate hörte ihr geduldig zu und stellte kaum Fragen. Sarah fühlte sich jetzt nicht mehr so allein mit ihrem Kummer, ihrem Ärger und ihrer Angst. Und sie fürchtete sich nicht mehr so sehr vor dem Treffen mit Friedemann Wagner, das ihr am nächsten Tag bevorstand.

Sie war schon zehn Minuten vor der verabredeten Zeit an der Konditorei in der Oberstadt. Sie suchte sich einen Platz am Fenster und bestellte einen Tee. Ihr war sehr unbehaglich zumute, denn das kommende Gespräch könnte sehr unangenehm für sie werden. Aber sie durfte nicht kneifen.

Vor ein paar Tagen war ein Brief in der Station abgegeben worden mit der Adresse: Schwester Sarah, Station CO_2. Offenbar war er an der Rezeption hinterlegt worden, denn es war keine Marke auf dem Umschlag. In dem Schreiben bat Herr Wagner um ein Gespräch mit ihr. Er betonte darin, dass ihm keinesfalls daran gelegen sei, Vorwürfe zu erheben, aber der Tod seiner Frau sei für ihn noch immer ein großes Rätsel und er bitte sie um Unterstützung und einen Anruf.

Sarah war zutiefst erschrocken gewesen, aber sie forderte jetzt von sich Rückgrat. Niemals würde sie Manfred beschuldigen, ihre Loyalität zu ihm war grenzenlos und wie eine Decke, die sie schützend um ihn legte. Aber somit musste sie auch sich selbst schützen, sie saßen in einem Boot. Sie hatte sich natürlich überlegt, was sie sagen könnte, um so wenig wie möglich zu lügen. Aber sie konnte ja nicht voraussagen, wie dieser Mann reagierte.

Sarah sah hinaus und entdeckte wieder den Frosch oben auf der Mauer. Von hier aus gesehen schien sein Gesichtsausdruck wieder ein anderer. Jetzt schien er zu sagen: „Ich kriege das, was ich will. Da kann sich die Königstochter auf den Kopf stellen. Basta." Sarah zog innerlich den Hut vor dem Künstler, der dieses chamäleonartige Wesen geschaffen hatte.

Jetzt hatte Friedemann das Café betreten und sie auch gleich entdeckt. Er setzte sich ihr gegenüber und begrüßte sie mit „Guten Tag, Schwester Sarah. Ich bin Ihnen sehr dankbar, dass Sie gekommen sind. Bitte entschuldigen Sie, dass ich Sie mit dem Vornamen anrede, aber ich weiß Ihren Familiennamen nicht."

„Guten Tag, Herr Wagner. Ich heiße Kirchberg." Sie betrachtete ihn und registrierte seine Augenringe, die fahle Haut und die tiefe Mundfalte. Dem Mann ging es nicht gut, das war eindeutig. Die Bedienung kam, und er bestellte einen Kaffee.

„Ich möchte nicht lang drum herum reden, Frau Kirchberg. Ich möchte wissen, ob der Tod meiner Frau vermeidbar gewesen wäre oder nicht."

„Ich fürchte, ich kann Ihnen kaum helfen, auch wenn ich es gern täte", antwortete Sarah so überzeugend wie möglich.

„Wieso hat keiner rechtzeitig den Alarm bemerkt?"

„Sie müssen wissen, dass wir unter chronischem Personalmangel leiden. Immer wieder werden Kürzungen vorgenommen, und wir kommen kaum hinterher, diesen Mangel auszugleichen. Wir schuften oft für zwei. Dazu kam zu diesem Zeitpunkt die Übergabe an die folgende Schicht. Das ist immer etwas heikel, weil dann im Schwesternzimmer Hektik herrscht."

„Waren Sie auch im Schwesternzimmer?"

„Nein, ich war an einem entlegenen Teil der Station, um etwas zu holen, und wollte dann zur Übergabe gehen."

„Und der diensthabende Arzt? Wissen Sie, wo der war?"

„Nein", sagte Sarah und schaute auf ihre Knie. ‚Aha', dachte Friedemann, ‚jetzt lügt sie'. Aber er sagte nichts, sondern ließ nur einen Brummton erklingen, den „Therapeuten-Brummer", der besagte:

„Ich habe dich gehört, ob ich dich verstanden habe, weiß ich nicht, ist aber auch nicht so wichtig. Red ruhig weiter." Jetzt blickte Sarah wieder auf und sah ihn an. Ihre Augen schwammen. „Es tut mir so leid, Herr Wagner. Es tut mir so unendlich leid, was mit Ihrer Frau passiert ist. Das müssen Sie mir glauben!"

Hatte sie das „das" ein wenig betont oder wollte er das nur so hören? Wieder brummte er, doch diesmal hatte das Ende einen kleinen Haken nach oben. „Warum konnte Doktor Buttermann nicht rechtzeitig eingreifen? Er musste doch angefunkt worden sein."

„Ja, wurde er wohl auch. Aber offenbar war sein Pager nicht in Ordnung." Dies war nun die zweite dicke Lüge und das, was man Manfred am stärksten vorwerfen würde, sollte die Wahrheit jemals herauskommen. Da sie jedoch die Einzige war, die die Wahrheit kannte, würde dieser Teil der Geschichte für immer im Dunkeln bleiben. Ganz einfach.

Friedemann wiegte seinen Kopf und murmelte: „Wie kann das nur sein? Wie viel ist da bloß nicht in Ordnung gewesen? Wieso kann ein Pager funktionieren, dann nicht funktionieren und dann wieder gehen, wenn man ihn doch angeschaltet hat? Erst die Medikamente und dann das! Ich kann es nicht glauben."

„Was war mit den Medikamenten?"

„Es ist erst mal nur ein Verdacht. Offenbar hat meine Frau viel niedriger dosierte Tabletten eingenommen, als sie sollte. Wie das geschehen konnte, weiß ich nicht. Aber ich werde es rausfinden. Und ich werde auch rausfinden, warum der Pager nicht ging. Das verspreche ich Ihnen."

Sarah wurde heiß und kalt. Das hörte sich wie eine Drohung an. Ahnte dieser Mann etwas von dem, was wirklich auf der Station geschehen war? Aber er konnte doch nichts wissen! Wenn er Kolleginnen fragte, würden die auch nichts sagen können, denn keine hatte sie ins Arztzimmer verschwinden oder heraus kommen sehen. Da war sie sich ganz sicher. Oder vielleicht doch nicht?

Plötzlich hatte sie eine Eingebung, die sie vielleicht retten konnte. „Wo haben Sie die Medikamente für Ihre Frau gekauft?" fragte Sarah.

„In der Eulenapotheke", antwortete Friedemann sofort.

Sarah sah überrascht auf, Mund und Augen weiteten sich. Instinktiv hielt sie eine Hand vor den Mund. „In der Eulenapotheke?", vergewisserte sie sich ungläubig.

„Ja, da kaufen wir immer ein. Warum fragen Sie?"

„Ach, nur aus Neugier. Es tut mir leid, Herr Wagner, dass ich nur so wenig zur Klärung beitragen konnte. Ich muss mich jetzt verabschieden, ich habe noch einen Termin."

Sie stand auf, reichte Friedemann die Hand und ging zur Kasse, um zu zahlen. Friedemann sah ihr nach, wie sie die Wettergasse hinunterging. Diese Frau wusste mehr, als sie zugab. Das war ganz klar. Und die Frage nach der Apotheke kam auch nicht aus heiterem Himmel. Offenbar dachte sie in die gleiche Richtung wie Holger, der die Tabletten im Labor hatte untersuchen lassen und auf die Diskrepanz zu dem Rezept gestoßen war. Die niedrig dosierten Pillen kosteten einen Bruchteil der höher dosierten...

Friedemann schaute hinaus auf die Straße. Da oben hockte der Frosch mit dem Buch. Er dachte mit Wehmut daran, wie Barbara sich über die Ungerechtigkeit dieses Märchens ereifert hatte. Das war vor drei Wochen gewesen. Und jetzt saß er hier mit einem Verdacht, der schon fast an Gewissheit grenzte. Holger hatte ihm den Laborbefund über die Medikamente mitgeteilt, der Apotheker der Eulenapotheke war in hohem Maße verdächtig.

Aber die Situation auf der Station war mit Hilfe der Daten nur grob zu rekonstruieren gewesen: Beginn einer spontanen Embolie, Notruf der Patientin, kein Personal auf dem Flur, diensthabender Arzt verschwunden und nicht erreichbar, wertvolle verlorene Sekunden, Noteingriff, Versagen der rechten Herzklappe, Kreislaufstillstand, Tod.

Auf Schwester Sarahs Aussage konnte er sich nicht verlassen. Offenbar gab es mehrere dunkle Stellen bei dieser Katastrophe, und der Oberarzt und die Schwester waren Teil davon, vermutlich sogar gemeinsam. Er würde das herausfinden, das war er sich und Barbara schuldig. Und er würde die Verantwortlichen dafür büßen lassen, das hatte er sich geschworen.

***

Ilsa kam aus der Dusche, eingehüllt in ein voluminöses weißes Textil. Sie trug ein Buch und eine Flasche Mineralwasser in der Hand und setzte sich in einen der bequemen Korbsessel im Wintergarten. Trotz des extrem flauschigen Materials ihres Bademantels konnte man ihre schlanke Figur gut erkennen. Manfred grinste. Er musste an die Bilder der hungernden Eisbären denken, die auf einer Eisscholle trieben und keine Nahrung mehr fanden. Ilsa hätte diesen Vergleich mit Gewissheit nicht witzig gefunden.

„Sag mal, wie weit ist es denn nun mit der Beförderung? Dauert ja schon eine Ewigkeit. Können die sich nicht entscheiden?" Manfred hasste diesen quengeligen Ton, als wollte Ilsa ihm vorwerfen, dass er immer noch nicht Chefarzt geworden war. „Oder wollen sie dich nicht und halten dich hin? Was läuft da im Moment? Vielleicht eine üble Nachrede über deine Liebschaft? Oder etwas anderes?"

„Hör auf!" bellte Manfred. „Was weiß ich, warum das nicht schneller geht? Es gibt keinen Grund dafür. Überhaupt keinen."

Ilsa horchte auf. Wenn Manfred eine Aussage mit Nachdruck wiederholte, stimmte meistens irgendetwas nicht. „Überhaupt keinen?"

„Keinen nachweisbaren", brummte er fast unhörbar.

Aber Ilsa hatte eine besondere Antenne für Dinge, die sie eigentlich nicht hören sollte. Sie würde nicht weiter in ihn dringen, sich aber beizeiten umhören. Sollte es da etwas Ernsthaftes geben, das seine Beförderungschancen beeinträchtigte? Etwas, das gravierender war als die Liebelei mit der Krankenschwester? Die nahm sie nicht so richtig ernst. Manfred würde sich niemals von ihr trennen, dazu war ihm ihr Geld zu wichtig. Und sie wollte nun endlich Frau Chefarzt werden und damit zur Elite der Marburger Gesellschaft gehören. Und außerdem hörte es sich einfach besser an. Sie nahm ihren Roman zur Hand und tat, als sei der Fall für sie erledigt, während Manfred sich ein Glas Rotwein einschenkte und nach der Post sah. Sie hörte das Reißen des Umschlagpapiers, das Aufblättern, dann ein missmutiges Knurren. „Kannst du dich nicht um die Rechnungen kümmern?"

„Wenn sie an dich adressiert sind, mache ich sie nicht auf. Kannst sie auf die Treppe legen, dann überweise ich sie morgen."

Wieder das Aufreißen, Aufblättern, Stille, dann ein Stöhnen. Ilsa blickte auf. Manfred las einen Brief. Seine Stirn war gerunzelt, eine steile Falte teilte seine Nasenwurzel. Er schnaubte, knüllte den Brief zusammen und hieb mit der Faust auf den Tisch.

„Was ist los? Was ist das für ein Brief?", fragte Ilsa neugierig.

„Nichts. Idiot. Schwachsinn." Er erhob sich, den Briefklumpen fest in die Hand gepresst, ging in die Küche und warf ihn in den Mülleimer.

Er ließ sich wieder in seinem Sessel nieder und blickte hinunter auf das traumhafte Panorama der Stadt zu seinen Füßen. Es war noch ein wenig Abend und schon ein wenig Nacht. Vereinzelt waren schon Lichter zu sehen, aber das Tageslicht reichte noch aus, die Konturen des Lahntals und des gegenüberliegenden Bergrückens zu erkennen. Er liebte diese Stunde des Übergangs und genoss sie, wann immer sein Dienstplan das erlaubte. Aber heute war die Freude darüber verdorben.

***

Daniels Wut über Sarahs Abfuhr wollte nicht weniger werden. Er saß am Computer und wollte eigentlich die Abrechnung machen, aber das würde heute nicht gelingen. Schließlich musste er sich dabei konzentrieren, sonst könnten gewisse Dinge in die falschen Kanäle geraten. Er schloss das Programm und klickte Counter Strike an. Da konnte er seiner Wut freien Lauf lassen. Während er mit seiner Maschinenpistole einen Gegner nach dem anderen abschoss, wurde ihm ein bisschen leichter, aber so richtig helfen konnte das Geballer auch nicht.

Er hörte die Klappe des Briefkastens, hatte aber keine Lust, irgendein blödes Rezept für morgen zu präparieren. Warum war Sarah so störrisch? Bisher waren die Frauen immer irgendwann eingeknickt. Und da hatte er seinen Silberpfeil noch nicht. Was war nur los mit dieser Frau?

Sie dem Doktor kampflos überlassen kam gar nicht in Frage. Entweder er würde sich nochmal mit aller Kraft ins Zeug werfen, um sie zu erobern, oder er würde den beiden ihr Techtelmechtel gründlich vermiesen. Er rang mit sich um diese Entscheidung, denn die Wut in seinem Bauch drängte eigentlich nach der zweiten Möglichkeit. Aber schließlich siegte seine Begierde. ‚Ich will ihr noch eine Chance geben', dachte er und fand sich dabei sehr edelmütig.

Das fühlte sich richtig gut an. Er hatte seinen Zorn besiegt und glaubte an das Gute im Menschen, besonders in sich selbst. Zufrieden lächelnd packte er seine Sachen zusammen und schloss die Kasse.

Beim Hinausgehen sah er einen Brief in der Rezeptklappe. Hatte Sarah etwa geschrieben? Er nahm ihn heraus, der Umschlag trug keinen Absender. Er öffnete ihn. Beim Überfliegen las er lediglich: „…Patientin Barbara Wagner…", „…statt Iscover 300 nur 75mg", „Thrombose mit Todesfolge", „…Laborbefund…", „Beweise eindeutig", „…Schuld eingestehen".

Was sollte der Quatsch? Schuld eingestehen? Wofür denn? Ein bisschen weniger Clopidogrel schadete wohl kaum. Todesfolge? Lachhaft. Da wollte einer besonders klug sein, vielleicht eine Erpressung probieren? Nicht mit ihm!

Von wem sollte dieser miese Schrieb überhaupt sein? Von einem, der diese Patientin kannte, ein Verwandter, Ehemann vielleicht? Oder einfach nur ein Idiot, der auf diese Weise Geld machen wollte? Oder war das vielleicht von dem Arzt? Sarahs Schwarm? Wollte der ihm auf diese Weise das Leben schwer machen? Der konnte natürlich ziemlich genau einschätzen, wie viel Milligramm des Wirkstoffs nötig waren, um eine Thrombose zu verhindern. Wusste der denn, von wem die Medikamente stammten? Das war doch eher abwegig, oder? Und wer war überhaupt diese Barbara Wagner? Vielleicht hatte der Chirurg einen Fehler gemacht und wollte sich auf diese Weise aus der Schusslinie nehmen? Indem er ihm die Schuld in die Schuhe schob? Aber dann musste Sarah ihre Hände im Spiel haben, denn von allein kam der Arzt ganz sicher nicht auf ihn. Also doch wieder Sarah?

Seine gehobene Stimmung war verflogen. Eben noch um eine wirkungsvolle, großherzige Geste kreisend, musste er sich nun wieder mit der Bosheit seiner Mitmenschen befassen!

Er warf den Brief in den Müll, schloss die Apotheke ab und ging zur Bushaltestelle.

***

Wenn man erst um 10 Uhr mit der Arbeit beginnen muss, ist man fein raus, auch wenn die Augustmorgen inzwischen schon ganz schön an Herbst erinnerten. Aber kein Vergleich zu früher, als sie jeden Morgen um 8 Uhr in der Schule antreten musste. Jetzt radelte Sybille gemächlich von Ockershausen hinauf zum Markt, um diese Zeit konnte man sogar noch auf dem Rad sitzen bleiben, um durch die Fußgängerzone zu kommen. Die Touristen waren noch beim Frühstück, die Bürger bei der Arbeit, nur die Lieferwagen konnten einen schon mal in Bedrängnis bringen.

Aber wenn sie mal zehn Minuten zu spät war, störte das auch keinen. Kundenschlangen vor dem Lädchen waren noch nicht einmal zur Weihnachtszeit üblich. Sybille suchte den Ladenschlüssel in ihrer Handtasche. Hatte sie den etwa nicht eingesteckt? So vergesslich war sie doch wohl noch nicht? Während sie noch in ihrer Tasche kramte, fiel ihr ein rotes Plakat ins Auge. Es war über die Informationstafel geklebt, die die Station des „Grimm-dich-Pfads" am Marktplatz erläuterte. Sie trat etwas näher und las:

> Von wegen 'tapferer Schneider'!
> Pillendreher! Schmeißfliegen!
> Wenn einer sich bereichert,

indem er andere umbringt,
ist das Mord aus Habgier.
Auch Pharmazie kann töten.

Sybille zog die Stirn in Falten. Was sollte das denn bedeuten? An dem Haus, in dem der Welt-Laden untergebracht war, hingen sieben dicke Metallfliegen, die das Märchen „Das tapfere Schneiderlein" symbolisierten. Was hatte das mit Medikamenten zu tun? Sie schüttelte den Kopf, schloss mit dem endlich gefundenen Schlüssel auf und begab sich an ihr ehrenamtliches Tagwerk, das sie zweimal die Woche hier verrichtete.

Im Laufe des Vormittags sah sie immer wieder Leute vor der Inschrift stehen bleiben und offenbar über die Bedeutung rätseln. Einmal kamen zwei junge Frauen herein und sprachen sie direkt darauf an. „Können Sie uns erklären, was das Plakat da draußen bedeutet? Hat das etwas mit dem Laden zu tun?", fragte die eine.

„Nein, ganz bestimmt nicht. Wenn wir Aufklärungskampagnen durchführen, machen wir das im Schaufenster bzw. hier innen im Laden. Zu Medikamenten fällt mir im Moment auch nichts ein."

„Ich habe mal in 'Report' einen Bericht gesehen", sagte die andere, „dass abgelaufene Medikamente in Dritte-Welt-Länder verschickt wurden. Sie waren völlig unwirksam geworden, und die Herstellerfirma hat kräftig daran verdient. Das nennt sich dann Entwicklungshilfe. Fragt sich nur, für wen."

„Ganz schöne Schweinereien passieren da manchmal", mischte sich ein weiterer Kunde ein, der inzwischen den Laden betreten hatte. „Aber dazu muss man gar nicht in die Dritte-Welt-Länder gucken. Hier wird auch ordentlich gepanscht und betrogen. Am gemeinsten ist das bei den Krebs- und Herzmitteln. Davon können Leben abhängen. Und man kann unglaublich viel Geld dabei verdienen. Ich habe übrigens eben noch so ein Plakat gesehen. Das hing am Steinweg, beim 'Wolf und den sieben Geißlein'. Da stand sinngemäß: Knüll-Kliniken und andere Betreiber-Gesellschaften! Könnt ihr den Hals nicht voll kriegen? Sparen auf Kosten der Patienten zum Wohle der Anteilseigner! Oder so ähnlich."

„Das ist ja interessant", meinte Sybille, deren Antennen sich sofort auf Empfang eingepeilt hatten. „Da steckt doch etwas dahinter."

Vor ihrem geistigen Auge erschien diese imposante Skulpturengruppe an der Mauer am Steinweg. In etwa zwei bis drei Metern Höhe ragten die Köpfe des Wolfs und der sieben Geißlein aus der Mauer heraus und schauten auf den Betrachter hinunter. Die Köpfe der Ziegenkinder waren ebenso dunkel wie die des Wolfes, nicht etwa weiß. Und irgendetwas war mit dem einen Auge des Wolfs nicht in Ordnung. Auf den ersten Blick schien es geschlossen oder sogar zu fehlen, aber vermutlich war nur ein wenig Farbe abgeplatzt. Das machte ihn noch unheimlicher.

Im Stillen hatte Sybille bereits den Entschluss gefasst, nach Dienstschluss mal an den Stationen des „Grimm-Dich-Pfads" vorbeizuschauen, die man mit dem Rad erreichen konnte, und ein paar Fotos zu machen. Ihren Freund Korbinian würden solche Neuigkeiten sicher auch nicht kalt lassen.

Schon ein paar Stunden später stand sie an einem überdimensionierten Korb aus Plastik, der an der Schlosstreppe stand. Er symbolisierte die freundlichen Gaben des Rotkäppchens, die sie der Großmutter im finsteren Wald bringen sollte. Wie war das noch? Der Wolf überredete sie, Blumen für die Großmutter zu pflücken, damit er genügend Zeit hatte, selbige zu verschlingen und sich in ihr Bett zu legen. Und dann fraß er das Rotkäppchen auch noch. Tatsächlich, auch hier klebte ein rotes Blatt über der Informationstafel.

Wer anderen Pflege und Heilung schenkt,
hüte sich vor Wölfen in weißen Kitteln.
Nur im Märchen bleiben die Opfer lebendig.
Heute gilt: Tot bleibt tot.

Sybille machte ein Foto und überlegte. Sollte sie die steilen Gassen noch hinaufkraxeln in Richtung Landgrafenschloss, zu Schneewittchens Spiegel und dem Schuh von Aschenputtel? Nein. Keine Lust. Lieber wollte sie ihre neuen Erkenntnisse gleich weitergeben - an einen netten Mann bei einem netten Sherry.

***

Das Glas Wein mit Holger nach dem Volleyball war schon fast eine liebe Gewohnheit geworden, sie tat Friedemann gut. Holger war ein Vertrauter geworden, ein Freund. Es war anders als damals, als Barbara und er mit vielen Kommilitonen Kontakt hatten, ihre Partys feierten oder gemeinsam Sport trieben. Da waren die persönlichen Gespräche eher die Ausnahme, und wenn, dann ausschließlich zwischen ihm und Barbara. Warum sollte er mit anderen über private Dinge sprechen? Und dann, während ihres Berufslebens, hatten sie eine ganze Reihe Freunde, mit denen sie ab und zu ins Kino oder Theater gingen, auch mal einen gemeinsamen Urlaub verbrachten oder sich gegenseitig zum Essen einluden. Dann wurden häufig hitzige Diskussionen über Politik, Filme, Umweltschutz geführt. Diese Freunde existierten natürlich noch und luden ihn nach wie vor ein, aber seit Barbara nicht mehr da war, hatte Friedemann kein Vergnügen mehr daran, etwas mit ihnen zu unternehmen. Diese Lücke verursachte Einsamkeit, Gesprächsarmut, Schweigen. Holger war in der Lage, einen ganz kleinen Teil dieses Verlustes auszugleichen, und er wusste das.

So saßen sie auch heute auf der Terrasse, vielleicht zum letzten Mal in diesem Jahr, denn es wurde doch schon ganz schön frisch am Abend. Holger brauchte nicht zu fragen, wie es Friedemann ging. Er sah, dass dieser getrieben war von seiner Mission, die ihn umfassend beherrschte und kaum Raum ließ für etwas anderes. Wie kriegte er seinen Alltag hin? Musste der nicht unglaublich viel Kraft von ihm fordern?

Friedemann nahm einen großen Schluck und sagte: „Ich bin unendlich frustriert. Alles läuft ins Leere, ich bin keinen Zentimeter weitergekommen. Ich habe sowohl dem Arzt als auch dem Apotheker einen Brief geschrieben, aber keiner hat auf meine Schreiben geantwortet. Die Plakate an den Märchenstationen werden ignoriert. Hast du die Notiz in der Zeitung gesehen?"

Holger schüttelte den Kopf.

„Kleiner Bericht. Die Plakate wurden zwar zitiert, aber keiner kann etwas damit anfangen. Für den Schreiberling bin ich entweder ein Spaßvogel oder ein Neurotiker, der das Knüll-Klinikum in Misskredit bringen will. Keiner bemüht sich, dahinterzukommen, was ich sagen will. Ich fühle mich wie ein Don Quijote, wie ein Narr, den man nicht ernst nimmt."

Holger nickte. „Auch wenn man dich ernst nähme, würde man nicht reagieren. Das ist für die Betroffenen viel zu gefährlich, denn dann würden sie ja zumindest das Wissen um die Missstände eingestehen. Und um sich solidarisch mit den Leidtragenden zu verhalten - dazu muss man entweder selbst betroffen sein, oder es braucht viel Mut. Vielleicht hast du auch nicht die Richtigen angesprochen mit deinen Aktionen, zum Beispiel andere, die ähnliche Erfahrungen gemacht haben wie du. Und bei den Ärzten wirst du auf Granit beißen.

Schließlich stehen dabei Karrieren auf dem Spiel. Vergiss das nicht."

Friedemann nickte. „Vermutlich hast du Recht. Apropos Karrieren. Hast du mit deinem Widersacher von damals, ich weiß seinen Namen nicht, inzwischen zu tun bekommen?"

„Nein. Ich habe einiges über ihn herausgefunden, aber getroffen habe ich ihn noch nicht. Und das ist auch gut so."

„Wirst du gegen ihn vorgehen?"

„Wegen damals?"

„Ja, natürlich."

„Ich weiß es noch nicht. Späte Rache ist eigentlich nicht sehr nobel."

„Hasst du ihn noch immer?"

„Ja."

Friedemann sah ihn an. Sein Freund litt nun schon seit 40 Jahren unter dem doppelten Unrecht. Welche gewaltige Anstrengung, dies unter Kontrolle zu halten! Er selbst fühlte bereits jetzt, wie sehr es in ihm brodelte, wie es sich Bahn brechen müsste, wenn es auf friedlichem Wege nicht ginge. Spontane Wutausbrüche waren ihm vertraut, aber dieses dunkle, gärende Gefühl, das immer gefährlicher, immer explosiver und verheerender werden könnte - das war ihm neu.

„Ich glaube, das freundliche oder auch unfreundliche Schreiben von Briefen hat überhaupt keinen Sinn. Trotzdem werde ich es noch einmal versuchen, aber dann muss ich zu härteren Mitteln greifen, wenn ich irgendetwas erreichen will", sagte Friedemann, und Holger verstand, dass er es bitterernst meinte.

„Frieder..."

Holger zögerte. Er rang mit sich, aber er durfte Friedemann nicht auf diese Weise im Dunkeln lassen.

„Frieder. Dieser Kollege von damals... Es ist Buttermann."

September

Sarah schloss die Haustür auf und ließ ihre Tasche auf den Boden fallen. Um den Briefkasten zu leeren, brauchte sie beide Hände. Sie klemmte die Zeitschrift und die beiden Umschläge unter den Arm und stieg die Treppe zu ihrer Wohnung hinauf. Sie fühlte sich leer und verbraucht, daran hatte auch das Laufen nichts ändern können. Manfred hatte nicht auf der Bank gesessen, er war heute auch nicht auf der Station gewesen. Seit dem Tod von Frau Wagner war das Arbeiten auf der Station immer anstrengender geworden. Die Kolleginnen schienen häufiger als früher hinter vorgehaltener Hand über sie und Manfred zu reden. Die Oberschwester erteilte ihr keine verantwortungsvollen Aufgaben, Sarah tat kaum mehr als eine Schwesternschülerin. Manfred hatte tagelang nichts von sich hören lassen, dafür war ein Brief von diesem Wagner gekommen, der ein Eingeständnis von ihr verlangte und mit weiteren Aktionen drohte - es schien ihr wie eine unheilvolle Ruhe, die sich bald entladen müsste.

Im dritten Stock angekommen, drückte sie auf den Lichtschalter neben ihrer Wohnungstür und glaubte, ihren Augen nicht zu trauen: Auf dem Boden stand eine gläserne Vase mit einem wunderschönen Strauß roter Rosen. Freude und Verwunderung stiegen in ihr hoch. Waren die von Manfred? Wollte er ihr damit beweisen, dass er auch nach der schrecklichen Geschichte in der Klinik zu ihr hielt? War das vielleicht sogar ein Zeichen, dass er sich tatsächlich von seiner Frau befreien würde?

Mit zitternden Händen schloss sie die Wohnungstür auf und trug den Strauß ins Wohnzimmer. Er nahm den ganzen Raum in Besitz und füllte ihn mit seiner Üppigkeit und einem zarten Duft. Eine Karte hing an einem der Stiele, und Sarah öffnete den Umschlag hastig.

„Liebe Sarah,
es tut mir leid, dass ich dich so grob beleidigt habe. Ich wollte dir weder wehtun, noch dich kränken. Deine Beziehung zu dem Oberarzt macht mich unglaublich traurig, deshalb sind die Pferde mit mir durchgegangen. Ich wollte dir eine ganz besondere Freude mit dem Sportwagen machen und fühlte mich zurückgestoßen und verletzt. Bitte verzeih mir meinen Ausbruch und gib mir noch eine Chance. Noch nie habe ich eine Frau so sehr begehrt wie dich!
Daniel"

Sarah schluckte. Daniel, nicht Manfred. Das hatte sie ganz und gar nicht erwartet. Fast gegen ihren Willen empfand sie eine leichte Rührung über Daniels Worte, und sie war gern bereit, ihm zu verzeihen. Aber mehr auch nicht. Sie liebte Manfred, nicht Daniel. Und dieser Brief machte das Ganze nur noch schlimmer. Wie sollte sie darauf reagieren? Wie konnte sie ihm beibringen, dass er sich keine Hoffnungen machen dürfte? Ging so etwas ohne Verletzung?

Sie sank auf das Sofa und seufzte. Sie hatte doch eigentlich genug Sorgen. Musste sie nun auch noch an einer weiteren Front kämpfen? Sie war doch schon so müde!

Sie stand auf und legte die Karte wieder neben den Strauß. Auf dem Tisch lagen die Zeitschrift und die beiden Umschläge. Sie öffnete den einen, der eine horrende Rechnung für die Reparatur ihrer Waschmaschine enthielt. Der andere bestand nur aus einem zusammengefalteten Druckerpapier. „Liebe Sarah. Wir müssen uns trennen, es geht so nicht weiter. Es tut mir leid. Ich liebe dich. Manfred."

Ungläubig starrte Sarah auf das Papier. Konnte das wahr sein? Würde Manfred auf diese Weise ihre Beziehung beenden? Hatte sie ihn so falsch eingeschätzt? Sie war wie betäubt.

Oder konnte es sein, dass der Brief nicht echt war? Nicht von ihm?

Hatte Daniel ihn vielleicht geschrieben, um sie zu verunsichern? Sie konnte die Unterschrift nicht prüfen, sie kannte Manfreds Handschrift nur, wenn er mit seinem Nachnamen unterschrieb. Und die war unleserlich. Aber so dumm konnte Daniel doch nicht sein. Falls er der Urheber war, musste das doch rauskommen, spätestens wenn sie Manfred sähe! Aber sie konnte ihn ja auch nicht einfach so fragen! Wie schrecklich die Vorstellung, ihn morgen auf der Station zu treffen! Ob sie sich krank melden sollte? Ihm eine E-Mail schicken? Mit welchem Inhalt? „Lieber Manfred, hast du eben mit mir Schluss gemacht?" Wie lächerlich!

Sie könnte natürlich so tun, als hätte sie keinen Brief erhalten und Manfred eine E-Mail schicken… - nein, das ging auch nicht. Wie sie es drehte und wendete, sie blieb in diesem klebrigen Sumpf der Ungewissheit. Und je mehr sie darüber nachdachte, desto mehr erstarkte der Verdacht in ihr, dass Manfred tatsächlich der Verfasser dieses Briefs gewesen sein könnte. Hatte er nicht seine „familiären Verpflichtungen" beizeiten angekündigt? War er nicht im Moment in der Klinik in einer ganz prekären Situation, wo er keine Liaison gebrauchen konnte?

Sie seufzte tief, fuhr den Laptop herunter und holte sich eine Flasche Bier. Heute würde sie ihre Probleme nicht lösen können.

***

Es fing gerade an zu dämmern, als Manfred den Wagen in die Garage fuhr. Der Tag war lang und unerfreulich gewesen. Erst das Gespräch mit seinem Chef, das er nicht so recht einordnen konnte. War es eher das obligatorische „Personalgespräch", das im Vorfeld einer Beförderung stattfinden musste, oder war es ein verstecktes Verhör zu den Begleitumständen von Frau Wagners Tod gewesen? Es schien Andeutungen und Verweise zu enthalten, die eventuell auf mehr Information abzielten. Er hatte sich bedeckt gehalten, seine offizielle Version wiederholt, auf den neuen Pager hingewiesen, der im Gegensatz zu dem alten sehr gut funktionierte. Aber so richtig schlau geworden war er nicht. Wenn das mit der Beförderung nicht klappen sollte, wäre zu Hause der Teufel los. Ilsa war scharf auf diesen Titel und hatte gute Ohren. Und Ilsa hatte hier das Geld. Wenn sie mit ihm oder mit ihm und Sarah die Geduld verlor - und manche Spitze wies darauf hin - konnte sie ihn ganz schön unter Druck setzen. Das machte ihm Sorgen.

Dann war da ein zweiter Brief von diesem Wagner gekommen, in dem er mit Aktionen drohte, sollte der Fall nicht geklärt werden. Was wusste der Mann wirklich und von wem? Hatte er vielleicht doch etwas in der Hand, womit er ihn erpressen konnte? Außer ihm kannte nur Sarah den tatsächlichen Hergang. Keiner konnte ihm nachweisen, dass er den Pager ausgeschaltet hatte. Und Sarah war ihm ergeben. Das war eine gemeine Zwickmühle: Sarah würde ihre Loyalität nur so lange aufrechterhalten, wie sie ein Paar blieben. Aber wenn Ilsa die Daumenschrauben ansetzte, dann könnte alles den Bach hinuntergehen.

Manfred holte tief Luft, schloss die Verbindungstür zwischen Garage und Keller und entschloss sich zu einer Meditation vor dem Weinschrank. Das war eine gute Ablenkung, und in der Gewissheit eines folgenden Genusses konnte er den Augenblick auch noch ein wenig hinauszögern. Schließlich traf er seine Entscheidung für einen Rioja, nahm ihn in seiner Wohltemperiertheit freundlich in die Hände und stieg die Treppe hinauf. Alles war ruhig, Ilsa war wohl noch im Reitstall. Auch gut. So vermied er Konversation und weitere Drohungen.

Er öffnete die Flasche, um dem Wein ein wenig Zeit zum Atmen zu geben, holte sich ein Glas und ein Stück seines spanischen Lieblingskäses und ging in den Wintergarten. Draußen gingen gerade die ersten Lichter an, seine bevorzugte Stunde begann. Aber irgendetwas stimmte mit der Beleuchtung nicht. Oder waren es die Glasscheiben? Er konnte nur einen diffusen Schein wahrnehmen, wo sonst die Lichter der Stadt heraufleuchteten. Er drehte den Dimmer ein wenig auf und konnte immer noch nicht begreifen, was er sah. Auf den raumhohen Glasscheiben prangten gewaltige Flecken, die das Hinausblicken fast unmöglich machten. Jetzt beleuchtete er den Raum mit allem, was die Lampen hergaben und erstarrte. Die Scheiben des Wintergartens trugen lange, rote Farbschlieren, die wie blutige Fahnen von der Dachrinne nach unten liefen. Dazwischen waren runde Kleckse, die offenbar vom Platzen diverser Farbbeutel herrührten. Das Ganze sah aus wie in einem Schlachthaus. Die herrliche Aussicht konnte man nur noch erahnen.

Manfreds Knie versagten, er sank in einen der Korbsessel und gab einen gequälten Laut von sich. Was für eine Katastrophe! Was für eine Strafe für ein ästhetisch geschultes Auge! Was für eine Beleidigung für das gepflegte Haus! Was für ein gemeines Machwerk! Wer konnte so etwas tun? Bestimmt dieser nervige Wagner!

An einer der Scheiben war von außen ein Papier mit einer Folie angeklebt. Er lief hinaus, riss die Folie herunter und las den Zettel. Wagner verlangte, dass er seine Mitschuld am Tod seiner Frau öffentlich bekannte, dann würde er „…davon absehen, Anzeige zu erstatten und seine weiteren Fehlleistungen in der Klinik sowie das Zustandekommen seiner Promotionsarbeit journalistisch aufarbeiten zu lassen." Was meinte der mit „weiteren Fehlleistungen"? Es waren wenige, kleine Kunstfehler, die ihm in seiner langjährigen Arbeit unterlaufen waren. Das kommt immer mal vor, und nie dringt etwas an die Öffentlichkeit. Der Selbstschutz unter den Kollegen ist ungebrochen, darauf kann man sich verlassen. Und die Dissertation? Da kann nur Holger etwas wissen und sein Doktorvater, der seit einigen Jahren tot ist. Oder etwa Ilsa? Schließlich war sie mit Holger liiert gewesen, als die Arbeit geschrieben wurde. Sicher wusste sie, worüber die beiden Freunde geforscht hatten. Aber Ilsa würde alles verhindern, was seine Karriere gefährden könnte. Sie kommt also nicht in Frage. Blieb Holger.

Aber wie sollte er Ilsa das alles erklären? Das ging überhaupt nicht! Er würde den Ahnungslosen spielen müssen, sonst wäre hier die Apokalypse bereits im zweiten Akt. Alles, was er befürchtet hatte, würde eintreten, und er würde auf der Straße oder im Obdachlosenheim landen. Schon wollte Selbstmitleid in ihm aufsteigen, aber dann besann er sich eines Besseren: Er würde kämpfen. Er hatte immer gekämpft, wenn auch nicht unbedingt mit sauberen Waffen, aber er hatte bis jetzt immer gesiegt. Er würde diesen Wagner in die Knie zwingen, notfalls mit Gewalt. Wer oder was sollte ihn auf diesem Weg hindern?

Manfred holte tief Luft, der Rioja musste inzwischen auch genug davon haben, also holte er ihn und schenkte sich ein. Weil er den Blick auf die geschändete Fensterfront nicht ertrug, setzte er sich mit dem Rücken zur Glaswand und betrachtete die Küche, als erwartete er eine Antwort von ihr.

***

Daniel ging hinunter in das Kellergeschoss des Apartmenthauses, in dem er eine Wohnung gekauft hatte. Er nahm immer die Treppe, um fit zu bleiben, vor allem hinauf, um einen elastischen Gang zu trainieren. Ab und zu musste er einfach mal nach seinem silbernen

Schmuckstück sehen, auch wenn er es nicht bewegen würde.

Was hatte er davon, wenn er den ganzen Tag arbeitete und der Wagen in der Tiefgarage stand? Vor der Apotheke parken war schwierig, aber sehr lohnend. Manchmal fuhr er morgens eine Stunde früher in die Stadt, um einen Parkplatz direkt vor seinem Schaufenster zu ergattern. Dann konnte er während der Arbeit sein Glanzstück sehen und sich an der Bewunderung derer, die sogar stehen blieben, um den Wagen zu betrachten, weiden. Aber manchmal ließ er ihn einfach in der Garage und fuhr mit dem Bus, weil er keine Lust hatte, ihn in einer engen Nebenstraße zu wissen, wo ihn vielleicht irgendwelche Idioten streiften. Doch selbst an diesen Tagen ging er erst einmal hinunter zu seinem Stellplatz und begrüßte ihn voller Stolz und Zärtlichkeit; es war ein kleines Ritual geworden. Er betätigte die Schließanlage, so dass die Scheinwerfer kurz aufleuchteten. Das war die Begrüßung. Dann strich er einmal über das Dach und einmal über die Seitenfläche, bevor er die Türen wieder schloss.

So auch heute. Er drückte auf die Fernbedienung, doch nichts geschah. Ein zweites Mal, immer noch nichts. Kein freundliches Aufleuchten, kein Gruß. Als er näher kam, stockte ihm der Atem: Sah er das richtig, oder waren seine Augen nicht in Ordnung? Jetzt war er nahe genug herangekommen, und was er sah, ließ ihn erstarren. Die Rückscheinwerfer waren zerbrochen. Über die Seite lief ein langer, hässlicher Kratzer im Lack, die Frontscheinwerfer glotzten wie tote Augen ohne Glas. Fast körperlich empfand er diesen Vandalismus, als hätte jemand ihn selbst verletzt und verstümmelt.

Ihm wurde schwindlig, und er lehnte sich gegen eine Säule. Was war hier los? Wer machte so etwas? Wie viel würde die Reparatur kosten? Übernahm das eine Versicherung? Nur langsam kam er zu sich, und gleichzeitig entstand eine ungeheuerliche Wut in ihm. Dieser Frevel würde nicht ungerächt bleiben!

War es Sarah? Konnte er ihr so etwas zutrauen? Er hatte sie ziemlich beleidigt, aber er hatte sich doch bei ihr entschuldigt, hatte sich die Rosen einiges kosten lassen! Sollte sie das erst extra wütend gemacht haben, so dass sie sich an seinem Cabrio vergehen musste? War das überhaupt vorstellbar? Oder hatte sie herausbekommen, dass der Brief von ihm und nicht von dem Medikus war? Versteh einer die Frauen! Oder war es dieser Idiot Wagner? Bei dem sah er inzwischen etwas klarer: Das war der Mann von dieser Patientin, die in der Klinik gestorben war. Er hatte ihm vor einiger Zeit einen Brief geschickt, mit dem er nicht viel anfangen konnte. Jetzt hatte Daniel einen zweiten Brief erhalten, in dem ihm offen gedroht wurde. Er solle seine Schuld bekennen, oder der Betrug würde an die Öffentlichkeit kommen. Und es wurde ihm sogar ein Zeitpunkt genannt, bis wann er dieses Bekenntnis ablegen sollte. War diese Untat die Rache dafür, dass er das Ultimatum hatte verstreichen lassen?

Daniel musste beiden auf den Zahn fühlen, eine andere Möglichkeit sah er nicht. Er hatte auch schon eine Idee. Er würde sowohl Sarah als auch Wagner einen Brief schreiben und ihnen das gleiche „Geschenk" schicken. Dann würde er einfach abwarten, wie sie darauf reagieren.

***

„Hast du das schon gehört? ‚Farbbeutelattacke auf Villa in Marbach'. Da hat einer den gesamten Wintergarten von so einer Luxushütte versaut. Täter und Motiv völlig unklar." Sybille klopfte auf ihr Smartphone und sah ihren Freund Korbinian abwartend an.

Sie saßen beide auf Sybilles kleinem Balkon und hatten den ersten Sherry bereits geschlürft. Silvester, Korbinians Hund, lag zu Füßen seines Herrchens und beobachtete argwöhnisch eine Amsel, die sich auf dem Geländer niedergelassen hatte.

„Ich hab von meinem alten Kumpel Thomas davon gehört. Kannst du dich an den erinnern? Ich hab ihn dir mal in der Stadt gezeigt."

Sybille nickte. „Der von der Kriminalpolizei?"

„Genau der. Der hat die Anzeige aufgenommen und sich die Schweinerei angeguckt. Sah aus wie ein Bühnenbild für Macbeth, sagt er. Oder für einen Horrorfilm. Aber sie tappen total im Dunkeln. Der Besitzer kann sich absolut keinen Reim darauf machen, sagt er. Er habe keine Feinde. Friede, Freude, Eierkuchen. Nur wegen der Versicherung habe er Anzeige gegen Unbekannt erstattet."

„Wer ist das?"

„Buttermann heißt er. Chirurg an der Klinik."

Sybille schüttelte den Kopf. „Komisch. Schon wieder Klinik." Korbinian schaute sie fragend an. „Wieso schon wieder Klinik?"

„Ich wollte dir gerade von den Plakaten am Grimm-dich-Pfad erzählen, oder weißt du das auch schon?"

„Nicht mehr, als in der Zeitung stand. Wie kommst du jetzt darauf?"

„Diese Texte auf den Plakaten richten sich doch gegen irgendetwas Medizinisches. Einmal wird die Habgier der Knüll-Kliniken angeprangert, das war an den Köpfen vom ‚Wolf und den sieben Geißlein' am Steinweg. Den Anteilseignern wird damit vorgeworfen, ihren Gewinn über die Gesundheit der Patienten zu stellen. So verstehe ich das jedenfalls. Und damit sind sie wie der Wolf, der ein Geißlein nach dem anderen frisst und den Hals nicht vollkriegt."

„Sehe ich genauso. Was war mit den anderen?"

„Dann das Pflegepersonal, das sich verführen lässt, am Korb vom Rotkäppchen. Ich hab ein Foto gemacht. Guck mal." Sybille kramte ihr Handy heraus und zeigte Korbinian das Foto.

Der runzelte die Stirn, seine buschigen Augenbrauen zogen sich zusammen.

„Das klingt doch sehr nach ‚Arzt verführt Krankenschwester', meinst du nicht?", fragte er. „Aber darunter hat doch kein Patient zu leiden, wenn das Personal Körperflüssigkeiten austauscht. Es sei denn, sie machen es während der Dienstzeit. Nur so kann ich mir das erklären. Mehr als den moralischen Zeigefinger erheben kann das doch wohl nicht sein."

„Nein", antwortete Sybille, „sonst stünde da ja auch nicht ‚tot bleibt tot'. Also muss da jemand gestorben sein. Sehr mysteriös."

„Und das dritte Plakat?"

„Das war das bei mir am Welt-Laden unter den Fliegen. Dass auch die Pharmazie töten kann. Also muss das irgendwie mit Medikamenten zu tun haben. Da passt doch so ein Kunstblut-Rausch wie der an dem Wintergarten des Arztes gut rein."

„Und wie reimst du dir das zusammen?"

„Vielleicht hat jemand schlechte Erfahrungen mit den Kliniken gemacht und will das auf diese Weise an die Öffentlichkeit bringen. Das kommt ja immer wieder mal vor, und die Mediziner halten natürlich dicht. Da muss erst das Fernsehen oder DER SPIEGEL kommen, um so etwas aufzuklären. Weißt du, ob sich die Polizei damit ernsthaft beschäftigt? Hat dein Freund mal so etwas geäußert?"

„Keine Ahnung. Aber ich werde ihn fragen. Wenn da ein Todesfall verursacht worden ist, ist das ja eine andere Kategorie als so eine Schmiererei. Denn die ist ja nun mal nicht mehr als Sachbeschädigung, also wird das im Sande verlaufen. Genauso wie die Geschichte mit dem dicken BMW Cabrio."

„Was war damit?"

„Jemand hat so einem Apotheker-Fuzzi sein schönes, neues Cabrio zerkratzt und die Scheinwerfer eingeschlagen. Hat auch Thomas aufgenommen. Er hat sich noch Stunden später die Ohren massieren müssen, so hat der Kerl geheult und gejammert. Als hätte man ihm die Zehennägel rausgezogen. Kann natürlich eine alberne Eifersuchtstat gewesen sein, aber vielleicht hängt der auch mit drin, nicht die Pharma-Industrie, obwohl die auch genug Dreck am Stecken hat. Wenn man alles zusammen reimt, könnte schon ein Kunstfehler oder so etwas dahinter stecken."

„So ein blödes Wort. Dann müsste man beim Elektriker oder Klempner auch von Kunstfehler sprechen, wenn er einen Kurzschluss oder Rohrbruch verursacht. Bei den Weißkitteln ist alles immer auf höherem Niveau. Auch der Mist, den sie bauen."

Die Amsel schien wie bestätigend mit dem Kopf zu wippen, und Silvester stieß ein tiefes Knurren aus. „Still, Silvester. Ist doch nur eine Amsel, nicht unser Mephisto. Der sitzt auf dem anderen Balkon."

„Wer ist Mephisto?", fragte Sybille.

„Eine Krähe, die mich adoptiert hat. Silvester mag sie nicht."

„Hätte ich mir denken können. In Ermanglung eines echten Raben..."

„Verstehe ich nicht."

„Hat dir noch keiner erklärt, was dein Name bedeutet? Korbinian ist ‚der kleine Rabe'. Kann aber auch keltisch sein. Dann heißt es ‚sorgenfrei'."

„Was für eine kluge Freundin ich habe!"

„Onkel Google sei Dank."

„Silvester, nun gib doch Ruhe. Oder hast du vielleicht eine Spur? Meinst du, wir sollten uns mit der Sache etwas näher beschäftigen?"

Die Amsel war vorsichtshalber fortgeflogen, aber Silvester legte noch einmal nach mit seinem Bass. „Ist ja gut, ich werde die Ohren und Augen offen halten. Aber es ist noch ein bisschen zu früh. Gedulde dich etwas, mein Guter." Er kraulte den Wuschelkopf zwischen den Ohren, worauf ein wohliges Brummen Zustimmung signalisierte.

***

Der Fahrstuhl hinauf in die Oberstadt ist nicht jedermanns Sache. Wer engen Kontakt mit Fremden liebt und dabei im Spiegel auch gleich noch Make-up und Frisur kontrollieren möchte, ist dort gut aufgehoben. Wem das alles zu nah und intim ist, der sollte besser die Treppen oder die steilen Gassen benutzen. Wenn man zwar zur zweiten Gruppe gehört, aber in Eile ist, muss man am besten die Luft anhalten, gegen die Decke gucken und sich ganz klein machen. Ilsa war kein kontaktscheuer Mensch, überhaupt nicht, aber sie mochte den Fahrstuhl trotzdem nicht, weil sie lieber selber entschied, wie nah sie wem kam. Heute aber musste sie sich beeilen, um vor Geschäftsschluss noch in die Oberstadt zu kommen, also nahm sie den Aufzug. Sie schob sich in eine Ecke, drückte den Aufwärtsknopf und hoffte, die Tür möge sich rasch schließen, bevor noch mehr Menschen hineinhuschten. Im letzten Augenblick betrat ein hoch gewachsener Mann den Aufzug, schaute kurz in den Spiegel, dann hinüber zu Ilsa.

Dort blieb sein Blick haften, und als Ilsa das bemerkte, wandte auch sie den Kopf in die Richtung des Mannes. Er war etwa so alt wie sie, schon etwas licht an den Schläfen, aber mit ansonsten vollem, dunklen Haar und etwas kantigen Gesichtszügen. Beide öffneten gleichzeitig den Mund, lächelten und nannten den Namen des anderen.

„Das ist ja eine Überraschung", sagte sie.

„Hallo", sagte er.

Und „Wir haben uns ja eine Ewigkeit nicht mehr gesehen", wieder sie. Jetzt wussten sie beide nichts mehr zu sagen.

Die Lautsprecherstimme des Aufzugs verkündete das Ziel der Fahrt, die Tür öffnete sich, beide stiegen aus. Sie konnten sich jetzt nicht einfach so trennen und ihrer Wege gehen, aber den Kalender zücken und einen Termin suchen war noch blöder.

„Wollen wir einen Kaffee trinken?", sagten beide fast gleichzeitig. Beide grinsten, beide nickten und setzten sich in Bewegung Richtung Markt. Ilsa verschob ihren Einkaufsplan, diese Begegnung war jetzt wirklich spannender. Das Café am Markt machte bald zu, also gingen sie zum Italiener. Plötzlich war Ilsa mehr nach Weißwein als nach Kaffee zumute, sie war tatsächlich ein bisschen aufgeregt. Ihm schien es genauso zu gehen.

„Seit wann bist du wieder in Marburg?", fragte sie.

„Seit ein paar Monaten. Wir werden einige Jahre bleiben, denke ich."

„Bist du hier am Klinikum?"

„Ja."

„Hast du Manfred schon getroffen?"

„Nein."

„Möchtest du es?"

„Nein."

Ilsa nickte, als wollte sie sagen: Kann ich verstehen. „Geht's dir gut?"

„Ich kann nicht klagen. Der Job ist interessant, wir haben ein schönes Haus gefunden, sind gesund - was will man mehr? Und du?"

„Eigentlich alles im grünen Bereich. Ich arbeite nur noch stundenweise in der Praxis einer Kollegin, ansonsten fröne ich dem Vorurteil der Chirurgengattin, die sich mehr im Reitstall aufhält als in der heimischen Küche."

Beide wussten nicht so recht, worüber sie sprechen sollten. Holger hätte zwar gern gewusst, ob Ilsa über Manfreds Betrug bei seiner Promotionsarbeit wusste, aber er mochte nicht nachforschen. Ilsa wiederum war neugierig auf Holgers Frau, aber sie konnte ihn ja wohl schlecht nach ihr fragen. Deshalb betrat sie lieber unverfängliches Terrain.

„In welcher Abteilung bist du in der Klinik?"

„Onkologie. Partikeltherapie."

„Dann bist du ja ein gefragter Spezialist, nehme ich an. Ich dachte, du wolltest auch bei den Kardiologen einsteigen?"

Also wusste sie nicht, warum er die Fachrichtung gewechselt hatte, oder tat sie nur so?

„Nein, das hat sich anders ergeben", antwortete Holger ausweichend. „Und du, hast du dich spezialisiert?"

„Nein, ich habe umgesattelt auf Ergotherapie. Das ging schneller, ich wollte nicht Jahrzehnte an der Uni verbringen. Und jetzt bin ich sehr flexibel, das ist ein großer Vorteil. Spielst du noch Volleyball?"

„Ich habe hier in einer Freizeitgruppe angefangen. Das macht Spaß und ist genau das Richtige für mich."

„Das ist ja schön."

Jetzt war wieder Sendepause. Die gemeinsame Vergangenheit konnte keine Vertrautheit schaffen, hier saßen sich zwei fremde Menschen gegenüber. Ilsa hätte gern ein wenig mehr Persönliches gewusst und auch von sich preisgegeben, auf gemeinsame Bekannte oder Erinnerungen angespielt, aber sie merkte, dass Holger eine Mauer um sich gezogen hatte. Deshalb murmelte sie etwas von einem Termin und dass sie sich über das Wiedersehen gefreut habe. Holger bestätigte die Freude höflich, und sie verabschiedeten sich.

✳✳✳

Während sie im Bus hinauf auf die Lahnberge fuhr, kamen Sarah wieder Zweifel. Sollte sie vielleicht doch lieber aussteigen und sich krank melden? Sie fürchtete eine Begegnung mit Manfred, doch gleichzeitig wollte sie sie, denn die Unsicherheit war nicht mehr länger zu ertragen. Als sie den Weg von der Bushaltestelle zum Hintereingang der Klinikgebäude zurücklegte, sprach sie sich Mut zu und appellierte an ihr Selbstbewusstsein. Das blieb zwar Theorie, aber trotzdem machte sie nicht mehr kehrt.

Zehn Schritte vor dem Eingang kam ihr Manfred entgegen. Er strahlte sie an, und ihr Herz machte einen Hopser. Es war alles gut. Der Brief war nicht von ihm.

„Hallo, meine Schöne! Wie sehr habe ich dich vermisst."

Sarah lächelte ihn glückstrunken an. „Ich habe dich auch vermisst. Warum warst du die letzten Tage nicht auf Station?"

„Unwichtig."

Sie standen sehr nah beieinander und es wäre ein Leichtes gewesen sich zu umarmen. Aber aus jedem Fenster des Kliniksflügels waren sie zu sehen, also wahrten sie einen schmerzhaften Abstand. „Hast du einen kleinen Moment Zeit?"

„Mein Dienst fängt gleich an."

„Meiner auch. Lass uns ein paar Schritte gehen."

Sie wandten sich in Richtung Parkplatz, und Manfred berichtete ihr von dem Desaster in seinem Wintergarten und von dem Brief.

„Klar, wenn Wagner sich dazu bekennt, war er es wohl auch", sagte Sarah. „Ich habe übrigens mit ihm gesprochen, er bat mich darum." Erstaunt sah er sie an.

„Und was hast du ihm gesagt?"

„Nichts, was uns Probleme machen könnte. Wie allen anderen auch habe ich ihm gesagt, dass dein Pager nicht in Ordnung war. Aber dann hat er sich wohl verplappert und mir unfreiwillig eine heiße Information gegeben: Seine Frau hatte bereits Monate vorher falsche Medikamente erhalten, die Dosierung war um ein Vielfaches niedriger als verschrieben."

„Das heißt, die Thrombose war die Folge der Medikation."

„Ja, natürlich. Und jetzt kommt's: Dreimal darfst du raten, wo Wagner das Iscover gekauft hat."

„Keine Ahnung?"

„In der Eulenapotheke. Bei Daniel Schneider! Daniel ist ein Krimineller!"

Jetzt, wo ihr klar war, dass der Brief wohl keinesfalls von Manfred stammen konnte, kannte sie keine Rücksicht mehr. „Und Wagner weiß das auch. Klar wäre der Tod vermutlich zu verhindern gewesen, wenn man das alles früher gewusst hätte, und unsere Schuld wird dadurch nicht geringer. Aber Daniel ist maßgeblich beteiligt!"

Manfred war stehen geblieben und starrte ihr anfangs betroffen, dann freudestrahlend ins Gesicht.

„Das ist ja eine wunderbare Nachricht! Der Schneider? Damit sind wir doch so gut wie raus aus dem Schneider!" grinste er. Das würde Sarah so nun nicht unterschreiben, aber ihr Herz war unsagbar leichter geworden in den letzten fünf Minuten.

„Ich werde diesen Mistkerl zur Rede stellen. Wollen doch mal sehen, wer hier das letzte Wort hat!" Ein bisschen zu gockelhaft für Sarahs Geschmack trabte er auf den Eingang zu, und sie erreichten gemeinsam ihren Arbeitsplatz.

„Hier ist ein Päckchen für dich abgegeben worden", empfing sie eine ihrer Kolleginnen im Schwesternzimmer. „Liegt da auf der Fensterbank."

Sarah bedankte sich und machte sich erst mal an die täglichen Routineaufgaben. Während sie gewohnt freundlich auf die Patienten einging, brodelte in ihr der Zorn auf Daniel. Der gefälschte Brief war schon eine starke Nummer. Sie überlegte, wie sie ihm das heimzahlen konnte. Dabei war der Verrat mit den gefälschten Medikamenten ja schon ein erster Schritt. Manfred würde vermutlich ganz anders an ihn herangehen als sie, oder?

In der Mittagspause nahm sie das Paket in Augenschein. Es war liebevoll verpackt mit einer roten Schleife. Ein kleiner Zettel hing daran mit der Aufschrift „von einem dankbaren Patienten". Sie öffnete die äußere Hülle und hörte ein deutliches Ticken. Sie erschrak. Schickte Daniel ihr jetzt eine Bombe? War er schon so weit, dass er vor nichts mehr zurückschreckte? Würde sie ihre Kolleginnen gefährden, wenn sie das Ding hier auspackte? Sie zögerte.

„Mach schon auf", forderte sie eine neugierige Kollegin auf.

„Hörst du nicht, dass das Ding tickt?", fragte Sarah.

„Ich hör nichts."

Fängt so eine Paranoia an? Sie hörte zwar das Ticken nach wie vor, wollte aber nicht als hysterische Zicke gelten und packte tapfer aus. Ein helles Metallteil kam zum Vorschein - wie sehen Bomben eigentlich aus? Das Papier rutschte herunter, etwas Glas wurde sichtbar, ein Zifferblatt. Gott sei Dank, ein Wecker, oder zumindest ein Gerät, das wie ein Wecker ausschaute. Sie war noch immer nicht ganz überzeugt. „Das ist aber ein Spaßvogel. Warst du so oft unpünktlich? Kann ich mich gar nicht erinnern."

Sarah nahm ein beschriebenes Blatt, das daneben lag, und las.

„Sie waren einmal zu spät, um ein Leben zu erhalten. Jetzt tickt Ihre Zeit. Wenn Sie Ihre Schuld nicht öffentlich eingestehen, wird es auch für Sie bald zu spät sein."

Sarah schluckte und packte Wecker, Zettel und Verpackung wieder zusammen. „Ja, wirklich ein Spaßvogel", sagte sie heiser und trug alles zu ihrem Spind. Sie hatte Mühe, ihr Zittern zu verbergen und verließ schnell die Station. Eigentlich hatte sie in der Cafeteria eine Kleinigkeit essen wollen, aber jetzt wollte sie niemanden sehen, mit niemandem sprechen, ihre Unruhe wäre jedem sofort aufgefallen. Deshalb ging sie hinaus, um ein wenig frische Luft zu schnappen.

Während des Nachmittags versuchte sie mit aller Kraft, sich auf ihre Aufgaben zu konzentrieren. Sie durfte keine weiteren Fehler machen, bloß weil sie abgelenkt war. Trotzdem war es ihr unmöglich, nicht immer wieder an diese Drohung zu denken. Hatte Herr Wagner wirklich vor, sie zu töten? Konnte ein so sympathischer Mensch sich in ein Monster verwandeln? Man las ja immer mal von solchen Metamorphosen, aber das war doch Fantasie, oder nicht? Und wie sollte sie sich verhalten? Wenn sie zur Polizei ging, zog sie Manfred unweigerlich mit hinein. Das kam überhaupt nicht in Frage. Wenn sie abwartete, war es vielleicht eines Tages zu spät für sie. Schützen konnte sie sich nicht.

Und dann war da noch die Geschichte mit Daniel. Irgendwie musste sie ihm diesen Brief heimzahlen. Das Problem war, dass sie keine Beweise hatte. Daniel würde natürlich vehement abstreiten, ihn geschrieben zu haben.

Aber sie war so unglaublich wütend auf ihn, und die bösen Gedanken vertrieben schließlich die angstvollen.

***

Obwohl Daniel einen Leihwagen von der Werkstatt bekommen hatte, war er heute mit dem Fahrrad in die Apotheke gefahren, weil er nach Geschäftsschluss noch einiges erledigen wollte. Er fand diese Fortbewegungsart zwar eigentlich seiner unwürdig, das Rad war ein Sportgerät, kein Verkehrsmittel. Aber manchmal war es doch ganz gut, wenn man keinen Parkplatz suchen musste. Er schloss die Apotheke ab und ließ das Fallgitter herunter.

Dann machte er sich auf den Weg ins Südviertel, der Briefkasten von Friedemann Wagner war nicht schwer zu finden. Er lehnte sein Rad gegen den Zaun und ließ einen gefütterten Umschlag in den Kasten fallen. Anschließend fuhr er zum Rudolphsplatz, um mit dem Fahrstuhl in die Oberstadt zu gelangen. Er schloss das Rad sorgsam ab und fuhr hinauf. Den Weg zu Sarah kannte er ja inzwischen.

Er wollte sie persönlich befragen. Er klingelte und wartete einige Minuten. Dann klingelte er noch einmal, aber nichts rührte sich.

Das Risiko hatte er eingehen müssen, aber er hatte vorgesorgt. Er warf einen Umschlag in ihren Briefkasten und schlenderte hinunter zum Markt. Er hatte von den Plakaten an den Figuren des Grimmdich-Pfads gelesen und wollte sich die Stelle ansehen, die doch offenbar ihm gegolten hatte. Das Plakat war entfernt worden, man sah nur noch ein paar Klebespuren auf dem Rahmen der Hinweistafel. Das war schon eine spinnerte Idee gewesen mit diesen Zetteln bei den Figuren. Was hatte er mit den Fliegen und dem tapferen Schneiderlein gemeinsam außer dem Namen? Würde er es mit Riesen und Einhörnern und Wildschweinen aufnehmen? Warum eigentlich nicht? Er war ja nicht dumm. Aber es musste vielleicht nicht unbedingt sein.

Neben ihm stand ein älterer Herr mit einem Hund und betrachtete die Fliegen. Er hatte eine gesunde Gesichtsfarbe und buschige Augenbrauen, seine Gesichtszüge waren kantig und das, was Frauen vermutlich attraktiv nennen würden. Seine grauen, lockigen Haare waren offenbar frisch gewaschen und umgaben seinen Kopf wie eine Mütze. Er trug einen blauen Parka, so etwas wie eine „Schimanski-Jacke", nur dunkler. Der Hund war eine wilde Mischung, ziemlich groß und trug seine Frisur ähnlich wie sein Herrchen. Ein Ohr stand wachsam aufrecht, das andere war abgeknickt. Bei dem Mann waren beide Ohren gleich. Der Mann schien bestätigend zu nicken, dann verschwand er in dem „Welt-Laden".

Daniel ging den Hirschberg hinunter, um in einer der Kneipen ein Bier zu trinken. Ja, hier war noch viel von der alten Studentenherrlichkeit zu spüren, und der Spruch „Marburg *hat* keine Universität, Marburg *ist* eine Universität" schien in die Balken der schmucken Fachwerkhäuser geradezu eingeschnitzt. Er selbst hatte in Gießen studiert, da wurde man durch ein pittoreskes Stadtbild wenig abgelenkt.

Sollte er es nach dem Bier noch einmal bei Sarah versuchen? Nein. Das konnte warten. Das, was er hinterlassen hatte, würde gewiss genug Eindruck machen. Er ging wieder hinunter zum Rudolphsplatz und fuhr nach Hause in die Kasseler Straße. Sein Rad ließ er lieber nicht in der Tiefgarage, schließlich konnte man es dort eher stehlen als aus einem Kellerraum. Und da er auch hier auf das Besondere gesetzt hatte und ein außerordentlich teures Rad besaß, stellte er es lieber im Keller ab. Um den elastischen Gang zu trainieren, lief er auch jetzt federnd die Treppen hinauf in den dritten Stock.

Auf den letzten Treppenstufen hörte er ein fröhliches Kichern, und als er den Flur erreicht hatte, sah er, wie zwei Frauen hinter der übernächsten Wohnungstür verschwanden. An seiner eigenen Tür hing in der gesamten Höhe ein Papier, vermutlich ein Stück Tapete, auf dem mit dicken, roten Buchstaben zu lesen war:

„Bitte lass mich in Ruhe. Ich liebe einen anderen. Sara"

Dabei waren das r und das a so ineinander verflochten, dass man auch „Sam" lesen konnte. Im ersten Augenblick dachte er, dies sei ein Streich von seinen Nachbarinnen, aber dann wurde ihm klar, dass diese Botschaft nur von Sarah sein konnte.

Voller Wut riss er das Papier herunter und wollte es zerknüllen. Da es sich aber offenbar um eine starke Vinylfaser handelte, gelang das nicht so leicht. Schon glaubte er wieder seine Nachbarinnen kichern zu hören, deshalb schloss er schnell seine Wohnung auf und zog die Tapete hinter sich her. Als er die Tür mit einem raschen Tritt schließen wollte, verfing sich die Bahn jedoch und ließ auf diese Weise einen Spalt offen, aus dem ein Rest des Papiers hervorschaute. Wutentbrannt öffnete Daniel die Tür wieder, zog an der Fahne und verklemmte sie auf diese Weise erst recht. Es half nichts, er musste wieder auf den Korridor hinaustreten und die Tapete Stück für Stück unter der Tür hervorziehen. Schließlich hatte er das Ungetüm befreit, trug es in seinen Flur und knallte die Wohnungstür zu. Auch jetzt war das Zusammenknüllen nicht einfacher geworden, und er trampelte mit den Füßen so lange auf der Bahn herum, bis sie schließlich ein zerknautschtes, rissiges Bündel geworden war. Wie zum Hohn prangte das „Sam" gerade auf der Oberseite.

Daniel zitterte vor Anstrengung und Zorn. Er wischte sich den Schweiß von der Stirn und holte tief Luft.

Als eindeutige Botschaft von Sarah wäre sie schon demütigend genug gewesen, aber mit dieser Unterschrift musste man doch glauben, er sei nicht nur ein unglücklicher, sondern ein schwuler, unglücklicher Lover! Hoffentlich hatten nicht noch mehr Hausbewohner diese Schmach entdeckt! Wie lange mochte das Ding hier schon gehangen haben?

Damit war das Spiel aus. Er war ein Idiot gewesen, es noch einmal auf die weiche Tour versucht zu haben. Schade um die Rosen! Jetzt würde er ihr zeigen, dass man ihn nicht ungestraft lächerlich machte. Denn das konnte er am allerwenigsten vertragen.

***

„Hier ist Doktor Buttermann. Bitte rufen Sie mich zurück unter der Nummer 0160-44772233. Vielen Dank." Friedemann hörte die Nachricht auf dem Anrufbeantworter noch ein weiteres Mal und lächelte. Der Fisch zappelte am Haken, sollte er ruhig noch eine Weile. Er würde erst mal einkaufen gehen.

Als er von seinen Besorgungen zurück war, leerte er wie immer den Briefkasten. Außer einer Zeitschrift enthielt er einen gepolsterten Umschlag ohne Absender und Briefmarke. Er legte beides auf den Küchentisch, um seine Einkäufe im Kühlschrank zu verstauen. Anschließend rief er den Arzt an. Er war erstaunlich schnell am Apparat, als hätte er auf das Gespräch gewartet. Ohne weitere Einleitung beschimpfte Buttermann ihn wegen seiner „unverschämten Schweinerei" und stellte ihm eine saftige Rechnung in Aussicht.

„Ich weiß überhaupt nicht, warum Sie mir drohen. Das ist doch alles lächerlich. Was wollen Sie mir vorwerfen? Es gibt nichts, das Sie gegen mich verwenden könnten. Das ist alles an den Haaren herbeigezogen."

„Ich habe bereits angedeutet, dass mir einige Fakten vorliegen, die Sie ganz schnell um Ihre Karriere bringen könnten. Dabei geht es nicht nur um den Tod meiner Frau. Ich will, dass Sie Ihre Verfehlungen öffentlich zugeben. Andernfalls werde ich für die Veröffentlichung sorgen." erwiderte Friedemann so ruhig, wie es ihm möglich war.

„Wo ist der Unterschied? Angenommen, ich hätte tatsächlich einen Kunstfehler begangen - ist doch egal, wie er publik gemacht würde, oder?", ereiferte sich Buttermann.

„Oh nein", erwiderte Friedemann. „Wenn Sie selbst einen Fehler bekennen, zeugt das nicht nur von Mut und Anständigkeit, sondern auch von Verantwortungsbewusstsein, und das dürfte Ihrer Reputation nur wenig schaden. Im anderen Fall werden Dinge ans Licht kommen, die Sie lieber unter der Decke halten würden. Und es geschähe gegen Ihren Willen. Dazu wäre eine journalistische Aufmachung sicher von großem Unterhaltungswert. Das ist ein gewaltiger Unterschied."

„Es gibt nichts, was ich verbergen muss. Zeigen Sie es mir. Dann können wir darüber reden."

War das jetzt der Wink mit dem Scheck? Friedemann hatte ihn nun da, wo er ihn haben wollte. Seine Selbstbeherrschung hatte sich gelohnt.

„Das können wir gerne tun. Kommen Sie nächsten Donnerstag um 17 Uhr ins Café Dünner. Dann sehen wir weiter."

„Einverstanden. Auf Wiederhören."

Das Gespräch wurde abrupt beendet, Friedemann war das nur recht. Seine anfängliche Sicherheit und Überheblichkeit hatten doch merklich nachgelassen, offenbar war Buttermann schon sehr daran interessiert, die Flecken auf seiner Weste zu kaschieren. Ob er ihm tatsächlich Geld bieten würde? Zuzutrauen war es ihm.

Dann widmete er sich der Post. Er öffnete den gefütterten Umschlag, ein beschriebenes Blatt und ein weiches, in Folie eingewickeltes Päckchen kamen heraus. Erst Schreiben oder erst Päckchen? Friedemann war klar, dass das mit seiner Mission zu tun hatte, und das bedeutete, dass es nicht unbedingt eine freundliche Botschaft sein würde. Er wählte zuerst das Schreiben.

„Vielen Dank, dass Sie mein Auto demoliert haben. Als Gegengeschenk erhalten Sie die Gewissheit, dass auch bei Ihnen demnächst etwas Empfindliches beschädigt werden wird, wenn Sie mit Ihren albernen Drohungen nicht aufhören. Die Rechnung für die Reparatur meines Wagens wird Ihnen in den nächsten Tagen zugeschickt." In dem Päckchen befand sich unter der Alufolie ein Plastikbeutel. Als er auch diesen öffnete, fiel etwas Glibberiges, an den Rändern Blutiges auf den Küchentisch.

Es war ein Auge.

Oktober

Sarah radelte vergnügt nach Hause. Rache ist wirklich süß. Der Coup mit der Tapetenfahne war ein genialer Einfall gewesen. Es hatte eine Weile gebraucht, bis sie die Unterschrift so gekonnt zweideutig hingekriegt hatte, aber zum Schluss war sie sehr zufrieden mit sich. Keiner konnte ihr anlasten, sie hätte Daniel in die schwule Ecke gestellt, sie hatte halt nur etwas „undeutlich" geschrieben und „aus Versehen" das „h" vergessen. Es war ihr zwar klar, dass Daniel ganz bestimmt wieder zu einem Gegenschlag ausholen würde, aber das war im Moment egal. Sie würde ihm schon kontern. Und sie wusste etwas, womit sie ihn unter Druck setzen konnte. Er hingegen wusste nichts über sie.

Als sie über den Marktplatz kam, schlug die Rathausuhr achtmal. Wie immer standen einige Touristen auf dem Platz und schauten nach oben auf den albernen Gockel, der wild mit seinen Flügeln schlug. Dass die Geräusche dabei von einem kleinen Trompeter neben ihm kamen, wussten die meisten nicht und hielten das für Hahnengeschrei. Sie lächelte. Es gab so manchen Gockel hier. Sie blickte nach links auf das Haus mit den Riesenfliegen und erinnerte sich an die Plakat-Aktion vor ein paar Wochen. Sie hatte davon nur in der Zeitung gelesen und kannte natürlich auch den Inhalt des Zettels, der an der Info-Tafel neben dem Korb des Rotkäppchens klebte. Gut, dass die Presse da offenbar nicht weiter recherchiert hatte. Sonst wäre bestimmt einigen im Krankenhaus ein Licht aufgegangen, um wen es sich handeln könnte. Aber die Medien hatten offenbar kein Interesse an Klinikskritik. Da musste zum Beispiel während eines Tarifkonflikts schon gestreikt werden, bis das in der Zeitung Niederschlag fand. Aber medizinisches Versagen blieb gut gehütet zwischen den Kliniksmauern.

Sie schob ihr Rad brav durch die Fußgängerzone und schloss die Haustür auf. Die steile Treppe hinunter in den Keller war immer ein Balanceakt mit dem Rad, aber mittlerweile hatte sie Routine damit.

Als sie etwas außer Atem an ihre Wohnungstür kam, erschrak sie zutiefst. Im Schatten der Nachbartür stand Daniel, die Arme vor der Brust verschränkt, ein hämisches Grinsen auf dem Gesicht. „Na, Prinzessin, zurück von deiner Tapezier-Tour? Lass mich rein!" Damit zeigte er auf Sarahs Tür.

„Das werde ich ganz bestimmt nicht. Verschwinde!"

„Von wegen, Prinzessin. Ich will von deinem Tellerchen essen und in deinem Bettchen schlafen. Mach schon auf. Du bist doch sonst nicht so prüde?"

Er lachte boshaft.

Sarah drehte sich blitzschnell um und lief die Treppe hinunter. Daniel folgte ihr, war aber längst nicht so behände wie Sarah. Sie rannte auf die Straße, Richtung Marktplatz, und hörte Daniels Schritte hinter sich. Einige Passanten wurden aufmerksam, glotzten aber nur und griffen nicht ein. Erst in Höhe der Reitgasse trat ein stämmiger Mann aus einem Geschäft auf die Straße und stellte sich Daniel in den Weg. Der wollte um ihn herum laufen, aber der Fremde hatte die Situation klar erfasst. „Nicht so schnell, mein Freund!", brummte er und stellte ihm ein Bein.

Daniel stolperte, konnte sich aber mit den Händen abfangen. Er rappelte sich auf und sah den Mann wütend an.

„Die Dame war mit Ihrer Begleitung wohl nicht so ganz einverstanden", sagte dieser.

„Was mischen Sie sich ein, Sie Idiot. Das geht Sie doch einen Dreck an!", bellte Daniel.

Sarah war inzwischen verschwunden, er hatte keine Chance mehr. Der Mann tat so, als sei nichts geschehen und ging ohne zurückzublicken die Reitgasse hinunter. Daniel rief ihm noch einen Fluch hinterher und setzte seinen Weg in Richtung Marktplatz fort. Er brauchte jetzt ein eiskaltes Bier, um seine Wut ein wenig abzukühlen.

Sarah war in die Gasse, die zum oberen Teil des Marktes führte, gelaufen und hatte sich in einen Hauseingang gedrückt. Sie konnte Daniels Schritte nicht mehr hören, wusste aber nicht, ob er sich entfernt hatte oder nicht. Plötzlich ging die Tür hinter ihr auf. Ein junger Mann mit einer Küchenschürze trug einen Müllsack heraus und schaute sie neugierig an.

„Der Eingang ist um die Ecke", sagte er freundlich und öffnete die Mülltonne. Sie war im Hintereingang eines Restaurants gelandet.

„Danke", antwortete Sarah, ging vor bis zur Wettergasse und schaute nach rechts und links. Daniel war nicht zu sehen, und sie ging zurück nach Hause. Sie war eigentlich ziemlich sicher, dass er nicht wieder vor der Tür stand, das wäre zu demütigend für ihn gewesen. Sie schloss die Haustür abermals auf, leerte ihren Briefkasten und ging hinaus. Kein Mensch war zu sehen. Sie atmete auf.

In der Küche holte sie sich ein Glas Wasser und setzte sich an den Tisch. Ein gepolsterter Umschlag ohne Absender und Briefmarke lag vor ihr. Sie riss ihn auf und las: „Vielen Dank, dass du mein Auto demoliert hast. Als Gegengeschenk erhältst du die Gewissheit..." Was sollte das? Sie las nicht weiter. Daniel glaubte offenbar, sie habe sich an seinem Flitzer vergriffen. So ein Schwachsinn. Das Auto war zwar sein Heiligtum, aber da hatte sie doch andere Mittel. Es lag noch ein in Plastik eingewickeltes Päckchen in dem Umschlag. Sie wollte nicht wissen, welche Bosheiten Daniel sich noch ausgedacht hatte und warf es ungeöffnet in den Abfall.

Sie fühlte sich etwas erschöpft, aber zufrieden. Schließlich hatte sie Daniel eins ausgewischt und ihn erfolgreich abgehängt. An das Päckchen mit dem Wecker und der darin enthaltenen Drohung mochte sie jetzt nicht denken.

Sie hatte Lust auf einen Schluck Wein. Stand nicht noch irgendwo eine Flasche Burgunder herum? Wo hatte sie die bloß her? Sie kaufte nur Wein, wenn sie Besuch erwartete. Wer hatte ihr die geschenkt? Ach klar, jetzt fiel es ihr wieder ein. Der Vater des rothaarigen Mädchens, das vom Pferd gefallen war, hatte ihr kurz nach dem Vorfall einen Blumenstrauß und die Flasche Wein geschickt. Es hing sogar noch das Kärtchen dran. „Vielen Dank für Ihre freundliche Hilfe. Ich würde mich sehr freuen, wenn ich mich irgendwie revanchieren könnte. Wenn Sie mal Hilfe brauchen, rufen Sie mich einfach an. Mit freundlichen Grüßen, Karsten Schmied." Angeheftet war seine Visitenkarte. Als Sarah die Berufsbezeichnung von Herrn Schmied las, lächelte sie hintergründig. Dann holte sie ihren Laptop heraus und schrieb eine E-Mail an Daniel. „Wenn er die gelesen hat, wird er mich in Ruhe lassen", murmelte sie. Sie öffnete die Flasche und trank mit großem Genuss.

***

Korbinian liebte Rituale. Eines davon war ein Stück Sachertorte im Café Dünner, danach ein kleiner Cognac. Er betrat mit seinem Hund die traditionsreiche Konditorei, und auch heute konnten die bunten, verführerischen Torten in der Theke seinen Blick nicht ablenken. Sacher oder gar nichts. Die Bedienung legte einen roten Zettel auf einen Teller. Sein Stammplatz hinten in der Galerie am Fenster war frei, obwohl noch ganz gut Betrieb war. Er setzte sich zufrieden und bestellte ein Kännchen Kaffee, Silvester rollte sich brav unter dem Tisch zusammen und legte den Kopf auf die Pfoten. Auch hier hatte man, wie an vielen Stellen in Marburg, einen weiten Blick hinüber auf die andere Seite des Lahntals bis zum Spiegelslustturm. Rechts ragte aus dem Wald die Silhouette des Richtsbergs heraus - ein Stadtteil, der in den Siebzigern für 8000 Menschen aus dem Boden gestampft worden war und damals aufgrund des schleppenden Straßenbaus „Schlammhausen" hieß. Dort unten am Lahnufer gab es einige üble Bausünden, die als Tor zur Stadt den Ankommenden das Fürchten und Kehrtmachen lehrten. Aber wenn man sich ein wenig drehte, sah man hauptsächlich zwei Schulen aus der Wilhelminischen Zeit, die Universität und den Ortenberg. Das war zu verkraften.

Genau genommen sah man natürlich nur einen Teil der Universität, nämlich die Philosophische Fakultät, von den Marburgern kurz Philfak genannt, drüben auf der anderen Lahnseite. Sie bestand aus der alten Universitätsbibliothek und einigen gleichartigen Türmen und Kuben aus den siebziger Jahren.

‚Tja, Philipp,' sinnierte Korbinian, ‚als du die Universität gegründet hast, hat sie noch etwas anders ausgesehen, hier gleich nebenan. Hast dir die Klöster unter den Nagel gerissen und Professoren und Studenten hineingesetzt. Das war ein toller Schachzug. Überhaupt hast du so einige Coups hingekriegt. Mit dreizehn Jahren Landesherr zu werden, war nicht dein Verdienst, aber Luther zu unterstützen und dann die erste protestantische Universität in Europa zu gründen, das war schon toll. Nicht zu vergessen die Vermögenssteuer, mit der du die Kranken- und Armenfürsorge bezahlt hast. Und die Getränkesteuer stammt auch von dir - wie fortschrittlich du warst! Aber der Hammer waren ja deine beiden Ehen, gleichzeitig, versteht sich, mit 19 Kindern... Man sagt, du hättest drei Hoden gehabt, deshalb war eine Frau zu wenig. Na ja, ich hab nur zwei Hoden und hatte auch zwei Frauen, aber nacheinander. Das ist keine Kunst. Aber damals wärst du fast am Galgen gelandet wegen deiner ménage à trois, oder „Ehe zur linken Hand", wie man damals so schön sagte. Hast aber tapfer zu dem sächsischen Hoffräulein gehalten. Wenn du jetzt da unten diese phantasielosen Klötze sehen würdest, fändest du sie vielleicht sogar gut?'

Sein innerer Monolog wurde von der Bedienung unterbrochen, die ihm Kaffee und Kuchen auf den Tisch stellte, und gerade, als er sich mit Hingabe der dunkelbraunen Schönheit auf seinem Teller widmen wollte, wurde sein Nebentisch frei und sofort wieder besetzt. Zwei Männer, einer etwa Ende fünfzig und ein wenig rund, der andere etwas älter und eher mager, mit tiefen Furchen um den Mund, setzten sich und begannen sofort mit einem Gespräch.

„Ich will nicht lange drum herumreden, ich habe auch wenig Zeit", sagte der Rundlichere, „die Farbschmiererei an meinem Haus ist eine Unverschämtheit und wird Sie eine Stange Geld kosten. Mir ist rätselhaft, womit Sie mir drohen wollen. Also schießen Sie los."

Korbinian und Silvester stellten ihre Ohren auf Empfang, obwohl das sonst nicht ihre Art war. Aber darüber hatte er doch gerade mit Sybille gesprochen, und selbst Silvester fand, sie sollten diese Spur verfolgen. Na, gut. Er stand auf und holte sich eine Zeitung vom Haken, um sich in guter, alter Detektiv-Manier dahinter zu verstecken. Das erschwerte zwar den Genuss der Sachertorte, aber er war bereit, dieses Opfer zu bringen.

„Herr Buttermann, ähm, Dr. Buttermann, Sie wissen genau, was ich will. Und ich habe genügend Beweise dafür." Der Magere öffnete eine Mappe und entnahm ihr ein Blatt Papier.

In diesem Augenblick kam die Bedienung und fragte nach ihren Wünschen. Der Dünne ließ das Papier wieder sinken, beide bestellten hastig einen Kaffee.

„Hier sind zum Beispiel die diversen ‚Kunstfehler', wie man so euphemistisch sagt. Es sind zugegeben keine dramatischen, zumindest ohne Todesfolge, außer im Fall meiner Frau. Aber immer noch schlimm genug für die Betroffenen. Hier" - er zog ein anderes Blatt heraus - „ist ein Stationsprotokoll vom 13. August, dem Tag, als meine Frau starb. Erst ging Ihr Pager, dann waren Sie nicht zu erreichen, dann ging er wieder. Eine Rückfrage beim Hersteller ergab, dass dies praktisch unmöglich ist. Das heißt, er muss ausgeschaltet worden sein. Dafür werden Sie Ihre Gründe gehabt haben. Und hier", jetzt entnahm er der Mappe ein umfangreicheres Schriftstück, „ist Ihre Dissertation. Für jedermann zugänglich. Und hier", ein weiteres Konvolut folgte, „eine andere Promotionsarbeit. Ein Vergleich führt zu spannenden Ergebnissen." Buttermann warf einen nervösen Blick auf die beiden dünnen Bände.

„Na, und? Meine wurde zuerst fertig. Also hat der andere abgeschrieben."

„Das könnte man oberflächlich glauben. Bei genauerer Prüfung stützt sich Ihre Arbeit allerdings auf Forschungsergebnisse, die länger zurückliegen und an einer anderen Stelle von Ihnen und Ihrem Kollegen dokumentiert wurden. Auch dafür habe ich Belege."

Buttermann schwieg. Dann fragte er mit heiserer Stimme: „Woher kennen Sie Holger?"

„Das tut nichts zur Sache."

Der Kaffee wurde gebracht und sorgte wieder für eine Unterbrechung. Die Bedienung hatte sich noch gar nicht entfernt, da polterte der Arzt los: „Das ist doch alles Unfug", versuchte er sich zu retten. „Wer will das denn überprüfen?"

„Das ist kein Problem. Denken Sie mal an unseren guten von und zu Guttenberg, der musste sogar seinen Ministersessel räumen, obwohl er meinte, er habe lediglich ungenau zitiert. Wenn ein Doktortitel erst mal aberkannt ist, dürfte das einer weiteren Karriere sehr im Wege stehen."

Korbinian traute seinen Ohren nicht. Er war soeben unfreiwillig Zeuge einer ganz klaren Drohung geworden. Jetzt musste er unbedingt ein Stück Torte zu sich nehmen, deshalb faltete er die Zeitung ein wenig zusammen und bearbeitete die edle Schokoladenglasur pietätlos mit der Gabel. Dabei konnte er etwas mehr von dem rundlichen Mann sehen, der ihm genau gegenüber saß. Das war also der Buttermann. Sein Gesicht war gerötet, die Mundwinkel gequält nach unten gezogen. Korbinian nahm schnell wieder Deckung hinter der Zeitung, um keine Aufmerksamkeit zu erregen.

„Sie wollen mich erpressen", flüsterte Buttermann mit hasserfüllter Stimme. „Dann soll es eben so sein. Wie viel verlangen Sie für das Material und Ihr Schweigen?"

„Haben Sie das immer noch nicht kapiert?" Der Dünne wurde jetzt etwas lauter. „Ich habe Ihnen bereits erklärt, was ich will. Wenn Sie öffentlich erklären, zum Beispiel in einem Interview in der Zeitung, dass Sie mitverantwortlich für den Tod meiner Frau sind, werde ich mein Wissen über Ihre Doktorarbeit zurückhalten. Andernfalls werde ich meine gesamte Dokumentation den Medien - ich denke da an den SPIEGEL oder ‚Report' - zur Verfügung stellen. Und die finden mit Gewissheit noch einiges mehr als ich."

Beide schweigen. Korbinian traute sich hinter seiner Zeitung hervor, um einen Schluck Kaffee zu trinken. Das war ja wirklich eine spannende Geschichte! Und direkt neben der Sachertorte! Was für ein Glück solche Rituale manchmal sind!

„Herr Wagner, Sie wissen offenbar nicht alles." Buttermanns Stimme hatte wieder Festigkeit und ein gewisses Maß an Überheblichkeit gewonnen. „Der Grund für den Tod Ihrer Frau waren weder meine Dissertation noch mein Pager, sondern eine falsche Medikation über Monate hinweg. Die ausgestellten Rezepte waren einwandfrei, die Dosierung korrekt angegeben. Vermutlich hat Ihnen jemand die falschen Tabletten verkauft. Ob bewusst oder nicht, wäre die zweite Frage. Das sollten Sie erst mal prüfen, bevor Sie mir Vorwürfe machen."

„Da sind Sie leider auf dem Holzweg, denn auch das ist mir bekannt. Ich habe selbst die Laboruntersuchung veranlasst. Vermutlich war die Thrombose Folge dieser Medikation. Aber die Embolie hätte nicht tödlich sein müssen, wenn man schnell genug reagiert hätte. Das wissen Sie ganz genau. Insofern geht es nur sekundär um die Tabletten, in erster Linie jedoch um Ihre Abwesenheit während eines Notfalls. Sie waren der zuständige Arzt!"

„Ich habe bereits versucht, Ihnen zu erklären, warum ich nicht sofort alarmiert werden konnte. Ich war sehr wohl anwesend, aber die Technik hat versagt. Ich würde mich an Ihrer Stelle auf den Apotheker konzentrieren. Eine falsche Medikation über eine so lange Zeit hinweg ist kein Zufall. Das war ja nicht nur ein Rezept, sondern vermutlich drei oder vier. Und wenn Ihre Frau keine Thrombose erlitten hätte, wäre auch keine Embolie aufgetreten."

„Das ändert nichts an den Tatsachen."

„Herr Wagner, ich kenne Ihr Angebot, meins lautet auf 20 000 € Verhandlungsbasis. Lassen Sie uns ein paar Tage Bedenkzeit."

Man hörte Stühlerücken und Geschirrgeklapper, offenbar war das Gespräch beendet. Korbinian lugte hinter seiner Zeitung hervor. Die beiden Männer erhoben sich. Der Arzt entfernte sich grußlos mit forschem Schritt, Wagner blieb noch eine Weile stehen. Offenbar wollte er seinem Widersacher nicht noch einmal an der Kasse begegnen. Nachdenklich schaute er hinunter auf die Stadt, streifte mit seinem Blick kurz den Mann mit dem Hund und der Zeitung. Sein Gesicht war blass, tiefe Ringe unter den Augen zeugten von wenig Schlaf. Jetzt gab er sich einen Ruck, es kam wieder Energie in seine Züge, gepaart mit wütender Entschlossenheit. Aber die Traurigkeit wich nicht aus seinen Augen. Nach einem kurzen Blick zur Kasse ging auch er in Richtung Ausgang.

Endlich konnte Korbinian seine Torte in Ruhe zu Ende essen. Nur der Kaffee war kalt geworden. Er bestellte sich einen neuen und beugte sich hinunter zu Silvester.

„Bist ein braver Hund, so mucksmäuschenstill. Und du hattest den richtigen Riecher. Das ist eine obergärige Angelegenheit! Das werden wir gleich mal unserem alten Kollegen weiter geben."

***

Sybille sah ein wenig wehmütig in die Grünanlage ihres Wohnblocks hinunter. Der Sommer hatte sich nun in aller Deutlichkeit verabschiedet und Regen, Kälte und Nebel das Feld überlassen. Der Sherry auf dem Balkon war Vergangenheit, und in Ermangelung eines Kaminofens hatte sie ihre Kerzenvorräte überprüft. Der letzte Winter musste lang gedauert haben, denn sie fand nur noch Ostereier-Kerzen oder rote Stumpen mit goldenen Sternchen. Beides schien ihr unpassend und sie nahm sich vor, am nächsten Tag einen Großeinkauf bei Rossmann zu tätigen. Im Welt-Laden gab es natürlich auch Kerzen, aber mehr zum Verschenken, nicht für Groß-Konsumenten. Ein paar Teelichter waren noch da, und so erwartete sie Korbinian zum täglichen Wohlfühltratsch.

Der ließ nicht lange auf sich warten. Als sie die Tür öffnete, standen Herr und Hund im Partnerlook vor ihr: beide mit grauem Wuschelkopf und ein wenig angefeuchtet. Silvester verströmte dazu eine Welle von Nasses-Hundefell-Aroma, das Sybille nicht unbedingt zu ihren bevorzugten Düften zählte. Sie sollte auch noch Räucherstäbchen auf ihren Einkaufszettel schreiben oder einen Riesenföhn.

„Du glaubst es nicht" begann Korbinian, nachdem er seinen ersten Schluck Sherry über den Gaumen geschickt hatte. „Weißt du, wer in dieser Kliniks-Geschichte ganz tief drin steckt?"

Sybille schaute ihn fragend an. Der Rollentausch war neu. Nicht sie hatte die Nachricht, sondern er, und Korbinian kostete ihre Spannung weidlich aus, indem er einen weiteren Schluck nahm.

„Na, sag schon!" Geduld war nicht eben eine von Sybilles Tugenden.

„Der Wagner."

„Der Wagner?"

„Na, der von der Barbara, von der du erzählt hast."

„Was? Der Frieder? Bist du dir sicher?"

„Absolut. Ich habe eben rein zufällig ein Gespräch mit angehört."

„Wie - wo?"

„Im Café Dünner. Ich hatte mal wieder einen Zuckerschock nötig, du weißt schon. Sacher und sonst gar nichts. Und da saßen die am Nebentisch und bemühten sich überhaupt nicht, leise zu sprechen. Es war die reine Nötigung zum Zuhören."

„Das kenne ich. Passiert mir ständig."

„Na, so was!", meinte Korbinian augenzwinkernd.

„Aber nun erzähl schon!"

Und er erzählte das Gespräch gewissenhaft wie ein Protokollant - das hatte in seinem Beruf dazu gehört -, und Sybille unterbrach ihn ausnahmsweise nicht.

„Das ist ja ein Hammer", kommentierte sie schließlich. „Das heißt konkret: Friedemann will den Arzt zwingen, ein Geständnis abzulegen. Vermutlich gilt das auch für die Schwestern, die an diesem Tag verantwortlich waren. Bei Buttermann hat er das Druckmittel der Promotion, und das scheint zu wirken, sonst hätte der ihm nicht 20.000 Mäuse angeboten. Aber der Frieder lässt sich natürlich nicht kaufen, dem war Geld noch nie wichtig. Barbara übrigens auch nicht, daran kann ich mich gut erinnern. Das machte beide sehr sympathisch. Wenn das also so ist und die Schmierung nicht klappt, muss dieser Buttermann die Beweise vernichten. Das ist aber äußerst schwierig, denn die Dissertationen sind ja veröffentlicht. Und die persönlichen Aufzeichnungen, die den Betrug beweisen, wird keiner freiwillig rausgeben. Dann müsste der Arzt Friedemann und seinen Freund so unter Druck setzen, dass sie es von sich aus tun. Und dazu braucht es schon robuste Mittel, wenn ich das richtig einschätze."

„Das sehe ich auch so. Das geht nur mit Gewalt oder anderen äußerst fragwürdigen Mitteln."

„Sehr bedrohlich. Und beide, also Frieder und Buttermann, sind daran interessiert, den Apotheker zu überführen, wenn auch aus unterschiedlichen Motiven. Der Arzt will die Schuld auf ihn abladen, und Friedemann will seinen Anteil an dem Desaster aufdecken. Sehe ich das richtig so?"

„Exakt. Du hättest eine gute Kriminalpolizistin abgegeben."

„Danke. Und was machen wir jetzt?"

„Wir? Wir trinken noch einen Sherry."

„Hab schon verstanden", brummelte Sybille und goss sein Glas wieder voll. „Ich meine, wir müssen doch etwas tun, oder? Der Frieder bringt sich doch in große Gefahr. Der hat doch null Ahnung von Erpressung, Mord und Totschlag. Der ist Germanist, Märchenforscher!"

„Dann hat er genug Ahnung von Mord und Totschlag", meinte Korbinian trocken. „Übrigens geht mir jetzt noch ein anderes Licht auf: Du kannst dich doch bestimmt an die Plakate erinnern. Natürlich hat Wagner die angebracht, und nicht ohne Grund an den Märchenfiguren. Und die anderen Gemeinheiten könnten auch von ihm stammen. Ich denke an die Farbe am Wintergarten und das zerkratzte Auto. Und dass er selbst in großer Gefahr ist, weiß er hoffentlich. Auch wenn er das nicht auf sich bezogen hat, könnte sein Spruch beim Rotkäppchen im schlimmsten Fall ebenso auf ihn zutreffen."

„Du meinst..."

„Genau. Da sagt er sinngemäß: „Heutzutage kommt keiner mehr lebend raus aus dem Bauch des Wolfes. Tot bleibt tot."

***

Die Reinigungsfirma hatte lange, teure, aber gute Arbeit geleistet. Der Blick auf die Stadt war wieder blutleer, allerdings auch farblos. Dafür sorgten jedoch in erster Linie Nebel und Regen. Die Lichter waren versteckt hinter einer dichten Dunstwand, Marburg war untergetaucht.

Manfred stand in der Küche und sah durch den Wintergarten auf den Wolkenvorhang. Er musste an ein Hörspiel denken, das er vor vielen, vielen Jahren gehört hatte, als man eben noch Hörspiele hörte statt fernzusehen: Darin erlebte ein Mensch, der sich an einem höher gelegenen Teil eines Bergs befand, wie die Lichter einer gesamten Stadt in einem Augenblick zu seinen Füßen verschwanden. Es war aber kein Stromausfall, sondern das unterirdische Stollensystem eines stillgelegten Bergwerks war zusammengebrochen und hatte alles unter sich begraben. Die Marburger Altstadt war ebenfalls durchlöchert von Stollen und Gängen, der gesamte Schlossberg glich einem Schweizer Käse. Ob zur Verteidigung, zur Flucht oder nur zum Kühlen von Vorräten - immer wieder stieß man auf zugemauerte Eingänge, die die Fantasie der Bürger beflügelten. Welche Geheimnisse mochten diese dunklen Wege bergen? Was alles war in diesen Gängen bereits geschehen? Wenn des Abends von hier oben kein Licht mehr zu sehen war - existierte morgen die Stadt überhaupt noch?

Manfred staunte über sich selbst. Eigentlich steckte er tief in einem Sumpf, der seine gesamte Energie beanspruchen müsste. Sein Problem hatte mehrere Fronten, und außer seinem unbedingten Willen zu siegen hatte er keinerlei Strategie oder Idee. Und statt über eine Lösung nachzudenken, räsonierte er über unterirdische Gänge und das Versinken einer Stadt! Er wollte lieber nicht psychologisieren. Am Ende käme noch heraus, dass er den Untergang wünschte, fragt sich nur, von wem? Aber war das überhaupt eine Frage? War das nicht längst klar? Nicht die ganze Stadt, nein. Aber eine ganz bestimmte Person hätte er liebend gern aus dieser Welt geschafft.

Er hörte ein leises Geräusch, als ob jemand im Raum wäre und sich leicht bewegte. Er erschrak. Ging es jetzt weiter mit den Gemeinheiten? Oder wurde er jetzt persönlich bedroht? War jemand eingebrochen? Sein Herz schlug so laut, dass jeder im Raum es hören musste. Er bewegte sich ganz vorsichtig und möglichst geräuschlos in Richtung Lichtschalter. Jetzt hatte er ihn endlich erreicht und drehte ihn voll auf. Das Deckenlicht verwandelte den Wintergarten in ein Spielfeld unter Flutlicht.

Ilsa saß in ihrem Lieblingssessel und schaute ihn ärgerlich an. Manfred atmete erleichtert hörbar aus, sein Puls beruhigte sich langsam wieder. Sie hielt ein Glas Wein in der Hand, was untypisch war. Sie trank in der Regel nur Mineralwasser.

„Mach doch das Licht aus. Ist ja furchtbar."

Er dimmte es herunter.

„Entschuldigung, ich wusste nicht, dass du hier bist. Was ist los?"

„Nichts. Ich denke nach." Auch das schien ihm untypisch, aber er verkniff sich einen Kommentar.

„Worüber?" Die Frage war er ihr schuldig.

„Ich habe heute Holger getroffen."

„Wie - hast du dich mit ihm verabredet?"

„Nein, zufällig. Ich wusste gar nicht, dass er in Marburg ist."

„Ja, ich schon. Seit ein paar Monaten. Aber ich habe ihn noch nicht gesehen. Und?"

„Nichts weiter. Es geht ihm gut. Ist aber nicht so wichtig. Ich denke über das Drohschreiben nach."

„Wie bitte? Wovon sprichst du?"

„Du musst mir nichts erzählen. Ich bin ziemlich gut informiert, auch über die Geschichte mit deiner Doktorarbeit. Vermutlich wirst du erpresst, oder?"

Manfreds Puls beschleunigte sich abermals. Er holte tief Luft, brachte aber erst einmal keinen Ton heraus. Seine Gedanken überschlugen sich. Woher wusste Ilsa das alles? Es gab doch wohl nur eine Möglichkeit.

„Hast du etwa mit Holger darüber gesprochen?"

Ilsa lächelte schlangengleich. „Das wäre sicher ein lohnendes Thema gewesen, aber ich habe es nicht getan. Das musst du schon selbst mit ihm ausfechten. Und mit dem Drohschreiben hat er ja wohl auch nichts zu tun."

„Und woher weißt du dann davon?"

„Du solltest solche Sachen halt einfach nicht in den Müll werfen. Sei froh, dass ich das Ding gefunden habe und nicht die Putzfrau. Dann hättest du es gleich in der Zeitung abdrucken lassen können."

Da musste Manfred ihr Recht geben. Wie so oft. Das war eine unentschuldbare Blödheit gewesen.

„Wer ist der Typ, der dich erpresst? Kenne ich ihn?"

„Nein."

„Hältst du ihn für gefährlich?"

„Eigentlich nicht. Aber man kann nie wissen. Ich hatte heute ein Gespräch mit ihm. Ich habe ihm Geld angeboten, er erbat sich Bedenkzeit." Das war zwar so nicht ganz wahr, aber es hörte sich besser an.

„Glaubst du, er akzeptiert das?"

„Keine Ahnung."

„Wenn er Geld gewollt hätte, wüsstest du das längst. Mach dir keine Hoffnungen. Der will dich kleinmachen. Er hat doch mit Veröffentlichung gedroht. Er will dich in den Dreck ziehen, deine Karriere beenden und dich im Büßerhemd um Gnade flehen sehen. Das ist es doch. Das ist einfach krank. Und deshalb müssen wir etwas dagegen machen."

„Wir?" Manfred war überrascht. Mit Ilsas Loyalität hätte er nicht unbedingt gerechnet. Oder gab es einen anderen Grund für ihr Angebot?

„Natürlich. Du wirst doch irgendwie reagieren müssen, oder?"

„Das ist leicht gesagt. Mir fällt dazu jedenfalls nichts ein. Dir vielleicht?"

„Ich habe darüber nachgedacht, deshalb sitze ich ja hier im Dunkeln - oder saß, bis du hereingetrampelt bist und die Scheinwerfer angemacht hast. Ich fürchte, da gibt es nicht allzu viele Möglichkeiten."

„Nämlich?"

„Da musst du schon selbst drauf kommen. Du hast dich mit deiner Krankenschwester da reingeritten, dann sieh zu, wie du aus diesem Schlamassel wieder rauskommst. Ich kann dir einen Hinweis geben, aber halt mich raus aus der Geschichte."

***

Chillen ist cool. Genau genommen wird man durch Chillen cool. Aber egal. Jeder macht es, jeder braucht es. Überall gibt es Angebote für den richtigen Ort, den richtigen Drink, die richtige Aktion, die richtige Musik und so weiter. Und wenn einer trotz intensiver Unterstützung aus dieser Richtung immer noch nicht runterkommt von seiner Temperatur, dann ist er selbst schuld und hat etwas falsch gemacht. Daniel spielte jetzt schon seit einer Stunde Counter Strike, hatte Dutzende von Gegnern ins virtuelle Jenseits befördert und den einen oder anderen Schluck genommen, der Linderung versprach, aber nicht hielt. Dazwischen war er bestimmt dreimal in die Tiefgarage gesprintet, hatte sich davon überzeugt, dass sein silberner Renner die neue Lackierung mit Eleganz trug und alle Scheinwerfer darauf warteten, beschwingt auf die Fernbedienung zu reagieren. Den Weg hinauf nahm er mehrfach zwei Stufen auf einmal, um sich auszupowern. Nichts half.

Die Wut in seinem Bauch wurde mit jeder Aktion nur schmerzhafter, brannte statt abzukühlen und fühlte sich an wie Fieber. Er wollte es sich verbieten, aber immer wieder kehrten diese Bilder zurück, wie ein Film: Die Verfolgung von Sarah und dieser Scheißkerl, der ihm das Bein gestellt hatte, der Brief von Buttermann, der ihm offen mit einer Anzeige drohte wegen Betrugs mit Todesfolge, die E-Mail von Sarah, die angab, auf einen Tipp hin sei jederzeit eine Steuerprüfung möglich - und sie kenne da jemanden - und schließlich das Graffiti auf seiner Schaufensterscheibe. Unter einem riesigen Auge prangte die Unterschrift: „VORSICHT MÖRDER". Das konnte wiederum sowohl von Wagner als auch von Sarah sein, denn beiden hatte er ja als „Geschenk" ein Auge geschickt.

Er hatte dies so schnell wie möglich mit Dispersionsfarbe überstrichen, weil er keine andere Farbe in größeren Mengen zur Verfügung hatte. Leider hatte sie nicht richtig gedeckt, und jetzt war das Ganze ein richtiger Hingucker geworden: Was stand da hinter der Farbe? War das ein Werbegag? Und wieso „Mörder"? So mussten das seine Kunden doch wahrnehmen.

Ihm schien, als sei die ganze Welt gegen ihn. Er fühlte sich gejagt. Was macht man in so einem Fall? Das Wild flieht. Das intelligente Wesen wird selbst zum Jäger.

November

Obwohl Samstagvormittag war, hielt sich der Betrieb am Marktplatz in Grenzen. Während man hier früher fast alle nötigen Lebensmittel kaufen konnte, hatten sich die Standbetreiber immer stärker zurückgezogen. Einige Baustellen hatten das ihrige dazu beigetragen, und die Leute machten ihre Einkäufe lieber in den Supermärkten. Im Sommer wurde das etwas ausgeglichen durch die gastronomischen Betriebe, die ihre Möbel immer weiter auf den Platz hinausschoben. Aber jetzt gab es nur noch den Blumenstand und das Käseauto, die Glühweinbuden warteten noch auf ihre Saison. Deshalb fuhr Sarah nun, wie viele andere auch, auf den Markt in der Frankfurter Straße, wo das Angebot immer umfangreicher wurde.

Sie schlenderte erst einmal den gesamten Marktbereich hinunter, um dann auf dem Rückweg gezielt ihre Einkäufe zu erledigen. Die Anordnung der Stände in einer Straßenzeile, die wenig Platz bot, hatte Vor- und Nachteile. Beim Durchgehen hatte man alles im Blick, es gab keine zweite Reihe. Dagegen wurde es manchmal eng, wenn viele Kunden vor einem Stand warteten. Und da natürlich solch ein Markt schon immer auch ein Treff- und nicht nur ein Kaufpunkt war, bildeten sich überall Grüppchen, die schwätzten und den aktuellen Nachrichtenstand austauschten.

Sarah hatte gerade den Wendepunkt erreicht und machte sich auf den Rückweg. Am Stand mit dem Ziegenkäse konnte sie nicht widerstehen, ebenso wenig bei den Antipasti. Die Auberginenpaste und die gefüllten Peperoni waren einfach traumhaft und damit unverzichtbar, und ein paar Oliven natürlich auch. Der Duft von Räucherfisch stieg ihr in die Nase, und obwohl sie noch keinen Hunger hatte, lief ihr das Wasser im Mund zusammen. Auch hier nahm sie ein kleines Stück mit. Beim Gemüse ging sie zum Bio-Händler, bei dem wie immer eine lange Schlange stand.

Als sie sich einreihte, sah sie am gegenüberliegenden Stand beim Bäcker Friedemann Wagner stehen. Schnell drehte sie sich weg, sie wusste nicht, ob er sie schon früher bemerkt hatte. Der Wecker fiel ihr wieder ein und die damit verbundene Drohung. Galt die noch immer? War er imstande, sie einfach hier, mitten auf dem Markt, anzugreifen? Verfolgte und beobachtete er sie? War die Schlange beim Bäcker nur eine Tarnung?

Sie hatte keine Ruhe mehr, hier zu warten, bis sie an der Reihe war, schob sich rückwärts aus der Schlange und ging schnell in die entgegengesetzte Richtung. Sie würde ihr Gemüse woanders kaufen. Sie schloss ihr Fahrrad auf und verstaute ihre Einkäufe in dem Korb auf dem Gepäckträger. Erst jetzt bemerkte sie, dass sie ihren Helm vergessen hatte, was ihr in der Stadt häufiger passierte. Sie bemerkte allerdings nicht, wie sich ein Mann ganz in ihrer Nähe auf sein Edelrad schwang und Richtung Oberstadt fuhr.

Es dauerte eine Weile, bis sie ihre restlichen Einkäufe zusammen hatte, aber dann trat sie den Rückweg an. Weil vor dem Aufzug am Rudolphsplatz meist viele Leute warteten und sie den eingeschränkten Platz in der Kabine nicht mit ihrem Fahrrad zustellen wollte, fuhr sie über den Wilhelmsplatz die Barfüßerstraße hinauf. Das bedeutete zwar, dass sie ab dem Institut für Leibesübungen das Rad schieben musste, aber dabei konnte sie noch ein wenig die Schaufenster betrachten. Am Gummibärchen-Laden war sie versucht einzutreten, aber sie war zu bequem, das Rad abzuschließen und den Korb zu leeren. Also verzichtete sie auf die Süßigkeiten und ging weiter. Die Kneipen und Restaurants hatten nach wie vor ihre Tische und Stühle draußen stehen, Gaspilze und Decken sollten den Besuchern Freiluftsaison vorgaukeln. Es saßen auch tatsächlich einige, meist junge Leute dort, vor allem die Raucher nahmen das Angebot dankbar wahr. Der

Platz zwischen den Fußgängern war nicht großzügig bemessen, so musste Sarah mit ihrem Fahrrad einen Riesenslalom schieben.

Endlich war sie zu Hause angekommen und schloss ihre Haustür auf. Sie schob ihr Fahrrad in den Flur, öffnete die Tür zur Kellertreppe und fasste das Rad um die Gabel, um es hinunterzutragen. Sie hatte gerade zwei Stufen genommen, als sie einen entsetzlichen Schmerz am Kopf verspürte, einen zweiten im Rücken. Den Sturz nahm sie schon gar nicht mehr wahr, sie versank in einem dunklen Loch.

***

Manfred stand an Sarahs Bett und schluckte. Er hatte ja ständig mit Schwerkranken zu tun, aber das hier war etwas anderes. Diese Person mit dem dicken Kopfverband, der Beatmungsmaschine und den Schläuchen, die an mehreren Stellen ihren Körper mit einer Maschine verbanden, hatte keine Ähnlichkeit mehr mit Sarah. Aufgrund der massiven Schädelverletzungen hatte man sie ins künstliche Koma versetzt, keiner wusste, ob und in welchem Zustand sie ihr Leben weiterführen könnte. Vielleicht war dies der Zeitpunkt, an dem er sich von „seiner" Sarah verabschieden musste? Er schluckte wieder und ging hinaus. Er blieb einen Augenblick auf dem Flur stehen und versuchte, gegen seine Traurigkeit anzukämpfen, man sollte ihm schließlich nichts ansehen.

Dann ging er ins Arztzimmer, um seinen Kollegen aufzusuchen. Gemeinsam sahen sie sich die Röntgenbilder an. „Das ist eindeutig Gewalteinwirkung. Das war nicht nur der Sturz. Schauen Sie hier die Schädelfraktur. Ein schwerer, stumpfer Gegenstand, würde ich tippen."

„Wurde die Polizei bereits verständigt?", fragte Manfred.

„Ja, natürlich. Sie müsste eigentlich jeden Moment kommen. Wenn Sie möchten, können Sie gern bei dem Gespräch dabei sein. Sie kennen die Frau, richtig?"

„Ja, sie ist Pflegerin auf meiner Station. Wir haben ein sehr gutes, kollegiales Verhältnis, und es tut mir sehr leid, was mit ihr geschehen ist."

Es klopfte, und eine Schwester steckte den Kopf zur Tür herein.

„Kommissar Lichtenholz ist da."

„Danke. Wir können am besten gleich hier mit ihm sprechen."

Die Tür öffnete sich ganz, und der Kommissar trat ein. Er war ein untersetzter Mann in den Sechzigern, mit breiten Schultern und einem gutmütigen Gesicht. Ein weißer Schnäuzer dominierte sein Gesicht, die dunklen Augen schienen alles gleichzeitig wahrzunehmen. Man begrüßte sich, wobei Buttermann nicht erkennen ließ, ob er sich an den Polizisten, der seine Anzeige wegen der Farbschmiererei aufgenommen hatte, erinnerte. Der Neurologe erklärte am Röntgenbild die Verletzungen.

„Die Schädelfraktur ist nur ein Teil des Gesamtbildes, viel schwerwiegender sind die Schwellungen und Blutungen im Gehirn. Deshalb mussten wir die Patientin ins künstliche Koma versetzen. Außerdem liegen mehrere Rippenbrüche und innere Verletzungen von Milz und Niere vor."

„Kann man den Tathergang aus medizinischer Sicht nachvollziehen?", fragte Lichtenholz.

„Ja, ziemlich genau. Da sie am Fuß einer steilen Treppe mit ihrem Rad gefunden wurde, wurde ihr offenbar hinter der Haustür aufgelauert. Als sie das Rad hinuntertragen wollte, erhielt sie von hinten einen Schlag mit einem schweren Gegenstand auf den Kopf und einen Tritt ins Kreuz. Sie stürzte die gesamte Treppe, insgesamt 14 Stufen, hinunter, wobei sie sich vielfältige Verletzungen zuzog."

„Mmmh. Wer hat sie gefunden?"

„Offenbar ein anderer Hausbewohner. Das kann der Rettungsdienst beantworten."

„Gut, danke. Der Rettungsdienst hatte auch uns benachrichtigt, und die Kollegen von der Spurensicherung waren bereits da. Trotzdem werde ich mit dem Nachbarn sprechen. Gibt es sonst noch etwas von Ihnen, was ich wissen müsste?" Der Neurologe schüttelte den Kopf. Buttermann erhob sich und sagte: „Ich bringe Sie hinaus, Herr Kommissar. Hier verläuft man sich schnell, und ich muss sowieso wieder auf meine Station."

Lichtenholz verabschiedete sich von dem behandelnden Arzt und verließ mit dem Chirurgen die Station. „Ich kann Ihnen vielleicht noch etwas mehr Information geben", bot Buttermann an, kaum dass sie auf dem Gang waren. „Wenn Sie wollen, setzen wir uns in ein Besucherzimmer."

„Gern", antwortete der Kommissar überrascht, und sie betraten einen einfachen Raum mit sparsamer Möblierung.

„Frau Kirchberg ist Pflegekraft auf meiner Station, deshalb kenne ich sie etwas genauer. Sie ist absolut zuverlässig und gewissenhaft."

Der Arzt machte eine kleine Pause, als müsse er darüber nachdenken, wie er weitersprechen sollte. Lichtenholz wartete.

„Ich weiß nicht recht, wie ich es formulieren soll. Ich glaube, Frau Kirchberg fühlte sich in letzter Zeit bedroht."

„Woraus schließen Sie das?"

„Sie äußerte einmal etwas in dieser Richtung, hat das aber nicht konkretisiert."

„Und gibt es einen Anhaltspunkt?"

„Über ihr Privatleben weiß ich so gut wie gar nichts. Aber die Drohungen kommen wahrscheinlich von einem Mann, dessen Frau hier kürzlich verstorben ist. Er glaubt, Frau Kirchberg habe mit dem Tod der Patientin zu tun und will ein Geständnis erpressen."

„Was wirft er ihr vor?

„Sie habe nicht auf einen Notruf reagiert."

„Und war das so?"

„Das kann ich nicht beurteilen, da sich Frau Kirchberg im besagten Zeitrahmen an einer anderen Stelle der Station befunden hat als ich. Ich weiß nicht, warum."

„Waren Sie der diensthabende Arzt?"

„Ja, natürlich."

„Wo befanden Sie sich während des Notrufs und den darauffolgenden Minuten?"

„Im Arztzimmer. Ich habe sofort eine Reanimierung vorgenommen, die leider erfolglos blieb."

„Können Sie mir den Namen dieses Mannes sagen?

„Natürlich."

Lichtenholz machte sich einige Aufzeichnungen und notierte den Namen, bevor er sich bei dem Arzt bedankte und die Klinik verließ.

Buttermann war sehr zufrieden mit sich. Das hatte er geschickt gemacht. Jetzt sollte die Polizei Wagner mal auf den Zahn fühlen, vielleicht auch dem Apotheker. Aber das war unwesentlich. Wichtig war, dass Wagner erst einmal eine Weile beschäftigt wurde.

***

Friedemann fuhr mit dem Fahrstuhl den „Germanisten-Turm" hinunter und betrat das großzügige Foyer der Philosophischen Fakultät, das die einzelnen Institute miteinander verband. Es war etwas später geworden, weil einer seiner Studierenden ihn noch auf ein Interpretationsproblem festgenagelt hatte. Natürlich war das spannend, wie deutlich oder verborgen die Sexualität in den Märchen gestaltet wurde, aber das war Thema eines ganzen Seminars, nicht einer Diskussion zwischen Tür und Angel! Außerdem hatte er im Moment andere Sorgen.

Er schloss sein Fahrrad auf und schob es die Rampe der Unterführung hinunter. Diese Verbindung zwischen den Universitätsgebäuden und dem Lahnufer ist einer der schlimmsten Orte in Marburg. Dunkel, muffig, dreckig. Eigentlich müsste der Durchgang immer enger werden, da seit Jahrzehnten Tausende von Plakaten an die Seitenwände geklebt werden, die für studentische oder kulturelle Belange werben. Friedemann fand diesen Engpass zwar nicht bedrohlich, aber unangenehm. Er schob sein Fahrrad schnell hindurch und schwang sich an der anderen Seite wieder auf den Sattel. Sollte er in der Mensa essen? Als Mitarbeiter der Universität war ihm das gestattet, und er aß gern dort. Das Angebot war vielfältig, er konnte zwischen regulärem Tagesmenü, Fisch, Fleisch und vegetarischen Gerichten wählen, und es schmeckte ihm eigentlich immer gut. Von dem Preis konnte man nur träumen, aber natürlich war jedes Essen ein bisschen vom Steuerzahler gesponsert.

Während er noch nachdachte, passierte er eine lange Reihe Apartmenthäuser, die so aussahen wie viele in der Stadt, da sie von demselben Architekten stammten. Barbara hatte sich für die Baupolitik der Stadt interessiert und war gut informiert gewesen, sie hatten häufig darüber diskutiert. Kritische Bürger hielten den Bedarf an teuren

Apartments mittlerweile für gesättigt und forderten mehr sozialen Wohnungsbau. Diese Blocks hier waren sicher auch zum Teil an Studenten vermietet, wer es sich eben leisten konnte. Obwohl sie auf der einen Seite durch die Stadtautobahn und auf der anderen durch diesen Weg, auf dem Friedemann gerade radelte, begrenzt wurden, schienen die meisten bewohnt. Die unteren Wohnungen waren nur notdürftig mit Strohmatten oder Planen gegen Einblicke von außen geschützt. Vermutlich deshalb waren fast überall im Parterre die Jalousien heruntergelassen. Wer wollte hier wohnen?

Mittlerweile war er, versunken in seine Überlegungen, an der Mensa vorbeigefahren, was zu dieser Tageszeit ohne Klingeln gar nicht so einfach war. Er würde zu Hause eine Kleinigkeit essen und dann eine Siesta halten.

Er stellte sein Rad ab und betrat seine Wohnung. Auf dem Küchentisch standen noch die Reste vom Frühstück und zwei Wasserflaschen. Er räumte das Geschirr in die Spülmaschine und öffnete die Tür zur Terrasse, wo der Kasten mit dem Sprudel stand. Bevor der Winter kam, sollte er hier mal aufräumen. Es lag so allerhand Zeug herum, zum Beispiel ein paar unbenutzte Blumentöpfe, ein alter Schlauch, ein zerrissener Lappen, ein kurzes Eisenrohr direkt vor der Tür. Er wollte es zur Seite legen, um nicht darüber zu stolpern. Während er es noch in der Hand hielt, versuchte er sich vorzustellen, ob er damit einen Menschen schlagen, verletzen, töten könnte. Niemals zuvor in seinem Leben waren ihm solche Gedanken gekommen. Aber jetzt schien ihm das durchaus nicht mehr so abwegig. Wenn jetzt Buttermann einfach so mit dem Rücken zu ihm da stände...?

Unwillkürlich schüttelte er den Kopf, als wollte er dieses Bild gar nicht erst an sich herankommen lassen. Er legte das Rohr auf das Mäuerchen, das die Terrasse umgab, nahm eine Wasserflasche aus dem Kasten und ging wieder in die Küche, um sich ein Brot zu schmieren.

Noch während er sein improvisiertes Mahl verzehrte, klingelte es an der Haustür. Der Mann, der draußen stand, trug einen gewaltigen Schnauzer. Das war das Erste, was Friedemann auffiel.

„Guten Tag, Herr Wagner", sagte er. „Lichtenholz von der Kriminalpolizei. Darf ich Ihnen ein paar Fragen stellen?"

Friedemanns erste Reaktion war Überraschung, dann ein eher mulmiges Gefühl.

„Natürlich, kommen Sie rein." Er führte ihn ins Wohnzimmer und bot ihm ein Glas Wasser an, das der andere dankend ablehnte.

„Ich möchte gern wissen, was Sie am vergangenen Samstag zwischen 9 und 12 Uhr gemacht haben", fiel der Beamte mit der Tür ins Haus.

„Am Samstagvormittag? Ich war am Markt in der Frankfurter Straße. Worum geht es denn?"

„Das kann ich Ihnen noch nicht sagen. Bitte denken Sie weiter nach. Was taten Sie nach dem Marktbesuch?"

„Ich brachte meine Einkäufe nach Hause und fuhr dann noch einmal hinauf in die Oberstadt."

„Warum?"

„Ich wollte mich in einem Handy-Laden beraten lassen, weil ich mir ein neues Smartphone zulegen möchte."

„Welcher Laden war das?"

„Der an der Ecke zur Reitgasse. Hab den Namen vergessen."

„Wissen Sie, um wieviel Uhr das etwa war?"

Friedemann rechnete nach. „Das muss so gegen 12 Uhr gewesen sein. Ja, stimmt, der Gockel am Rathaus war gerade in Aktion."

„Und dann?"

„Dann habe ich in der Reitgasse eine Kleinigkeit gegessen und bin wieder nach Hause gefahren. Können Sie mir nun bitte sagen, warum Sie das wissen möchten?"

„Bitte haben Sie Verständnis, dass das im Moment noch nicht möglich ist. Wir werden in den nächsten Tagen noch einmal bei Ihnen vorbeischauen, dann wissen wir mehr und können Sie umfassend informieren. Vielen Dank und auf Wiedersehen, Herr Wagner."

Friedemann ging wieder in die Küche und blickte unschlüssig auf seine Mahlzeit. Ihm war der Appetit vergangen. Er war sehr beunruhigt; wenn die Polizei jetzt anfing herumzuschnüffeln, wurden alle weiteren Aktionen seinerseits viel schwieriger. Er hatte natürlich damit rechnen müssen, glaubte aber, noch mehr Zeit zu haben. Warum die Polizei wohl gerade jetzt auftauchte, irgendetwas musste sie ja veranlasst haben? Und dafür gab es verschiedene Möglichkeiten.

Hatte Buttermann nun doch seinen Schutzwall durchbrochen und ihn angezeigt? Das war unwahrscheinlich, denn damit brachte er sich auch selbst ins Visier. Dasselbe galt für den Apotheker. Bei jeder Anzeige musste die Polizei nach dem Motiv fragen, und das brachte sie stets und unweigerlich zurück auf die drei Verantwortlichen. Also gab es einen anderen Grund für ihr Erscheinen.

Die Siesta konnte er vergessen.

***

„Stadt? Land? Fluss?" Korbinian befestigte die Leine an Silvesters Halsband.

„Guck nicht so verständnislos! Magst du lieber im Heiligen Grund wandern oder in den Lahnwiesen oder in der Oberstadt? Oder sollen wir Mephisto fragen, ich welche Richtung er am liebsten fliegt? Darauf würdest du sowieso nicht hören, alter Eifersüchtler. Ich wäre für Oberstadt. Dann erfreuen wir unsere gemeinsame Freundin mit einem Besuch im Laden. Einverstanden?"

Silvester zog an der Leine, was bedeutete: „Red nicht so viel, lass uns lieber los."

Einträchtig wanderten sie am Wilhelmsplatz vorbei, die Barfüßerstraße hoch. Am Institut für Leibesübungen blieben sie stehen, weil der Hund interessanten Duftspuren folgen musste. Korbinian kam wieder die Geschichte der Hochschule in den Sinn. Hier hatte ja das andere Kloster gestanden, das Philipp für die Universität vereinnahmt hatte. In diesem Gebäude hatte es, bevor es von schwitzenden Sportstudenten bevölkert wurde, einmal Theatersäle, die Mensa, eine Reithalle gegeben. In dem lang gestreckten Gebäude unterhalb befand sich zeitweise die Bibliothek, und oben an der Stadtmauer hatten die Schmiede ihre Werkstätten, wo man die Pferde noch mal beschlagen ließ, bevor man die Stadt verließ. „Letzte Tankstelle vor der Autobahn" sozusagen. Korbinian liebte es, sich diese Bilder vorzustellen, die Geschichte der Stadt faszinierte ihn.

Die Wettergasse - warum musste diese Straße vier verschiedene Namen haben? Nie wusste er, in welcher er sich gerade befand - prahlte mit ihren prächtigen Fachwerkhäusern, obwohl nur wenige Menschen bereit waren, den Kopf zu heben und ihre Schönheit zu würdigen.

Am Marktplatz standen wieder ein paar Touristen. „Who was Philipp? Was he the husband of Elisabeth? Like in Britain?" Sie schauten hinauf zum Rathausgockel. Diese Kombination von Trompetenstößen und Flügelschlagen war wirklich bizarr: Man stelle sich das mal auf einem Misthaufen vor!

Eine Schulklasse stand vor der Skulptur, die Sophie von Brabant, die Tochter der Heiligen Elisabeth, mit ihrem vierjährigen Sohn

Heinrich darstellte. Einige Kinder untersuchten den Affen zu ihren Füßen, andere betrachteten die dicken Metallfliegen am Nachbarhaus, und einige hörten offenbar tatsächlich der Lehrerin zu.

Korbinian und Silvester betraten den „Welt-Laden". Sybille war gerade dabei, einer alten Dame einige Tafeln Schokolade als Geschenk einzupacken.

„Was kann ich für euch tun?", fragte sie schmunzelnd, als die Kundin den Laden verlassen hatte.

„Eigentlich nichts. Wir wollten nur mal kontrollieren, ob du auch fleißig bist."

„Du alter Oberpolizist", spielte sie die Beleidigte, „das ist fast so schlimm wie Oberlehrer! Ihr langweilt euch wohl, was?"

„Nicht im Geringsten. Außer unserer täglichen Patrouille gehen wir natürlich kriminellen Spuren nach. Gell, Silvester?" Der Angesprochene guckte ihn aus großen, runden Augen an, das eine Ohr, das etwas abgeklappt war, blieb unbeweglich, das andere stellte sich auf und signalisierte höchste Aufmerksamkeit.

„Ach ja, ich vergaß", frotzelte Sybille. „Übrigens habe ich, wenn mich nicht alles täuscht, vorhin deinen Kumpel Thomas drüben in der Oberstadtwache gesehen. Dem kannst du ja vielleicht ein bisschen unter die Arme greifen. Ohne dich kriegen die ihren Job doch bestimmt nicht gebacken."

„Wie recht du hast. Danke für den Tipp! Und schon sind wir wieder weg. Auf geht's, Silvester!" Korbinian winkte mit der Hand, öffnete die Tür und trat mit seinem grauen Riesen-Wollknäuel hinaus.

Auf der anderen Seite des Marktplatzes hatte die Polizei eine kleine Dépendance, die er jetzt ansteuerte. Tatsächlich sah er durch die Glasscheibe hindurch Thomas Lichtenholz, der mit seinen Kollegen sprach. Er kam heraus, begrüßte Korbinian herzlich und tätschelte

Silvesters Kopf.

„Na, ihr beiden? Schön, euch zu sehen."

„Ebenfalls. Wie kommt es, dass du hier oben auftauchst? Einsatz?"

„Ja. Es ist wieder die Geschichte mit der Klinik. Ich würde dir gern davon erzählen, wenn du etwas Zeit hast. Denn im Moment ist noch vieles unklar."

„Gut, dann lass uns ein Plätzchen suchen, wo wir ungestört sind."

Sie fanden es in einer Ecke des Marktcafés, bestellten zwei Cappuccini, und Thomas legte gleich los. „Du kannst dich doch an den Arzt und den Apotheker mit den beiden Anzeigen wegen Sachbeschädigung erinnern? Der Apotheker hat kürzlich gleich noch eine nachgeschoben, diesmal sind seine Schaufensterscheiben angemalt worden. Da ist offenbar einer ziemlich schnell bei der Hand mit seinem Farbtopf. Aber jetzt kommt noch Körperverletzung, eventuell sogar versuchter Mord dazu: Die Krankenschwester, der eine Mitschuld an dem Tod dieser Frau Wagner vorgeworfen wird, ist eine Treppe hinuntergestoßen worden. Jetzt liegt sie mit einem Schädeltrauma in der Klinik. Ich habe schon mit dem Oberarzt gesprochen und auch mit dem Witwer."

„Das ist ja ausgesprochen interessant. Hat der Arzt etwas zu dem Todesfall der Patientin damals gesagt?"

„Nur, was der Schwester vorgeworfen wird, und dass er sie für zuverlässig und gewissenhaft hält. Um ihn selbst schien es dabei gar nicht zu gehen."

„Dazu kann ich dir gleich noch mehr berichten, aber erzähl erst mal weiter."

„Wir haben uns eben in der Wohnung der Pflegerin umgesehen und dabei eine eindeutige Drohung gefunden, die von dem Wagner stammen muss. Es war ein Wecker mit einem Zettel, der sagte, sie sei einmal zu spät gekommen, und wenn sie ihre Schuld nicht zugeben würde, wäre es bald auch für sie zu spät oder so ähnlich. Ihren Laptop haben wir mitgenommen, den müssen wir noch untersuchen."

„Ganz schön heftig. Und was ist bei dem Wagner herausgekommen?"

„Bis jetzt wenig. Er weiß ja noch nichts von unserem Fund. Auch hat er kein Alibi für den fraglichen Zeitpunkt am Samstagvormittag. Ich werde ihn sehr bald wieder besuchen."

„Gibt es denn noch andere Verdächtige? Den Apotheker zum Beispiel?"

„Das ist sehr unwahrscheinlich. Der hängt zwar mit drin in der Geschichte, aber für diese Tat fehlen die Zusammenhänge."

„Dann will ich dich noch an ein paar andere Zusammenhänge erinnern", sagte Korbinian. „Ich hatte das grob schon einmal zu Protokoll gegeben, vielleicht hast du das noch nicht gesehen", und er erzählte von dem Gespräch zwischen Buttermann und Wagner, dessen unfreiwilliger Zeuge er geworden war. Er rekapitulierte auch die Texte an den Märchenfiguren und interpretierte sie so, wie er es mit Sybille getan hatte. Von denen hatte Thomas zwar bereits gehört, aber jetzt konnte er sie in das Bild einfügen. Er machte sich einige Notizen und meinte schließlich: „Sobald ich die Ergebnisse von Frau Kirchbergs Computer habe, werde ich mich auch in der Wohnung von dem Wagner mal umsehen müssen, vielleicht auch seinen Rechner mitnehmen. Den nötigen Gerichtsbeschluss werde ich mir vorsichtshalber schon mal beschaffen. Noch weiß er nicht, worum es geht."

„Dann verlier keine Zeit, sonst weiß er mehr, als dir lieb ist", warnte Korbinian.

***

Daniel saß an seinem Computer und stöhnte. Eigentlich stand ja Wagner ganz oben auf seiner To-do-Liste, aber wenn Sarah ihre Drohung wahr gemacht hatte - und das traute er ihr durchaus zu - und bereits einen Finanzhengst, sprich Steuerprüfer, auf ihn angesetzt hatte, dann musste er sich beeilen. Er hatte schon schlimme Geschichten gehört von endlosen Kassenprüfungen, von sturen Quadratschädeln, die für jeden Cent einen Beleg forderten und sogar Einblick in Kontobewegungen forderten. Das konnte ganz übel werden, noch dazu, wenn es sich um einen Bekannten von Sarah handelte. Die Privatkassen-Patienten waren nicht so sehr das Problem, bei denen war halt immer mal wieder das Kassensystem defekt. Die Kunden zahlten bar und behielten die Rezepte. Bei den Gesetzlichen war es etwas schwieriger, weil er direkt mit den Kassen abrechnete. Deshalb musste er sorgfältig seine Einnahmen mit den Rezepten abgleichen. Was für eine stumpfsinnige Arbeit!

Jetzt klingelte auch noch die Notfallglocke. Nicht hinhören. Der Laden war geschlossen, und er hatte keinen Dienst. Es klingelte wieder. Er ignorierte es und versuchte erneut, sich zu konzentrieren. Beim dritten Mal stieß er einen lauten Fluch aus, blieb aber sitzen. Kurz darauf klingelte sein Handy. Er kannte die Nummer nicht, nahm aber trotzdem ab und meldete sich mit „Hallo?"

„Entschuldigung, ist da Herr Schneider von der Eulenapotheke?"

„Ja."

„Ich komme von der Reinigungsfirma und stehe vor Ihrer Tür. Auf mein Klingeln hat sich niemand gemeldet. Ich soll Ihre Scheibe sauber machen."

„Ich komme." So ein Mist, das hatte er ganz vergessen. Draußen stand ein langer, dünner Mensch in einem befleckten Overall. Er trug eine Schirmmütze, unter der die blonden Haare in alle Richtungen abstanden.

„Soll ich gleich anfangen?" Er hatte ziemlich schlechte Zähne.

„Ja, was denn sonst? Oder wollen Sie vielleicht noch etwas dazu malen? Ist eine ziemliche Sauerei, was?" knurrte Daniel ungnädig.

„Ach, ich habe schon ganz andere Scheiben sauber gemacht", meinte der Arbeiter grinsend und ging zu seinem Lieferwagen, um eine Leiter und sein Werkzeug zu holen. Daniel verschwand wieder im Innern der Apotheke, um sich den Rezepten zu widmen.

Die Schabgeräusche draußen waren grässlich, geradezu schmerzhaft. Aber da musste er jetzt durch. Den Gedanken, das Ganze als Werbung für sein Schaufenster zu gestalten, hatte er beizeiten verworfen. Es hätte zwar viel Geld gespart, aber zum Malen hatte er kein Talent. Außerdem musste ihm das der Wagner bezahlen. Mit dem aufgemalten Auge hatte er ja deutlich zugegeben, dass er auch sein Auto beschädigt hatte, denn Sarah hatte nicht auf sein „Geschenk" reagiert. Das war schon ganz schön clever gewesen, seinen Jagdfreund um zwei Hasenaugen zu bitten und die an Sarah und Wagner zu schicken!

Aber der Wagner muss nicht nur bezahlen, er muss auch weg! Wenn der die Laborbefunde von dem Iscover veröffentlicht, vorausgesetzt, es stimmt, was er geschrieben hat, könnte es eng werden. Und an die Dinger selbst ranzukommen, dürfte unmöglich sein. Auch mit einem Messer an seiner Kehle würde Wagner ihm nur die Analysen geben können, die in seinem Besitz waren. Auf irgendeinem Laborcomputer gab es die Daten dann immer noch. Aber war das überhaupt ein Beweismittel? Die falschen Tabletten konnten ja irgendwie, zum Beispiel nachträglich oder durch ein Versehen, in die Schachtel und unters Mikroskop geraten sein…

Jetzt war er schon wieder am Grübeln, dabei hatte er genug mit seinen Abrechnungen zu tun. Neben den Rezepten waren da ja auch noch die Lieferungen an die Fitnessstudios und die rezeptfreien Schmerzmittel, mit denen er sich beschäftigen musste. Am liebsten würde er sich in sein schönes Auto setzen, das Dach eher geschlossen, jetzt im Herbst, und ganz weit wegfahren, so weit nach Süden, bis er das Dach wieder öffnen konnte.

***

Dass der Kommissar so schnell wiederkommen würde, hatte Friedemann nicht erwartet. Aber nun stand er mit einem Kollegen in seinem Wohnzimmer und hielt ein in Papier eingewickeltes Päckchen in der Hand. „Guten Tag, Herr Wagner. Entschuldigen Sie, dass wir Sie schon wieder belästigen müssen. Aber wir möchten wissen, ob Sie diese beiden Gegenstände kennen", sagte er und öffnete die Verpackung. Es erschienen ein weißer, altmodischer Wecker und ein beschriebenes Blatt Papier.

Friedemann erschrak. Woher hatte Lichtenholz das? Hatte Sarah sich an die Polizei gewandt und ihn angezeigt? Hatte sie damit ihre Loyalität zu Buttermann aufgekündigt? Da war irgendetwas ganz gewaltig schiefgelaufen!

„Nein. Diese beiden Sachen sagen mir nichts. Was soll das sein?" Er merkte, dass der Kommissar ihn scharf beobachtet hatte. Ob er ihm glaubte?

Anstatt zu antworten, bemerkte dieser: „Herr Wagner. Sie stehen in dem dringenden Verdacht, etwas mit dem Unfall von Frau Kirchberg zu tun zu haben. Dieser Wecker mit dem Schreiben wurde in ihrer Wohnung gefunden. Alles deutet darauf hin, dass Sie Ihre Drohung wahr gemacht haben."

Der Boden unter Friedemann schien sich zu bewegen, er griff nach einer Stuhllehne. Er war entschlossen, sein Leugnen so lange wie möglich aufrechtzuerhalten.

„Wie kommen Sie zu der Annahme, dass ich der Verfasser dieser Zeilen bin? Steht da mein Name drunter?"

„Nein, Ihr Name steht nicht darunter. Aber wir haben mehrere Hinweise, dass Sie Frau Kirchberg auch auf andere Weise gedroht haben. Deshalb vermuten wir, dass dieses Päckchen von Ihnen ist. Darf ich mich bitte ein wenig in Ihrer Wohnung und im Keller umsehen?"

„Ja. Natürlich. Ist das jetzt eine Hausdurchsuchung?" Er setzte sich und holte tief Luft.

„Nein. Noch nicht. Wir werden keine Unordnung machen."

Die beiden Polizisten gingen sehr dezent vor, schauten in alle Räume, fassten aber wenig an. Auf der Terrasse blieben sie etwas länger.

„Kommen Sie bitte mal, Herr Wagner?" Friedemann ging hinaus und sah, dass Lichtenholz diese kurze Eisenstange in seinen behandschuhten Händen hielt.

„Die möchten wir mitnehmen."

„Ja, bitte. Aber was wollen Sie mit dem Müll?" Lichtenholz blieb ihm die Antwort schuldig. „Dürfen wir jetzt noch in den Keller schauen?"

„Ja. Ich zeige Ihnen den Weg. Folgen Sie mir bitte." Friedemann hatte schon vor Tagen die angebrochenen Farbspraydosen zusammengepackt, um sie beim nächsten Termin zum Sondermüll zu bringen.

„Die nehmen wir auch mit", sagte der Kommissar. Der andere Krempel und Friedemanns schöne Werkstatt schienen ihn nicht zu interessieren.

Als sie gegangen waren, setzte Friedemann sich an seinen Schreibtisch und dachte nach. Was war hier wirklich passiert? Wie kam die Polizei darauf, er könne in diesen Unfall verwickelt sein? War die Situation gefährlich für ihn und sein Vorhaben? Was musste er jetzt tun? Sarah war schwer verletzt und fiel für seine Planung aus. Blieben Buttermann und der Apotheker. Die Zeit drängte. Wer war wichtiger? Oder besser: Was war für ihn und Barbara wichtiger? Die Entscheidung war nicht allzu schwer. Natürlich hatte er bereits einen Plan, aber er hatte noch nicht alles vorbereitet. Und seine Strategie mit dem Apotheker musste er ändern, vielleicht sogar schweren Herzens auf einen persönlichen Triumph verzichten. Er fuhr seinen Computer hoch und begann, konzentriert zu arbeiten. Einige Daten mussten gelöscht werden, andere druckte er aus. Außerdem brauchte er Informationen über gewisse Artikel, die er zu kaufen gedachte, auch diese Recherchen löschte er sofort wieder, soweit ihm das seine IT-Kenntnisse ermöglichten.

Friedemann musste nicht lange warten, bis er mehr wusste. Bereits am nächsten Tag stand der Kommissar wieder vor der Tür und grüßte sparsam.

„Es sieht nicht gut aus für Sie", begann er sofort. „Auf dem Eisenrohr sind nicht nur Ihre Fingerabdrücke, sondern auch Haut- und Blutspuren von Frau Kirchberg. Ganz offensichtlich ist das die Tatwaffe. Damit hat sich der Anfangsverdacht gegen Sie erhärtet."

„Ich habe dieses Rohr am Sonntag das erste Mal gesehen. Es lag zu meiner Überraschung auf der Terrasse. Ich habe es zur Seite gelegt, damit ich nicht drüber falle. Deshalb sind natürlich meine Fingerabdrücke drauf. Aber es gehört mir nicht, ich habe es nicht benutzt, und schon gar nicht, um jemanden zu verletzen."

„Wie kommt es dann auf Ihre Terrasse?"

„Das weiß ich nicht. Von der Straße aus kann man den Garten und die Terrasse ganz einfach betreten. Das kann jeder dahin gelegt haben."

„Und es kann nicht von einer Reparatur hier im Haus stammen? Aus Ihrer Werkstatt im Keller, zum Beispiel?"

„Mit Gewissheit nicht. Wir hatten hier seit Langem keine Renovierungen oder Wasserschäden im Haus, und was in meiner Werkstatt liegt, weiß ich."

„Und wer könnte ein Interesse daran haben, dass dieses Rohr hier gefunden wird?"

Friedemann überlegte. Er musste seinen Kopf aus dieser Schlinge ziehen, sonst stünde er kurz vor einer Verhaftung. Damit wäre die Verfolgung der Schuldigen zum Scheitern verurteilt, und das durfte auf keinen Fall passieren. Nur wenn er sich kooperativ zeigte, konnte er sein Ziel weiter verfolgen.

„Da würde mir schon jemand einfallen, mit dem ich noch ein Hühnchen zu rupfen habe."

„Könnten Sie etwas genauer werden?"

„Ja. Ich muss da etwas ausholen, damit der Zusammenhang deutlich wird. Es gibt zwei Menschen, die meiner Meinung nach dafür in Frage kämen. Der eine ist der Apotheker von der Eulenapotheke. Ich bin davon überzeugt, dass er mit verantwortlich für den Tod meiner Frau ist."

„Das ist ein gravierender Verdacht. Warum haben Sie sich damit nicht früher an die Polizei gewandt?"

„Ich wollte erst sicher sein."

„Und wie sind Sie zu dieser Sicherheit gelangt?"

„Ich habe mich informiert über das Medikament, das meine Frau eingenommen hat, über seine Wirkung und seine Nebenwirkungen.

Mithilfe eines befreundeten Mediziners wurde mir klar, dass die Dosierung nicht richtig sein konnte."

„War das falsche Präparat verschrieben worden?"

„Nein, das Rezept war völlig in Ordnung. Bloß entsprachen die Tabletten nicht dem, was verordnet worden war." Lichtenholz horchte auf. Die Geschichte war offenbar viel komplexer als angenommen.

„Und wie haben Sie das herausbekommen?"

„Ich habe eine Laboruntersuchung machen lassen. Der Apotheker hatte das Medikament gepanscht beziehungsweise vertauscht. Das war der Grund dafür, dass meine Frau eine tödliche Thrombose erlitt."

„Also noch mal langsam: Sie verdächtigen den Apotheker, ein Medikament vertauscht zu haben, das zum Tod Ihrer Frau führte. Angenommen, er hätte auch Frau Kirchberg verletzt, warum sollte er Ihnen die Tat in die Schuhe schieben wollen?"

„Ich will, dass er seine Schuld zugibt und dass nicht noch mehr Menschen durch ihn gefährdet werden. Ich habe ihm gedroht, seinen Betrug an die Öffentlichkeit zu bringen."

„Und wie hat er reagiert?"

„Erst mal gar nicht."

„Wie haben Sie ihm gedroht?"

„Zunächst habe ich am Marktplatz ein Plakat an den Metallfliegen angebracht, um darauf hinzuweisen, dass man auch mit Medikamenten töten kann."

„Daran kann ich mich erinnern. Das waren also Sie. Gut. Oder eher nicht gut. Aber das war sicherlich nicht Ihre einzige Aktion?"

„Ich habe ihm Briefe geschrieben."

„Mehr nicht?"

„Naja, als er die ignorierte, habe ich dann sein Auto beschädigt und sein Schaufenster bemalt." Friedemann blickte zu Boden und stöhnte. Ihm wurde bei der Auflistung der Delikte erst jetzt deutlich, wie heikel die Situation für ihn geworden war, wie angreifbar er sich durch seine Aktionen gemacht hatte.

„Und dann? Darauf muss er doch wohl reagiert haben?"

„Ja. Er hat mir ebenfalls gedroht."

„Auf welche Weise?"

„Er schrieb, er würde etwas Empfindliches bei mir verletzen und schickte mir ein Auge. Ich vermute, von einem Wildtier."

„Haben Sie das noch?"

„Nein", antwortete Friedemann angewidert. „Nein, das habe ich sofort weggeworfen. Es war ausgesprochen eklig. Aber das ist für mich kein Grund ihn niederzuschlagen, genau so wenig wie ich Frau Kirchberg verletzt habe. Das müssen Sie mir glauben!"

Lichtenholz war überrascht. Natürlich leugnen Täter immer erst mal ihre Tat, er hatte viel Erfahrung mit unwahren Behauptungen. Dieser Mann hatte das letzte Mal, als es um den Wecker ging, gelogen, das war ganz klar. Aber heute erschien er ihm sehr authentisch. Er wusste ja von Korbinian, dass der Apotheker in den Fall verstrickt war, und auch auf Frau Kirchbergs Computer waren E-Mails an diesen Schneider gefunden worden. Das sagte aber natürlich noch nichts darüber, wer die Schwester angegriffen hatte.

„Das sind ganz wichtige Informationen, die sehr hilfreich für uns sind. Wir werden das auf der Wache alles noch einmal in Ruhe aufnehmen und protokollieren."

„Ich bin gern bereit, mit Ihnen zu kooperieren. Ich habe mein

Beweismaterial gegen den Apotheker so vollständig wie möglich zusammengefasst und würde dies gern in Ihre Hände geben. Dann können Sie sich selbst ein Bild davon machen und vielleicht gegen ihn vorgehen und so den Rest der Menschheit vor ihm schützen." Friedemann hatte mit Absicht eine etwas dramatische Formulierung gewählt, um dem Kommissar den Ernst seines Anliegens klarzumachen. Er hielt ihm einen großen Umschlag hin.

„Hier bitte. Hier ist alles drin. Sogar zwei Tabletten, die noch übrig waren von der letzten Packung. Ich bitte Sie: Ermitteln Sie in dieser Sache. Es ist wirklich dringend!"

Der Polizist nahm den Umschlag an sich und sagte: „Das werden wir gerne tun. Bitte haben Sie Verständnis, dass ich heute für die Ermittlungen Ihren Computer mitnehme. Falls Sie ihn beruflich brauchen, Sie bekommen ihn schnell zurück." Friedemann nickte, das hatte er erwartet. Er ging in sein Arbeitszimmer, holte seinen Laptop und überreichte auch ihn.

„Sie hatten vorhin von zwei Menschen gesprochen, denen sie zutrauen würden, Ihnen das Rohr auf die Terrasse gelegt zu haben. Wer ist der zweite?"

„Doktor Buttermann."

Thomas nickte. Das hatte er erwartet.

„Was ich nicht verstehe: Aus welchem Grund hätten der Apotheker oder Buttermann Frau Kirchberg angreifen sollen?", sagte Friedemann mehr zu sich selbst als zu dem Polizisten.

„Genau deswegen sind wir hier", antwortete Thomas trocken. „Bitte kommen Sie bis spätestens übermorgen auf die Wache, und verlassen Sie die Stadt nicht."

„Ich bin wie Sie an der Aufklärung interessiert und richte mich gern nach Ihren Anweisungen", antwortete Friedemann etwas übertrieben zuvorkommend. Er führte den Polizisten zur Tür und setzte sich anschließend an seinen Schreibtisch. Das Gespräch beschäftigte ihn. Was hatte er voller Überzeugung gesagt? „Das ist für mich kein Grund, ihn niederzuschlagen." Durfte er sich da noch so sicher sein? Er nahm ein Blatt Papier und machte eine Liste. Anschließend führte er ein Telefongespräch mit der Sekretärin seines Instituts und ein anderes mit Barbaras Cousine Hanna.

***

Es fing gerade an zu dämmern, als Manfred in die Einfahrt einbog und das Garagentor betätigte. Ilsas Wagen stand draußen, also hatte sie wohl noch etwas vor. Auf dem Weg durch den Keller legte er wieder seine gewohnte Meditation vor dem Weinschrank ein, das beruhigte ungemein.

Er war nach dem Dienst bei Sarah gewesen, ihr Zustand war unverändert. Die Schwellungen im Gehirn mussten sich erst zurückbilden, bevor man das Koma beenden konnte. Wenn er an ihrem Bett stand und sie betrachtete, hatte er Mühe, in dieser Person die lebenslustige, attraktive Sarah zu sehen, die er so sehr begehrt hatte. Noch waren diese Bilder ganz nah und deutlich, aber er hatte Angst, dass sie immer schneller verblassen könnten. Und vor allem hatte er Angst, dass sie nicht mehr dieselbe sein würde, wenn sie tatsächlich aufwachte. Keiner konnte wissen, was diese Eisenstange in ihrem Gehirn bewirkt hatte. Wer auch immer das getan hatte, es war abscheulich.

Mit einem Merlot in der Hand betrat er die Wohnung. Im Flur standen ein kleiner Koffer und eine Reisetasche. Was war das? Wollte jemand verreisen? Er jedenfalls nicht, also Ilsa. Er hörte sie in der Küche, seine ersehnte sanfte Stunde allein im Wintergarten musste wohl noch etwas warten. Jetzt kam Ilsa mit einer Tasse Tee und setzte sich.

„Bist ja früh heute", begrüßte sie ihn. „Ist die Krankenschwester verhindert?"

„Sie liegt verletzt in der Klinik. Ich dachte, du wüsstest das."

Ilsas Blick verriet weder Verneinung noch Bestätigung. „Dann ist dein Familieneinsatz ja jetzt etwas leichter zu bewerkstelligen." Das klang, als ob sie sich darüber freute. Wie gefühllos musste man sein, um so zu reagieren?

„Sie liegt im Koma", setzte Manfred nach, um den Ernst der Situation zu verdeutlichen.

„Ach? Tut mir leid für dich." Das klang mehr als halbherzig, eher sarkastisch und böse. Waren alle eifersüchtigen Frauen so? „Ich bin auf dem Sprung, wie du siehst. Ich weiß noch nicht genau, wann ich zurückkomme."

Ein plötzlicher Schreck durchzuckte Manfred, ein fürchterlicher Gedanke: Hatte Ilsa etwas mit Sarahs Unfall zu tun? Reagierte sie deshalb so gleichgültig oder sogar eher erleichtert? Hatte sie deshalb ihre Koffer gepackt? Noch waren keine Rückmeldungen von der Polizei gekommen, fraglich, ob er überhaupt auf dem Laufenden gehalten wurde.

„Wo willst du hin?", fragte er mit belegter Stimme.

„Nach Frankfurt, natürlich. Die Geburt von deinem Enkelkind wird morgen eingeleitet, wenn diese Nacht nichts mehr passiert. Anke und Christoph meinten, es wäre besser, wenn jemand von uns in der Nähe ist. Du kriegst ziemlich wenig mit in letzter Zeit."

Manfred atmete tief ein. Gott sei Dank. Es war nur eine Geburt. „Willst du mit dem Auto fahren?"

„Wie denn sonst?"

„Mit dem Zug stehst du nicht im Stau."

„Wer weiß. Außerdem will ich in Frankfurt beweglich sein."

Manfred hatte keine Lust auf eine Diskussion, er war ja selbst nur theoretisch eifriger Verfechter des öffentlichen Nahverkehrs, setzte sich aber wider besseren Wissens lieber ins Auto als in den Bus. Ihm war jetzt erst mal wichtig, dass Ilsa möglichst schnell verschwand.

„Gut. Dann fahr vorsichtig, grüß alle und lass von dir hören, wenn es so weit ist."

Die Floskeln kamen ihm locker über die Lippen. Ilsa brauchte jedoch noch eine Weile, bis sie ihren Tee ausgetrunken, ihre Haare frisiert, ihre Schuhe gewechselt, ihr Gepäck verstaut und den Wagen aus der Einfahrt gefahren hatte.

Mittlerweile war die schöne Dämmerung dahin, trotzdem entkorkte Manfred den Merlot und ließ sich mit einem erleichterten Seufzer in seinem Lieblingssessel nieder.

Das Gespräch mit Ilsa klang noch nach. Sie war eine harte Frau. Unnachgiebig, unberechenbar, mitleidlos. Wie anders als Sarah. Hatte er eigentlich jemals eine Trennung erwogen? Sarah hatte sich das immer gewünscht, klar. Und er? Er war abhängig von Ilsa. Nicht durch die Kinder, die waren erwachsen und hätten keine Nachteile davon. Aber Ilsa hatte das Geld. Eine Trennung würde ihn schwer zurückwerfen - doch hungern müsste er nicht. Wenn er Chefarzt würde, wäre es noch ein wenig einfacher. Eine Gütertrennung wäre kompliziert und vermutlich unappetitlich. Aber was sollte das jetzt, da Sarah im Koma lag und keiner wusste, ob und wie sie wieder aufwachen würde? Es gab momentan einfach keinen guten Grund für eine Trennung.

Wichtiger waren die beruflichen Entwicklungen. Sollte Wagner unangenehm werden, könnte ihn das den ersehnten Posten kosten. Das galt es auf jeden Fall zu verhindern. Schon jetzt wurden auf der

Station mehr oder weniger heimlich Frau Wagners Tod und die Begleitumstände diskutiert. Dabei wurde immer klarer, dass seine Verbindung zu Sarah kein Geheimnis war. Und dass dies irgendwann auch in den oberen Etagen ankommen musste, konnte er sich schnell ausrechnen. Ob das den Fortgang seiner Beförderung bremste oder nicht, mochte er nicht abwägen aus Furcht, das Ergebnis könnte fatal für ihn sein.

Er versuchte, den Stand der Dinge für sich zu ordnen, damit ihn nichts überraschen konnte. Die Polizei würde Wagner erst einmal ausquetschen. Sollte es kein Beweismaterial geben, wäre er natürlich weiter gefährlich. Sie hatten einige Tage Bedenkzeit vereinbart. Wenn Wagner sich stark unter Druck fühlen sollte, würde er sich nicht so schnell melden. Für den anderen Fall musste er vorsorgen.

Was seine Stellung in der Klinik betraf, war dies von entscheidender Bedeutung. Sollten Details in der Öffentlichkeit erscheinen, wäre das Ende seiner Karriere besiegelt.

Obwohl der Merlot ihm freundlich zuwinkte, stand er auf und ging hinauf in den ersten Stock. Gut, dass Ilsa nicht da war, so konnte er ungestört in ihrem Schlafzimmer stöbern. Sie schliefen schon lange getrennt, und es war ihnen beiden recht. Sie selbst hatte ihm vor einigen Tagen den Hinweis gegeben, dass sie ein kleines Waffenarsenal besaß, aus dem sie sich, wenn sie allein unterwegs war, bediente. Sie hatte ihm auch gesagt, wo es sich befand, und so hatte er schnell einen Überblick. Zufrieden schloss er die Schublade, begab sich wieder hinunter zu seinem Weinglas und freute sich auf ein Wochenende allein.

***

Friedemann war schon lange nicht mehr hier gewesen, in diesem malerischen, kleinen Dorf im Westen Marburgs. „Dilschhausen im Wilden Westen" hatten Barbara und er immer gefrotzelt. Ihre Cousine Hanna lebte schon seit vielen Jahren hier, ihr Mann hatte einen kleinen Hof besessen. Nach seinem Tod hatte Hanna den Hof und das Land verpachtet und lebte nun in einer kleinen Kate am Waldrand. Sie musste zu einer Zeit entstanden sein, als man es mit den Baugenehmigungen noch nicht so genau nahm. Vielleicht hatte sie einmal einem Jagdpächter gehört, für ein Forsthaus war sie zu klein. Sie lag abgeschieden genug, um ihrer Bewohnerin ständiges Schwätzen mit den Nachbarn zu ersparen, und doch so nah am Dorf, dass man sich als Einzelgänger nicht fürchten musste.

Friedemann fuhr in den schmalen Weg, der von der Straße abführte, und folgte ihm circa hundert Meter. Dann hatte er das Grundstück erreicht. Das Tor der Einfahrt stand offen, die Garage war etwas zurückgesetzt. Er hielt davor und stieg aus. Hanna hatte ihn offenbar schon gesehen oder gehört, denn sie kam gleich aus dem Haus und begrüßte ihn herzlich. Sie war etwa so alt wie er, trug ihr gewelltes, graues Haar in einem Pferdeschwanz gebunden, ihre braunen Augen blickten etwas schwermütig. Viele kleine Falten überzogen ihre Gesichtshaut, ihre Zähne blitzten makellos. Sie war etwa so groß wie er, trug Jeans und einen rostfarbenen Pullover, der sehr weich aussah.

„Frieder! Schön, dass du da bist. Komm rein!" Sie öffnete die Tür und ließ ihn eintreten. Er zog brav seine Schuhe aus und betrat den Wohnraum, der von einem großen, grünen Kachelofen beherrscht wurde. Er verstrahlte eine angenehme Temperatur, und Friedemann hielt kurz seinen Rücken an die warmen Kacheln. In einer Ecke des Raumes stand eine Staffelei, davor ein Tischchen mit Farbtuben und Pinseln. Die Leinwand war zugehängt.

„Kaffee oder Tee?", fragte Hanna und stellte eine Schale mit Plätzchen auf den Tisch.

„Tee wäre prima. Danke."

„Schwarz, grün oder Früchte?"

„Früchte am liebsten. Passt am besten zur Umgebung."

„Da hast du recht", lächelte Hanna, „hier draußen kriegst du sogar einen selbst gepflückten. Mach's dir bequem, ich bin gleich wieder da."

Friedemann versank in einem der dicken Polsterstühle und fühlte sich gut aufgehoben, umsorgt, sicher. Wie lange hatte keiner mehr für ihn Tee gekocht? Über vier Monate war Barbara jetzt tot, vier Monate, in denen er immer alles selbst machen musste. Erst jetzt merkte er, wie seine Anspannung langsam wich, als hätte er sich in eine wohlige Höhle geflüchtet, in der er nicht mehr alleine war.

Hanna kam mit einer dampfenden Kanne und zwei Tassen wieder und setzte sich ihm gegenüber. Sie schenkte ein und wartete, ob Friedemann reden wollte oder nicht.

Der ließ sich Zeit, schlürfte den heißen Tee und sagte schließlich: „Danke, dass ich kommen durfte, Hanna."

„Du hast Asyl, solange du es brauchst."

„Das ist sehr großzügig von dir, und ich werde es nicht ausnützen. Ich kann dir nicht genau sagen, wie lange ich dich hier belagere, es wird - hoffe ich - nur kurz sein. Ich brauche einfach etwas Abstand."

„Ich bin schon davon ausgegangen, dass du hier nicht für ewig einziehen wolltest. Das hätte ich auch nicht gewollt."

„Ich weiß. Ich weiß auch, dass du so lebst, wie du es willst und brauchst und nicht auf permanente Gesellschaft aus bist. Umso dankbarer bin ich dir für dein Angebot."

Sie schwiegen, tranken Tee. Eine braune Katze strich um Friedemanns Beine, und als er nicht reagierte, sprang sie auf Hannas Schoß.

Friedemann war klar, dass er eine Erklärung abgeben musste, er zögerte nur, weil er nicht wusste, wo er beginnen und wie viel er preisgeben sollte.

„Es hat mit Barbaras Tod zu tun...", begann er, „er war so überflüssig! Nein, ich meine, er war vermeidbar. Das weiß ich ganz sicher."

Hanna schaute ihn fragend an, sagte aber nichts.

„Es ist eine lange Geschichte, und ich will dich nicht damit belasten. Ich versuche, die Täter zur Verantwortung zu ziehen, und das ist schwieriger als ich dachte. Mittlerweile werde ich selbst verdächtigt." Friedemann schaute gequält. „Die Polizei denkt, ich hätte eine Frau lebensgefährlich verletzt, deshalb bin ich hier."

Er sah so etwas wie Schreck in Hannas Augen und sprach schnell weiter. „Aber ich habe das nicht getan, dessen kannst du ganz sicher sein. Ich habe Gegenstände beschädigt, aber keine Menschen. Jemand will mir eine Tat anlasten und hat das sehr geschickt angestellt. Im schlimmsten Fall muss ich mit einer Verhaftung rechnen. Aber ich will vorher den Arzt kriegen. Wenigstens den."

Hanna zog die Augenbrauen zusammen. Sie kannte Friedemann als ruhigen, besonnenen Menschen. Während Barbara eher emotional und überschäumend war, sich über jede Ungerechtigkeit in der Welt aufregte, war Friedemann der ruhende Pol, hörte ihr stets gut zu und konnte sie durch kluge und logische Einwände überzeugen. So glichen sich ihre Temperamente aus, und Hanna hatte die beiden immer als harmonisches Paar erlebt. Heute schien Friedemann besorgniserregend verändert. Er wirkte fahrig, impulsiv, unbeherrscht. Hanna musste abwarten.

„Erzähl ruhig die ganze Geschichte, wenn du magst. Nimm keine Rücksicht auf mich."

„Wenn du meinst..."

Und dann begann Friedemann ganz am Anfang und schilderte die letzten Monate, sprach von seiner Verzweiflung und seiner Wut, seinen Aktionen und deren Reaktionen. Es tat ihm unendlich gut, auch wenn er in Hannas Gesicht manchmal Erstaunen, Befremden, Erschrecken sah. Aber er sah auch Zustimmung, Verständnis, Erheiterung.

Als er fertig war, war der Tee kalt. „Und jetzt willst du dich hier verstecken und abwarten?" fragte Hanna.

„Ja und nein. Verstecken vor der Polizei, ja, aber ich will den Arzt kriegen. Er soll gestehen. Das ist alles, was ich will. Der Apotheker mag von der Justiz verurteilt werden, so hoffe ich, aber der Arzt wird sich bei einem Verfahren immer rauswinden und straflos bleiben. Das muss verhindert werden."

„Du willst ihn bestrafen?"

„Ich will, dass er gesteht. Dass er zugibt, was wirklich in der Klinik passiert ist. Weshalb er nicht zur Stelle war, als es bei Barbara um Leben oder Tod ging. Warum niemand rechtzeitig eingegriffen hat, als sie den Alarmknopf gedrückt hat. All das soll er mir erklären!"

„Und was willst du dann mit dem Geständnis machen?"

Das war der wunde Punkt. „Du hast ihm damit gedroht, die Entstehung seiner Doktorarbeit publik zu machen, falls er sein Versagen nicht zugibt. Und wenn er es zugibt?", hakte Hanna nach.

„Dann würde ich die Sache mit der Promotion verschweigen, und es wäre an Holger, dem weiter nachzugehen. Er hat darunter zu leiden gehabt, nicht wir. Aber seine Schuld an Barbaras Tod würde ich natürlich publik machen."

„Und das hieße?"

„Er hätte keine Chance mehr auf einen lukrativen Posten an einer Universitätsklinik, müsste sich vielleicht mit einem Kreiskrankenhaus zufrieden geben. Vielleicht noch nicht einmal das. Ich weiß nicht, wie so etwas entschieden wird."

„Und dann wärst du zufrieden?"

„Ich glaube, ja. Mal sehen."

Hanna war zutiefst irritiert und besorgt gleichermaßen. Hier hatten sich offenbar gleich mehrere Straftaten abgespielt, und Friedemann steckte mitten drin. Eine Beurteilung mochte sie nicht vornehmen, dazu fehlte ihr die Berechtigung, denn sie kannte nur die eine Seite. Aber ihr Gefühl war ziemlich eindeutig: Friedemann litt und brauchte Hilfe. Und sie war bereit, ihn zu unterstützen.

„Komm, wir sollten dein Auto in die Garage stellen. Sonst weiß gleich jeder, dass hier Besuch ist. Räum deine Sachen ins Gästezimmer, dann fahre ich meinen Wagen raus und wir tauschen die Plätze." Friedemann war froh, dass Hanna das Thema gewechselt hatte. Er wollte und konnte nicht über den Punkt hinaus denken, nachdem er Buttermann das Geständnis abgerungen hätte.

Es war schon fast dunkel, als Friedemann seinen Wagen in die Garage gefahren hatte. Er blieb eine Weile in der Auffahrt stehen und lauschte. Man hörte weit entfernt einen Traktor, ein Hund bellte, ein Pkw fuhr irgendwo vorbei. Sonst nichts. Fast absolute Stille. Er fühlte fast so etwas wie Frieden in und um sich, eine tiefe Beruhigung, die sich auf ihn senkte wie ein angenehmes Gewicht. Und dann stand plötzlich Barbara neben ihm. Auch sie schien die Stille zu genießen, diesen Geruch nach feuchter Erde und die Dunkelheit, die die Bäume nur noch in vagen Umrissen erkennen ließ. Er fühlte sie nahezu körperlich, ihre Nähe war fast greifbar. Dieser wunderbare Moment hielt nicht lange. Er wurde abgelöst von dem Bild in der Klinik: sein Eintreffen in der Station, die hektische Atmosphäre, die Nachricht, die der Arzt aussprach. Der Arzt. Der Zauber war vorbei. Er musste den Arzt herlocken und ihn zum Geständnis zwingen… Ihn richten?

Als er wieder ins Haus kam, empfingen ihn ein einladender Duft von Gemüselasagne und ein freundlich gedeckter Tisch. Er aß in der letzten Zeit vom Küchentisch ohne Blumen, Kerzen und Servietten. Die wohlige Wärme des Kachelofens löste die Anspannung der letzten Tage.

„Magst du einen Rotwein?", fragte Hanna, und holte Gläser aus der Kiefervitrine.

„Und wie." Friedemann setzte sich und freute sich über dieses Essen, als hätte er so etwas seit Jahren entbehrt.

Sie sprachen nicht mehr über Barbaras Tod. Hanna berichtete von ihrem Leben und ihrer Verbundenheit zu diesem Dorf und seiner Umgebung, von ihrer Freude, die ihr die Bewegung in der Natur verschaffte. Von ihren Kursen, die sie im Jugendheim gab, wo sie mit Kindern den Wald erkundete oder mit Frauen malte. Friedemann hörte schweigend zu. Er hatte genug von sich erzählt, er wollte einfach nur zuhören, heraustreten aus diesem Tunnel, der sein gesamtes Denken und Handeln im Moment umgab. Er wollte sich öffnen für die Geschichte eines anderen und sich dabei wohlfühlen. All das gelang ihm an diesem Abend.

Als er im Bett lag, hörte er durch das geöffnete Fenster den Wind in den Bäumen rauschen. Nicht bedrohlich wie ein Orkan, aber kraftvoll und dennoch beruhigend. Das war für ihn etwas ganz Zurückliegendes, etwas Elementares, Archaisches, das in seinem Leben schon lange keinen Raum mehr gehabt hatte. Das Rauschen des Meeres, das Plätschern eines Bachs - das waren wiederkehrende, leicht erinnerbare Eindrücke. Aber dieses Rauschen in den großen Bäumen war ein Geräusch, das ihn ergriff. Es war nicht auf gleicher Höhe wie er, so wie ein Wasser, das neben ihm floss, es war über ihm, gewaltig, nicht greifbar. Und doch unglaublich angenehm.

***

Thomas Lichtenholz hatte beschlossen, sich noch einmal in Sarahs Nachbarschaft umzuhören. Er hatte mittlerweile den Namen des Hausbewohners, der sie gefunden hatte, und drückte nun zum dritten Mal auf dessen Klingelknopf. Heute hatte er Glück. Der Summer ertönte, Thomas öffnete die Tür und stieg drei Stockwerke nach oben. Dort klingelte er erneut, und ein junger Mann, Ende 20, mit dunklem Haar und einem großflächigen Bart, machte ihm auf.

„Herr Fausthuber?"

„Ja?"

„Mein Name ist Lichtenholz von der Kriminalpolizei Marburg. Darf ich Ihnen ein paar Fragen stellen?"

„Natürlich, kommen Sie rein."

„Es geht um Ihre Nachbarin Frau Kirchberg. Sie haben sie nach ihrem Sturz auf der Treppe gefunden. Ist das richtig?"

„Ja. Ich wollte mein Rad aus dem Keller holen, und da lag sie unten an der Treppe. Sie blutete stark aus einer Kopfplatzwunde und war bewusstlos. Ich habe sofort den Rettungsdienst angerufen. Die waren zum Glück auch ziemlich schnell da."

„Haben Sie irgendwelche Erste-Hilfe-Maßnahmen ergriffen?"

„Nein. Das war mir zu gefährlich. Ihr Kopf war stark abgeknickt, ich hatte Angst, sie noch mehr zu verletzen. Außerdem lag das Fahrrad auf ihr. Ich habe dann den Sanitätern geholfen, das Rad wegzutragen, damit sie Sarah anheben und transportieren konnten."

„Haben Sie jemanden bemerkt, der kurz vorher das Haus betreten oder es anschließend verlassen hat?"

„Nein. Als ich die Treppe herunterkam, war die Haustür zu und kein Mensch zu sehen."

„Wie konnte der Täter in das Haus gelangen? Er muss ihr doch aufgelauert haben."

„Vielleicht ist er mit einem anderen Bewohner hereingekommen, das weiß ich nicht. Oder er hat geklingelt, und jemand hat ihm mit dem Summer geöffnet."

„Wen könnte ich da fragen? Wer ist normalerweise an einem Samstagvormittag zu Hause?"

„Eigentlich alle, wenn sie nicht gerade zum Einkaufen weg sind. Hier leben ein paar Studenten, die schlafen in der Regel samstags aus. Die könnten Sie fragen. Außerdem wohnt hier auf dem gleichen Stockwerk noch Erich. Erich Heuser. Er arbeitet allerdings in einem Security-Betrieb und hat oft samstags Dienst. Auch vormittags. Aber ich kann Ihnen dazu wirklich nichts sagen. Tut mir leid."

„Haben Sie eigentlich eine Sprechanlage im Haus?"

„Ja. Aber die ist seit Wochen kaputt. Die Hausverwaltung wurde zwar benachrichtigt, aber da ist noch nichts passiert."

„Und der Hausbesitzer?"

„Der hat noch ein paar weitere Häuser hier in der Oberstadt und lebt in der Schweiz. Der hat für so etwas keine Zeit."

„Das heißt, wenn Sie den Summer betätigen, können Sie nicht kontrollieren, wer das Haus betritt?"

„Richtig."

„Das ist ja ausgesprochen riskant. Das macht die Sache für einen Eindringling ganz schön einfach."

„Sehe ich genauso. Ich werde die Hausverwaltung noch einmal anrufen und nachfragen."

„Das empfehle ich Ihnen sehr. Vielen Dank für die Informationen, Herr Fausthuber. Jetzt, da ich einmal im Haus bin, kann ich es ja bei den anderen auch gleich versuchen."

„Viel Glück, Herr Lichtenholz."

Thomas klingelte ein Stockwerk tiefer und hatte wieder Glück. Eine junge Frau in einem langen, bunten Rock und viel Schmuck um den Hals machte ihm auf. Thomas trug wieder sein Sprüchlein vor, aber die Frau erklärte ihm, dass sie und ihre Mitbewohnerin an dem besagten Samstag verreist waren. Die Nachbarin, Schulz, Gertrud, laut Namensschild, eine alte Dame mit krausem, violett-weiß-getöntem Schopf und einer Brille mit Goldrand öffnete ihm und bat ihn freundlich herein. Auch hier erläuterte Thomas den Grund seines Besuchs, und die Dame konnte sich erinnern.

„Ja, an dem Samstag war ich zu Hause. Ich war schon am Freitag einkaufen gewesen und musste nicht mehr weg."

„Hat jemand bei Ihnen geklingelt? So etwa zwischen 11 und 12 Uhr?"

„Ja, das ist richtig. Es hat geklingelt, und weil die Sprechanlage kaputt ist, habe ich aus dem Fenster geschaut. Da war ein junger Mann, so um die 50 vielleicht. Na gut, nicht mehr ganz so jung. Ich habe ihn gefragt, was er wollte, und er sagte, er sei ein Kurier und müsse einen eiligen Brief für Frau Kirchberg abgeben."

„Und dann haben Sie ihm aufgemacht?"

„Ja, mir schien der Mann gepflegt und höflich. Außerdem hatte er so eine Tasche, wie sie Kuriere oft haben."

„Haben Sie auch gesehen, wann er das Haus wieder verlassen hat?"

„Nein."

„Können Sie den Mann etwas genauer beschreiben?"

„Mmmh. Schwierig. Als er hochschaute, habe ich sein Gesicht nur kurz gesehen, deshalb glaube ich, dass er so etwa 50 war. Haarfarbe weiß ich nicht, er trug eine Schirmmütze."

„Ich habe hier zwei Fotos." Er holte jeweils ein Foto von Daniel Schneider und Friedemann Wagner heraus und zeigte sie ihr. „Könnten Sie den Kurier einem der Bilder zuordnen?"

Frau Schulz betrachtete die Fotos sorgfältig, schüttelte dann aber den Kopf.

„Nein, das kann ich leider nicht. Dazu habe ich den Mann nicht genau genug gesehen."

„Und die Tasche? Erinnern Sie sich an die?"

„Das war so eine Umhängetasche aus grauem Plastik. Oder war es doch ein Rucksack? Da bin ich mir jetzt unsicher."

„Ist Ihnen sonst noch etwas aufgefallen?"

„Nein, kann ich nicht sagen."

„Dann bedanke ich mich erst einmal, Frau Schulz. Wenn Ihnen noch etwas einfällt, rufen Sie mich doch bitte an." Er gab ihr seine Karte, verabschiedete sich und verließ die Wohnung.

Noch zweimal versuchte er es bei den anderen Bewohnern, aber keiner öffnete ihm. Die Beute war mager. Wenn der angebliche Kurier der Täter war, konnte die Beschreibung auf Wagner zutreffen, oder auch nicht. Über diesen Apotheker musste er sich noch besser informieren. Auch wenn kein Motiv zu erkennen war, sollte man sich nicht nur auf eine Person konzentrieren. Sonst konnten wichtige Details aus dem Blick geraten.

Er setzte sich auf sein Fahrrad und fuhr noch einmal ins Südviertel. Vielleicht konnte er bei Wagner nach Fahrrad, Mütze und Rucksack schauen und dann einen Schoppen mit Korbi trinken.

Bei Wagner öffnete niemand, auch sein Auto war nirgends zu sehen. Aber das sagte nichts, es konnte in der Garage stehen, Wagner war wie alle Südviertel-Bewohner wahrscheinlich mit dem Fahrrad unterwegs. Er klingelte noch einmal, wieder keine Reaktion. Auf der anderen Straßenseite öffnete sich eine Haustür, und ein Rentnerpaar betrat den Bürgersteig. Sie schlossen sorgfältig die Haustür, nahmen sich bei der Hand und wollten sich gerade entfernen. Thomas überquerte schnell die Straße und sprach sie an.

„Entschuldigen Sie. Mein Name ist Lichtenholz von der Kriminalpolizei Marburg. Darf ich Sie etwas fragen?"

Die Frau blickte erschreckt auf und hielt ihre Handtasche fester. Der Mann machte eine joviale Handbewegung, als wollte er sagen: ‚Wir sind doch alle rechtschaffene Bürger, nicht wahr?', nickte aber nur gravitätisch. „Nur zu."

„Ich wollte Herrn Wagner besuchen, Ihren Nachbarn von der anderen Seite. Er ist leider nicht zu Hause. Wissen Sie zufällig, wann man ihn erreichen kann?"

„Der arbeitet ja in der Universität, da ist er meist tagsüber. Abends ist er oft zu Hause, seit seine Frau gestorben ist."

„Wann haben Sie ihn das letzte Mal gesehen?"

„Gestern. Da ist er mit dem Auto weggefahren."

„Und heute noch nicht?"

„Nein. Tut mir leid."

„Gut. Haben Sie vielen Dank. Darf ich noch Ihren Namen erfahren?"

„Waldmann. Oberstudienrat Waldmann."

„Vielen Dank, Herr Waldmann. Wenn Ihnen noch etwas einfällt, rufen Sie mich doch bitte an. Vielleicht, ob Herr Wagner Besuch empfangen hat oder ähnliche Details." Thomas gab ihm seine Karte, die Waldmann sorgfältig einsteckte.

„Sagten Sie... Besuch, da fällt mir etwas ein!", mischte sich jetzt die Frau ein. „Einmal in der Woche kommt er abends mit einem anderen Herrn nach Hause. Der bleibt etwa eine Stunde, dann geht er zu Fuß weg."

„Das ist ja interessant. Und andere Leute, die ihn besucht haben?"

„Nein, kann ich mich nicht erinnern."

Thomas holte das Foto von Daniel Schneider heraus. „Haben Sie diesen Mann hier schon mal gesehen?"

„Nein. Tut mir leid. Jetzt fällt mir noch ein, einmal stand ein Rennrad an dem Zaun, aber ich habe keinen Menschen gesehen, dem es gehören könnte."

„Können Sie das Rad genauer beschreiben?"

„Nein. Es war silbergrau. Aber das sind ja die meisten Rennräder, nicht wahr?"

„Da haben Sie Recht. Vielen Dank für die Auskunft. Und wie gesagt: Wenn Ihnen noch etwas einfällt, rufen Sie mich bitte an. Schönen Abend noch."

Thomas ging zurück zu seinem Fahrrad, aber bevor er sich in Bewegung setzte, rief er Korbinian an. „Seid ihr bereit, ihr beiden Schlawiner?"

„Klar, wo?"

„Seid ihr unterwegs, oder sitzt ihr auf dem Balkon und redet mit den Vögeln?"

„Wir sind gerade in der Nähe vom Affenfelsen."

„Das passt ja ausgezeichnet! Dann würde ich sagen: Grieche. Biste

Juso, trinkste Ouzo."

„Alles klar. Bis gleich."

Thomas schwang sich aufs Rad und radelte nach Süden auf die Frankfurter Straße. An der Einmündung auf die Schwanallee stand der berüchtigte „Affenfelsen", ein vierzehnstöckiger Wohnkomplex, dessen Grundriss die Form eines T hatte und mit seiner gestaffelten Bauweise an einen Felsen erinnerte. Dass auch hier das Eingangsportal der Stadt mit einem hässlichen Baumonster verschandelt wurde, war schlimm genug, aber dass an dieser Stelle früher der „Schützenpfuhl", das berühmt-berüchtigte „Wirtshaus an der Lahn", gestanden hatte, der für dieses Ungetüm abgerissen wurde, das tat richtig weh.

Der Kommissar konnte sich noch gut an dieses gemütliche Lokal erinnern. Es bestand aus einem breiten Gebäude mit einem hohen, etwas eingesunkenen Dach. Zwei uralte Linden flankierten den Eingang, zur Straße hin wachten zwei Sandsteinbären auf robusten Podesten über die Besucher. Wenn man in den hinteren Gastraum wollte, musste man den Kopf einziehen, weil ein niedriger Balken nur kleinen Menschen ungehinderten Zutritt gewährte. Der war zwar gut gepolstert, konnte aber trotzdem ganz schön bremsen. Beim Abriss merkte man, dass diese Hölzer weit besser erhalten waren, als man gedacht hatte. Sie waren stärker als das Seil der Planierraupe, das die Fachwerkkonstruktion zu Boden zog. Das Mobiliar war dunkel und unbequem, der Raum in der Regel voller Zigarettenrauch, aber dafür war die Bedienung einfach klasse. Der etwas schrullige, etwa sechzigjährige Mann mit Vollglatze und freundlichem Gesicht kannte jeden Gast. Er war flink und immer für einen Scherz zu haben. Bestellte man ein „kleines Bier", konnte es einem passieren, dass man ein Schnapsglas voll kredenzt bekam. Auch ein herzhafter Kommentar war aus seinem Mund nie verletzend. Als das Gasthaus abgerissen wurde - gab es damals schon so etwas wie Denkmalschutz? - wurde jener liebenswerte Mensch Kellner in der Mensa und hatte nunmehr möglichst effektiv und ohne behagliches Ambiente Studenten und Universitätsangestellte zu bedienen. Was für ein Gegensatz! Thomas dachte mit großem Mitgefühl an den Mann, der Teil dieses historischen Wirtshauses geworden war.

Nun fuhr er an jenem Koloss vorbei und wandte sich Richtung Südbahnhof, überquerte die Bahngleise auf der Überführung und landete vor dem griechischen Restaurant. Er stellte sein Rad auf dem Hof ab, der im Sommer ein gern besuchter Biergarten war und jetzt verlassen auf die nächste Saison wartete.

Korbinian und Silvester hatten schon Platz genommen, als Thomas den Gastraum betrat. Sie bestellten jeder ein Weizenbier und kamen sofort zur Sache.

„Wie läuft es? Gibts was Neues?", fragte Korbinian. Thomas zuckte die Schultern.

„So richtig tolle Neuigkeiten habe ich nicht. Ich war heute noch mal in dem Haus von der Kirchberg, aber das hat nicht viel gebracht. Und Wagner ist momentan nicht greifbar."

Auf Korbinians fragenden Blick erzählte er etwas genauer. „Hältst du Wagner für den Täter an der Kirchberg?", fragte Korbinian.

„Ich glaube nicht. Er hat schon etwas Dreck am Stecken, aber einen versuchten Totschlag würde ich ihm nicht zutrauen. Doch man kann sich natürlich täuschen."

„Weißt du etwas Näheres über den Apotheker?"

„Noch nicht. Aber ich fürchte, das ist eine falsche Fährte. Wenn der dem Wagner eins übergebraten hätte, dann würde ich es glauben. Aber der Kirchberg? Warum?"

„Du hast doch gesagt, ihr habt auf ihrem Computer E-Mails gefunden, die nicht so freundlich waren."

„Stimmt. Dem muss ich auch unbedingt noch nachgehen. Aber das ist morgen dran. Übrigens hat mir der Wagner Beweismaterial gegen den Apotheker in die Hand gedrückt. Wir mögen bitte ermitteln."

„Was? Der hat dir seine Recherchen überlassen? Das kann doch nur eins bedeuten."

„Nämlich?"

„Dass er sich aus dem Staub machen will! Sonst hätte er das doch selbst geregelt. Er hatte doch nicht nur einen Zorn auf den Arzt, sondern mindestens genauso auf den Apotheker. Wenn er das aus der Hand gibt, hat er wichtige Gründe. Du sagst, die Nachbarn haben ihn gestern wegfahren sehen?"

„Ja."

„Dann kann er schon ganz schön weit weg sein."

„Das kann ich mir nicht vorstellen. Dann hätte er mir auch den Arzt aufs Auge gedrückt. Und das hat er jedenfalls nicht. Also brauchen wir ihn bestimmt nicht in Südamerika zu suchen."

„Wie kommst du auf Südamerika?"

„Das ist doch das gängige Ziel? Oder? Jedenfalls in den Kriminalromanen, die ich lese."

„Scherzkeks."

„Meinst du, wir sollten eine Fahndung ausschreiben?"

„Da würde ich noch ein wenig warten. Vielleicht kriegen wir ja auch ohne viel Tamtam etwas raus."

„Klingt, als hättest du schon eine Idee?"

„Nein. Die kommt dann, wenn es so weit ist."

„Hoffen wir das Beste." Sie flachsten noch ein bisschen herum, tranken aus und bezahlten.

Gerade als sie sich erhoben, flötete Korbinians Telefon. Er schaute auf die Nummer des Anrufers, verdrehte die Augen und sagte: „Agnes. Sie hat es schon öfter probiert. Ich muss rangehen. Mach's gut." Thomas hob grinsend die Hand und verschwand in Richtung Ausgang, Korbinian setzte sich wieder hin und sagte: „Ja? Wackernagel."

„Agnes hier. Siehst du doch, oder? Ich hab es schon dreimal probiert. Ist ja nett, dass du mal abhebst."

„Spar dir die Vorwürfe. Was ist los?"

„Ich muss mit dir sprechen."

„Das tust du doch grade."

„Ich meine, persönlich. Können wir uns nicht irgendwo treffen? In einem hübschen Restaurant, dann essen wir was Schönes und können ein bisschen reden."

„Ich hab im Moment unheimlich viel am Hals. Können wir das nicht jetzt besprechen?"

„Ich dachte, wir könnten uns mal wieder einen netten Abend gönnen. So wie früher vielleicht. Aber gut, wenn du das nicht willst, dann eben nicht. Es geht um Julia." Kunstpause. Korbinian tat ihr nicht den Gefallen, nachzufragen, sondern wartete. „Interessiert dich unsere Tochter oder nicht?"

„Ich warte und höre."

„Auf diesem Hof, auf dem sie wohnt, soll sich so einiges abspielen, was man eigentlich nicht so gern wissen möchte." Erneute Kunstpause. „Man sagt, es sollen sich da Gestalten rumtreiben, die eine erhebliche kriminelle Energie besitzen. Es geht dabei um Drogen, einige munkeln auch von Menschenhandel."

„Und was hat Julia damit zu tun?"

„Julia lebt dort! Sie hat diese Typen dauernd um sich! Sie ist in Gefahr! Begreifst du das nicht?"

„Julia ist eine kluge Frau. Sie weiß, auf wen sie sich einlassen kann und auf wen nicht."

„Und wenn sie bedroht wird? In etwas hineingezogen wird, aus dem sie sich nicht allein befreien kann? Ich mache mir schreckliche Sorgen."

„Hast du mit ihr gesprochen?"

„Nein."

„Hast du sie besucht?"

„Nein. Ich dachte, das könntest du besser. Dann kannst du da mal nach dem Rechten sehen."

„Und woher weißt du diese Räubergeschichten?"

„Hat man mir erzählt."

„Aha."

„Was ist? Kannst du bitte bald vorbeifahren? Wenn du etwas herausgefunden hast, ruf mich bitte an. Dann können wir einen Treff ausmachen."

„Ich will sehen, dass ich es einrichten kann. Ich sag dir dann Bescheid."

„Dank dir. Bist ein Schatz."

Korbinian zog eine Grimasse, schaltete sein Handy aus und sagte zu Silvester: „Komm, mein Guter. Wir müssen nach Hause. Und irgendwann fahren wir auch auf dieses Kaff. Dann gibt die liebe Seele hoffentlich Ruh."

***

Friedemann hatte so gut wie lange nicht mehr geschlafen und anschließend mit Hanna gefrühstückt.

„Was hast du heute vor?", fragte sie.

„Ich möchte mich ein wenig in der Umgebung umschauen."

Hanna schaute ihn durchdringend an. Sie wusste oder ahnte zumindest, wozu dieser Ausflug dienen sollte. „Ich gebe dir einen Schlüssel, dann bist du unabhängig. Ich muss heute ein paar Sachen erledigen und weiß nicht, wann ich nach Hause komme. Der Kühlschrank ist einigermaßen bestückt, ansonsten kannst du gern auch in der Tiefkühltruhe gucken, ob du etwas Essbares findest. Aber am Abend bin ich auf jeden Fall da und kann uns etwas kochen."

„Bitte mach dir darüber keine Gedanken. Ich bin nicht verwöhnt, was das Essen angeht. Zumindest nicht in den letzten Monaten."

Hanna lächelte. „Ich muss ja auch etwas essen. Und es macht mir Spaß zu kochen. Für zwei lohnt es sich wenigstens." Sie stand auf und holte einen zweiten Hausschlüssel.

„Muss ich mich vor irgendwem oder irgendwas in Acht nehmen?", fragte Friedemann.

„Die Jagdpächter sind im Moment sehr aktiv. Ihnen gehört der Bauwagen dort oben am Waldrand. Dort treffen sie sich. Wenn du nicht gesehen werden willst, mach erst mal einen Bogen darum oder lausche vorher, ob jemand in der Nähe ist. Die haben natürlich auch Hunde. In der Regel kommen sie aber ganz frühmorgens oder in der Abenddämmerung. Gefährlich sind sie allerdings nicht; ich kenne einige von ihnen, die sind ganz in Ordnung."

Friedemann nahm die Schlüssel in Empfang. „Danke dir. Ich werde mich wie ein Indianer bewegen. Bis heute Abend!"

Er holte seinen Anorak, zog sich feste Schuhe an und stiefelte hinaus.

Es war ein wunderbarer Herbstmorgen. Der Nebel lag noch auf den Wiesen, aber man konnte schon die Sonne ahnen. Der Boden war feucht vom Tau, das Laub glänzte und raschelte unter seinen Füßen. Er ging hinauf zum Waldrand, wo jener Bauwagen stand, von dem Hanna gesprochen hatte. Er war recht neu, frisch gestrichen und gut verschlossen. Ein paar Schritte weiter im Wald sah er ein Gestell gegen einen Baum gebunden, das oben spitz zulief und unten breiter war. Es war etwa zwei Meter hoch und hatte mehrere Sprossen. Auf den beiden unteren Leisten klebte eine dunkle Kruste. Friedemann kam näher und erschrak. Die dunkle Schicht auf den unteren Sprossen war ganz offensichtlich Blut. Was war das? Was wurde hier getrieben? Schreckliche Bilder aus Horrorfilmen blitzten durch sein Hirn, er fing an zu schwitzen. Auf dem Boden waren frische Blutspuren, ein paar Reste von Eingeweiden lagen verstreut. Jetzt atmete er auf. Natürlich. Die Jagdpächter brachen hier das erlegte Wild auf und zerteilten es, damit sie es leichter transportieren konnten. Kein Horrorfilm.

Er ging weiter am Waldrand entlang. Hier hatte man einen wunderbaren Blick über die Wiesen hinüber auf den anderen Bergrücken. In der Senke lag ein kleines Dorf, das noch zu schlafen schien. Ein paar wenige Autos bewegten sich auf der Verbindungsstraße zwischen den Dörfern, ein Traktor tuckerte auf einem Feldweg. Ein paar Hunde bellten, sonst waren keine Geräusche zu hören. Kein Mensch war zu sehen außer dem Bauern auf dem Traktor, es war die pure Idylle. Friedemann atmete tief durch. Wie beruhigend ein solcher Anblick wirken konnte! Hatte er nicht eigentlich eine Menge Stress? Und trotzdem konnte er es genießen, hier zu stehen und nur zu schauen, zu hören, zu riechen. An einer Stelle riss jetzt der Nebel ein wenig auf, und einige versprengte Sonnenstrahlen zauberten helle Streifen auf das dunkle Grün der Wiesen. Schon waren sie wieder verschwunden, trauten sich noch nicht so recht, warteten auf ihren nächsten Auftritt.

Friedemann wandte sich dem Hang zu und kletterte auf die kleine Kuppe. Hier gab es nichts Interessantes zu sehen, deshalb stieg er wieder hinab und landete bei dem Jugendheim, das Hanna erwähnt hatte. Es bestand aus drei Gebäuden und einem Grillplatz. Das obere Haus war eine Blockhütte auf einem Steinsockel mit einer vorgebauten Holzterrasse. Nach unten hin befand sich ein kleiner Hof, dessen Zentrum die Feuerstelle und ein gemauerter Grill in Form eines kleinen Ofens bildeten. Rund um die Feuerstelle waren Bohlen als Sitzbänke befestigt, denen zu der oberen Hütte hin noch eine zweite Reihe wie ein kleines Auditorium folgte. Das Haupthaus war zweistöckig, vermutlich befanden sich unten Küche und Wirtschaftsräume, oben Schlaf- oder Seminarräume. Der dritte Teil des Ganzen bestand aus einem Schuppen, der noch nicht instand gesetzt worden war und in dem allerhand Gerümpel lagerte. Die Tür war irgendwann aufgebrochen worden und nicht verschließbar. Friedemann ging einmal ganz um den Komplex herum und versuchte sich vorzustellen, ob er hier seine Pläne ausführen konnte. Dazu müsste er aber am besten auch die Häuser betreten können. Ob Hanna einen Schlüssel besaß? Der alte Schuppen wäre natürlich eine Möglichkeit, aber er brauchte einen Raum, in dem er den Arzt festhalten konnte, und das ging nicht in einem offenen Verschlag.

Er lief erst mal weiter, schlug einen weiten Bogen um Dilschhausen herum, kletterte auf den gegenüberliegenden Bergrücken und lief einige Kilometer an ihm entlang. Auf der anderen Seite des Tals machte er sich langsam auf den Rückweg, wanderte jetzt auf den unteren Teil des Dorfes zu. An einem Hochsitz machte er Halt. Er schien ihm stabil genug, um hinaufzuklettern, und von oben hatte er nicht nur eine herrliche Sicht auf die vor ihm liegende Weide und die sie begrenzenden Hecken, sondern auch auf das gesamte Dorf. Er bedauerte, sein Fernglas vergessen zu haben, aber er konnte sich auch so einen guten Überblick verschaffen.

Das Unterdorf wurde dominiert von einer kleinen, trutzigen Wehrkirche, um die sich ein paar Höfe unterschiedlicher Größe scharten. Während die Mehrzahl dieser Betriebe offenbar wirklich der Landwirtschaft dienten - es gab Scheunen, Ställe, Landmaschinen zu sehen - fiel ein Anwesen durch seine Andersartigkeit auf. Offenbar war dieser Hof umgebaut worden, um möglichst vielen Menschen eine Wohnung zu bieten. Die Scheune hatte Fenster, die Ställe waren offenbar Wohnungen oder Werkstätten, so genau konnte er es von hier oben nicht sehen. Da, wo früher der Misthaufen seinen Platz hatte, standen eine Hollywoodschaukel und eine Sandkiste. Auch hier war kein Mensch zu sehen, alle Bewohner schienen bei der Arbeit oder in der Schule. Auf einem Hof weiter war Bewegung, eine Frau lud ihre Einkäufe aus einem Pkw und trug sie ins Haus. Es war gegen Mittag, bald würde wahrscheinlich ein Schulbus die Straße heraufkommen und einige Kinder aussteigen lassen.

Friedemann kletterte wieder herunter und entfernte sich einmal vom Dorf, um von der anderen Seite an Hannas Haus zu gelangen. Er wollte nicht gesehen werden, um keine Fragen zu verursachen. Auch wenn niemand auf der Straße war, konnten ja hinter den Gardinen eifrige Augen die soziale Kontrolle garantieren.

Bevor er das Haus aufschloss, vergewisserte er sich noch einmal, ob ihn auch wirklich niemand beobachten konnte. Ein fremder Mann, der sich an Hannas Haustür zu schaffen machte, war mehr als verdächtig. Da aber der nächste Nachbar mindestens 200 Meter entfernt war, konnte er eigentlich beruhigt eintreten. Er rief „Hallo, bin wieder zurück!", aber wie erwartet, kam keine Antwort. Nachdem er Schuhe und Jacke ausgezogen hatte, schaute er sich im Flur um. Neben der Garderobe befand sich ein Schlüsselbrett, an dem mehrere Bünde hingen. Neugierig nahm er einen nach dem anderen in die Hand und betrachtete sie. Einer trug einen roten Anhänger mit der Aufschrift „Jugendheim". Er hängte sorgfältig alle Schlüssel wieder dahin, wo sie gehangen hatten. Wer weiß, vielleicht gab es eine Ordnung dahinter. Er setzte sich ins Wohnzimmer und dachte nach. Den Schlüssel einfach nehmen und schnell hinauf laufen, um eine kleine Inspektion durchzuführen, das wäre das Einfachste, aber ein gewaltiger Vertrauensbruch. Bis heute Abend warten, um zu fragen? Dann konnte er sich frühestens morgen dort umschauen und hatte einen Tag verloren. Hanna anrufen und sie um Erlaubnis bitten? Er hatte keine Handynummer von ihr. Ob sie eine Weiterschaltung vom Festnetz hatte? Das war unwahrscheinlich, aber er konnte es ja versuchen.

Er wählte mit seinem Handy Hannas Nummer, hörte das Läuten, und nach ein paar Sekunden stellte sich der Anrufbeantworter an. „Hallo, hier ist Hanna Kamper. Ich bin leider nicht zu Hause, aber Sie können eine Nachricht hinterlassen. Ich rufe Sie gerne zurück."

Friedemann zögerte. Vielleicht konnte Hanna auch die Anrufe abhören. Es war einen Versuch wert. Also sprach er auf das Band: „Hallo, Hanna, hier ist Friedemann. Ich möchte dich etwas Dringendes fragen. Kannst du mich zurückrufen, bitte?" Tja, jetzt blieb nur Warten. Er ging hinauf ins Gästezimmer und packte seine Neuerwerbungen aus. Er wollte sich mit der Handhabung vertraut machen, damit er keine bösen Überraschungen erlebte, wenn es darauf ankam. Das erste Päckchen war leicht. Er entfernte die Schachtel und die Folie darum herum und wog das kleine Gerät in der Hand. Es hatte eine Schlaufe, mit der man es ums Handgelenk tragen konnte, so dass man beide Hände frei hatte. Er streifte es über, es behinderte überhaupt nicht, und es sah gar nicht so gefährlich aus, wie er dachte. Das zweite sah ähnlich aus, hatte aber einen länglichen Griff, der an einen Schlagstock erinnerte.

In diesem Augenblick klingelte sein Telefon. Erfreut nahm er es auf und schaute auf die Nummer. Hatte Hanna schon reagiert? Er kannte die Nummer nicht. Gerade als er das Gespräch annehmen wollte, fiel ihm ein, dass es ja auch der Polizist sein könnte. War er dann vielleicht übers Handy zu orten? Daran hatte er überhaupt nicht gedacht! Noch nie in seinem Leben war er in eine Situation gekommen, in der er sich verstecken musste, seine Kenntnisse über die Möglichkeiten elektronischer Geräte waren rudimentär. Er musste sich unbedingt informieren. Bloß bei wem? Ob Hanna das wusste? Holger? Ihm hatte er noch nichts von seiner Flucht gesagt. Konnte er ihn gefahrlos anrufen? Er nahm nicht ab. Falls es Hanna war, musste die Schlüsselgeschichte noch warten.

***

„Knüll-Klinik Marburg, mein Name ist Pflüger, was kann ich für Sie tun?"

„Guten Morgen, mein Name ist Schmied. Ich möchte gern Frau Kirchberg sprechen."

„Personal oder Patient?"

„Personal."

„Wissen Sie die Station?"

„Nein, leider nicht."

„Augenblick, ich schau mal nach... Ja hier. CO2. Soll ich Sie verbinden?"

„Ja, gern. Vielen Dank."

Einer von den unangenehmen Ohrwurm-Klingeltönen war zu hören.

„Station C02, Schwesternschülerin Olga?" flötete eine sehr junge Stimme.

„Karsten Schmied. Ich möchte bitte Frau Kirchberg sprechen."

„Frau Kirchberg? Schwester Sarah? Sind Sie von der Polizei? Wegen Schwester Sarah und Dr. Buttermann?"

Offenbar wurde ihr abrupt der Hörer aus der Hand gerissen, ein zorniges „dumme Gans" ertönte aus dem Off, und eine Oktave tiefer hieß es jetzt: „Oberschwester Margarete. Bitte?"

„Hier ist Karsten Schmied. Kann ich bitte Frau Kirchberg sprechen?"

„Da sind Sie hier falsch. Die liegt auf Station 567. Und sprechen werden Sie sie bestimmt nicht. Sind Sie ein Verwandter?"

„Nein."

„Dann darf ich sowieso keine Auskunft geben." Rums. Aufgelegt.

„Nochmal Karsten Schmied. Ich habe vorhin schon angerufen und mich offenbar geirrt. Frau Kirchberg liegt auf Station 567, wie man mir sagte. Können Sie mich bitte verbinden?"

„Mit dem Schwesternzimmer vielleicht. Mit der Patientin nicht. Das ist eine Intensivstation. Sind Sie ein Verwandter?"

„Nein. Ich weiß, dann bekomme ich keine Auskunft. Vielen Dank."

Karsten Schmied legte den Hörer auf und holte tief Luft. Das war der Grund, warum er Frau Kirchberg weder telefonisch noch elektronisch erreichen konnte! Es musste etwas Schlimmes passiert sein.

Er griff wieder zum Hörer.

„Karsten Schmied, guten Tag. Kann ich bitte mit dem Kollegen sprechen, der den Fall Schneider bearbeitet?"

„Ja, Augenblick, ich verbinde."

„Lichtenholz."

„Guten Tag, mein Name ist Karsten Schmied. Ich möchte dringend mit Ihnen persönlich sprechen. Es geht um den Fall Schneider, und Frau Kirchberg."

„Sehr gern sofort. Können Sie in die Hauptwache kommen?"

„Ja, natürlich. Ich bin in 20 Minuten da."

Thomas war gespannt. Dass ein Informant gerade dann hereingeschneit kam, kurz bevor er sich zur Eulenapotheke aufmachen wollte, war doch ein gutes Zeichen. Er kochte schon mal einen Kaffee und musste nicht lange warten, bis Herr Schmied an seine Tür klopfte. Er war ein etwas pausbäckiger Mittvierziger mit lockigen, etwas rötlichen Haaren und freundlichen blaugrünen Augen.

„Ich freue mich, dass Sie gekommen sind, Herr Schmied, denn ich wollte mich gerade mit dem Fall Schneider befassen. Möchten Sie einen Kaffee?"

„Ja, gerne", antwortete Schmied. „Können Sie mir bitte sagen, was mit Frau Kirchberg passiert ist? Das macht mir große Sorgen."

„Gern, aber etwas später. Bitte erzählen Sie mir doch erst mal, welche Verbindung Sie zu ihr und Herrn Schneider haben."

„Das ist schnell erklärt. Frau Kirchberg hat meiner Tochter einmal sehr schnell und professionell nach einem Reitunfall geholfen. Das hat uns viel Kummer erspart, und wir sind ihr heute noch dankbar dafür. Ich hatte ihr spontan meine Hilfe angeboten, wann immer sie sie brauchte. Ich bin Steuerprüfer am hiesigen Finanzamt mit Schwerpunkt medizinische Betriebe. Vorige Woche erhielt ich eine E-Mail von Frau Kirchberg, in der sie mich dringend bat, den Besitzer der Eulenapotheke zu besuchen und zu prüfen. Sie hatte offenbar stichfeste Anhaltspunkte, dass da etwas faul war. Außerdem fühlte sie sich von ihm belästigt, vielleicht auch bedroht, das konnte ich nicht so genau heraushören. Weil ich Frau Kirchberg als absolut zuverlässig und vertrauenswürdig einschätze, habe ich mir tatsächlich mal den Betrieb angeschaut. Das war dem guten Herrn Schneider überhaupt nicht recht, weil er tief in seiner Steuererklärung steckte, wie er sagte, und noch etwas Zeit brauchte, bis er damit fertig wäre."

„Was bedeutet das?"

„Ich störte ihn ganz offenbar. Was er mit seinen Rechnungen machte, bleibt noch zu prüfen. Wenn ich das aber richtig einschätze, hat er ganz schön Dreck am Stecken. Ich versuchte dann mehrmals, Frau Kirchberg zu erreichen, weil sie noch von einem Todesfall gesprochen hatte, der wohl auch auf Schneiders Kappe ging. Und bevor ich mich an die Polizei wandte, wollte ich darüber etwas Genaueres wissen. Aber jetzt höre ich, dass sie auf der Intensivstation liegt. Was ist passiert?"

„Das ist eine ganz traurige Geschichte. Sie wurde schwer verletzt."

Schmied holte ein Taschentuch aus seiner Hosentasche und wischt sich über die Stirn. „Das ist ja furchtbar. War das ein Unfall?"

„Nein. Wahrscheinlich nicht. Wir sind noch in der Ermittlung. Waren Sie mit Ihrer Prüfung fertig?"

„Nein. Da liegt noch einiges in dunklen Schubladen und auf Festplatten. Und ich vermute, es ist ein echter Fall für die Kriminalpolizei. Es geht da nicht nur um Steuerhinterziehung oder Betrug."

„Glauben Sie, es besteht Fluchtgefahr?"

„Es könnte ihm schon zu heiß unterm Hintern werden. Ich habe ein paar Unterlagen mitgenommen, deren Inhalt ich noch nicht kenne. Sie deuten in Richtung Anabolika. Er weiß ja auch nicht, dass ich hier bin, aber er muss eigentlich mit einer Anzeige rechnen."

„Dann sollten wir nicht zu lange warten. Ich danke Ihnen sehr, Herr Schmied. Bitte lassen Sie Ihre Personalien von meinem Kollegen aufnehmen, damit wir uns im Bedarfsfall schnell kurzschließen können."

„Gern, Herr Lichtenholz. Ich wäre Ihnen dankbar, wenn Sie mich auf dem Laufenden hielten."

„Machen wir. Tschüss."

Thomas stand hastig auf, gab Schmied die Hand und verließ rasch sein Dienstzimmer. Er nahm seinen Privatwagen, um unauffällig zu sein, und fuhr zur Eulenapotheke. Das pompöse Cabrio stand nicht vor dem Schaufenster. Hoffentlich war Schneider nicht schon über alle Berge! Er fuhr erst einmal vorbei und kurvte eine Runde um den Block. Und siehe da, da stand doch das gute Stück brav eingeparkt zwischen einem SUV und einem Lieferwagen. Thomas überlegte. Wenn er Schneider jetzt besuchte, war er gewarnt und würde schnellstens das Weite suchen. Er konnte natürlich eine Wanze unter den Kotflügel setzen, dann wussten sie, wo er sich aufhielt - vorausgesetzt, er merkte das nicht. Er könnte dem aber auch einfach vorbeugen, indem er das Auto fahruntauglich machte. Dann hatten sie einen Zeitvorsprung von ein paar Stunden oder weniger. Mit einem Taxi kam man auch schnell zum Flughafen, wenn es sein musste. Er hielt die erste Idee für die bessere, bloß hatte er dummerweise nicht jeden Tag Wanzen im Gepäck. Er müsste also einen Kollegen beauftragen. Er rief in der Zentrale an, gab die Daten des Wagens durch und forderte das gewünschte Gerät. Dann fuhr er eine Straße weiter, ging zurück und schaute durch die Scheibe. Doch, die Apotheke war geöffnet, Schneider stand hinter dem Tresen und bediente.

Als Thomas eintrat, schaute der Apotheker kurz auf und erschrak fast unmerklich. Er gab gerade Wechselgeld heraus, der Kunde verließ den Raum, und Schneider setzte eine entspannte Miene auf. „Guten Tag, Herr Lichtenholz. Wollten Sie nach meinem Wagen sehen? Er ist wieder wunderbar lackiert", versuchte er zu scherzen.

„Leider kann ich Ihren Wagen nirgends entdecken, sonst hätte ich natürlich längst nach der Qualität der Lackierung geschaut", ging Thomas auf den Ton ein. Er musste ihn jetzt eine Weile hinhalten, denn sonst würde der Kollege eventuell zu spät kommen. „Und offenbar kann man auch wieder gut durch Ihre Scheiben blicken."

„Ja, der Reinigungsdienst hat ganze Arbeit geleistet. Was kann ich für Sie tun?" Jetzt wurde die professionelle Maske aufgesetzt.

Thomas entschied, erst mal das eher minensichere Gebiet aufzusuchen. „Es gibt offenbar Unregelmäßigkeiten bei Ihren Abrechnungen. Die Finanzbehörde hat uns darüber informiert. Ich möchte Sie bitten, mit mir zum Revier zu fahren, damit wir darüber reden können."

„Das heißt, Sie wollen mich vernehmen?"

„Genau das heißt es."

„Das kommt gar nicht in Frage. Ungenauigkeiten in Abrechnungen sind keine Straftat. Das ist Sache des Finanzamtes und nicht der Polizei."

„Leider ist das nicht das Einzige, was Ihnen vorgeworfen wird. Und die anderen Belastungen sind um Einiges schwerwiegender."

„Als da wären?"

„Fälschung von Medikation zugunsten billigerer Präparate, und das mit Todesfolge."

„Ach Gott, der Wagner!"

„Wie meinen Sie das?"

„Das kommt doch bestimmt von..."

„Ja?"

„Hören Sie. Ich bin nicht bereit, mich hier ohne Anwalt zu äußern. Ihre Vorwürfe sind absurd, und die Quellen, auf die Sie sich offenbar stützen, sind noch absurder."

„Gut. Dann rufen Sie Ihren Anwalt an, und wir führen unser Gespräch im Kommissariat weiter."

„Bleibt mir wohl nichts anderes übrig."

Schneider ging in ein Nebenzimmer, und Thomas hörte ihn telefonieren. Dann kam er wieder zurück und meinte: „Mein Anwalt ist in einer wichtigen Sitzung, er kann mich jetzt nicht begleiten. Sagen Sie mir einen Termin, zu dem werde ich mit ihm erscheinen."

„Gut. Sie erhalten noch heute eine Vorladung, Ihre Daten haben wir ja durch Ihre Anzeigen. Aber eins muss ich Sie hier noch fragen." Thomas musste Zeit schinden.

„Ich wüsste nicht, was wir hier noch zu besprechen hätten."

„Es geht um Sarah Kirchberg." Ein kurzes Zucken in der Augenbraue, dann erschien wieder das Pokerface.

„Was ist mit ihr?"

„Sie kennen sie?"

„Ja. Flüchtig."

„Sie haben selbst eben den Namen Wagner genannt. Können Sie eine Verbindung herstellen zwischen Frau Kirchberg und Herrn Wagner?"

„Keine Ahnung."

„Sie wissen, wo Frau Kirchberg arbeitete?"

„Ich glaube, irgendwo im Klinikum. Aber wo genau, weiß ich nicht."

„Sie wissen, dass Frau Kirchberg schwer verletzt wurde?"

Das Pokerface wechselte zu Erstaunen. „Nein, das wusste ich nicht.

Hatte sie einen Unfall?"

„Ja, so könnte man es nennen. Wenn Sie davon nichts wissen, heißt das, dass Sie auch länger keinen Kontakt mehr mit ihr hatten?"

„Das ist richtig."

„Können Sie sich erinnern, wann Sie sie das letzte Mal gesehen haben?"

„Das ist lange her. Lassen Sie mich überlegen." Thomas signalisierte Geduld. Hoffentlich waren die Kollegen schnell genug. „Wenn mich nicht alles täuscht, war das im Juni, beim Uni-Fest."

„Das ist ja schon eine ganze Weile her."

„Ja, stimmt. Ich traf sie zufällig. Wir schwätzten ein wenig, aber sie wollte bald nach Hause, deswegen haben wir uns schnell verabschiedet."

„Wo haben Sie sie kennengelernt?"

„Auch das ist lange her. Es war irgendeine Party. Fragen Sie mich nicht, wann und wo. Aber das sind doch eher private Angelegenheiten, oder?"

„Stimmt. Es war auch mehr Neugier meinerseits. Entschuldigen Sie bitte."

„Kein Problem."

Ein Kunde betrat die Apotheke und beendete damit das Gespräch genau im richtigen Augenblick. Thomas verabschiedete sich mit einem Kopfnicken und verließ das Geschäft. Ein paar Schritte weiter nahm er sein Telefon heraus und fragte in der Zentrale nach seinem Auftrag.

„Wir sind auf dem Weg."

„Verdammt. Beeilt euch! Der kann jeden Moment abhauen!" Als er den Wagen in der Nebenstraße erreichte, waren die Kollegen mit der Wanze bereits zur Stelle.

„Sollen wir sie anbringen, oder möchten Sie das lieber selber machen?", fragte ein junger Beamter mit gewisser Ehrfurcht.

„Ich mach das schon. Besser, Sie verschwinden schnell, sonst weiß bald jeder, dass hier die Polizei am Werk war."

„Okay. Hier ist das Ding." Er überreichte Thomas eine unscheinbare Schachtel, setzte sich in seinen Dienstwagen und fuhr davon.

Es war nicht das erste Mal, dass Thomas einen Wagen mit einer Wanze versah, aber trotzdem war er äußerst vorsichtig. Er glaubte, nicht viel Zeit zu haben, trotzdem verschwand er erst einmal in einem Hauseingang, um die Straße zu beobachten. Es waren nur wenige Menschen unterwegs, die meisten trugen Einkaufstüten vom Supermarkt nebenan. Wie sollte er unauffällig neben diesem Luxusgefährt niederknien, um eine Wanze anzubringen? Ein alter Trick könnte helfen, sicher war er jedoch nicht. Er lief ein Stück die Straße zurück, kehrte dann um und in Höhe des Cabrios verlor er rein zufällig seine Geldbörse. Nach ein paar Schritten bemerkte er dies, ging zurück und suchte den Bürgersteig nach ihr ab. Glücklicherweise lag sie gerade neben der Stoßstange des Wagens, er bückte sich ein wenig umständlich, nahm sein Portemonnaie wieder an sich und drückte schnell eine Wanze an die Innenseite des Kotflügels.

Jetzt musste er noch zwei Telefonate führen, eins mit dem Institut, an dem Wagner arbeitete, und eins mit der Flughafen-Polizei in Frankfurt. Das war schnell erledigt, und er schlenderte gemütlich zu seinem Auto. Er war zufrieden mit sich.

***

Hanna kam gegen fünf, Friedemann hatte sehr auf sie gewartet.

„Wie war dein Tag?", fragte er pflichtschuldig.

„Okay. Und deiner?"

„Ich bin gewandert, habe Dilschhausen aus allen möglichen Perspektiven kennengelernt und freue mich, dass du wieder da bist."

„Magst du mir beim Kochen helfen?"

„Gern. Sag mir, was ich machen soll." Erst als er seine Schnippelaufgaben erfüllt hatte und das Gemüse im Bräter vor sich hin schmorte, wagte er, seine drängenden Fragen zu stellen.

„Bitte, Hanna, ich muss zwei Sachen wissen und muss dich um Hilfe bitten."

„Sag's."

„Du weißt, warum ich hier bin. Ich brauche einen Raum, um diesen Arzt zu befragen. Das geht nicht irgendwo. Können wir uns einmal zusammen im Jugendheim umsehen? Ich glaube, du hast einen Schlüssel. Richtig?"

„Ja. Aber ob ich dich da hineinlasse, muss ich mir noch überlegen. Und die zweite Sache?"

„Ich habe keine Ahnung, wie ich mit meinem Handy umgehen kann, ohne dass ich eine Spur hinterlasse, die die Polizei ganz schnell zu mir führt. Kannst du mir dabei helfen?"

„Da bin ich ähnlich ahnungslos wie du. Ich denke, mit einer Prepaidkarte ist das möglich, aber ich kann mich mal genauer erkundigen. Ich habe eine Freundin hier im Dorf, die topfit auf diesem Gebiet ist. Wie dringend ist es?"

„Eigentlich sehr. Ich habe dich heute angerufen und wartete auf eine Antwort, habe mich aber nicht getraut, ein Gespräch entgegenzunehmen, weil ich deine Handynummer nicht wusste. Ganz schön blöd. Warst du es? So gegen 12?"

„Nein. Ich habe dich nicht angerufen."

„Kannst du deinen Anrufbeantworter unterwegs abhören?"

„Nein. Nicht, dass ich wüsste. Ich glaube, wir sind beide digitale Steinzeitmenschen und sollten uns lieber um das Essen kümmern, was meinst du?"

„Hanna, ich muss das wirklich wissen. Und auch, ob ich in das Freizeitheim gucken kann. Bitte."

„Lass uns erst mal essen. Dann reden wir weiter."

Es war offensichtlich, dass Hanna während des Essens nachdachte, mit sich rang, nach einem Ausweg suchte. Friedemann wartete geduldig, es war ein schweigsames Mahl. Als sie das Geschirr in die Spülmaschine räumten, sagte Hanna schließlich: „Ich werde nach der Geschichte mit dem Handy fragen, gleich jetzt. Ich kann dabei noch etwas anderes erledigen. Mir ist bloß schleierhaft, wie ich das unverdächtig verpacken soll."

„Kannst du nicht sagen, dass du ein neues Handy brauchst und dich mit den unterschiedlichen Modellen nicht auskennst?"

„Ja, so in etwa könnte ich es machen." Sie ging in die Küche, spülte ein leeres Honigglas sorgfältig aus und trocknete es ab.

„Ich werde auf dem Hippie-Hof etwas Honig kaufen."

„Hippie-Hof? So etwas gibt es in Dilschhausen?"

„Ja, das ist der Spitzname für einen Hof, den ein paar junge Leute vor vielen Jahren gekauft und umgebaut haben. Anfangs wohnte da so eine Art Kommune, später dann eine religiöse Lebensgemeinschaft, und jetzt leben dort ganz unterschiedliche Menschen, die möglichst ökologisch und nachhaltig wirtschaften wollen. Sie haben eine kleine Imkerei und ein paar Werkstätten, und ich kenne dort eine junge Frau. Sie heißt Julia, ist gelernte Medienwissenschaftlerin und wohnt seit einiger Zeit auf dem Hof. Sie hat ein Start-up-Unternehmen gegründet, stellt Apps her und bloggt - aber frag mich nichts Genaueres."

Friedemann nickte, als würde er verstehen, sagte aber nur: „Ich dank dir, Hanna. Du hilfst mir sehr."

Gefühlte fünf Stunden später - Friedemann hatte aus Verzweiflung bereits eine Magazinsendung und eine Talkshow konsumiert - kam Hanna zurück und stellte ein Honigglas auf den Tisch.

„Und?" Friedemann konnte es kaum erwarten.

„Ach, das mit dem Handy habe ich ganz vergessen! So etwas Doofes!"

Friedemann fiel in sich zusammen, seine Enttäuschung war maßlos. Hanna legte ihre Hand auf seinen Arm.

„War ein blöder Scherz, Frieder. Mach ich nicht wieder. Guck mal." Sie hielt ihm ein Handy hin.

„Was ist das?"

„Hat mir Julia geschenkt, zum Ausprobieren. Sie hatte eine ganze Schublade davon. Ist gebraucht, und eine alte Karte ist auch noch drin."

„Und das ist dann sicher?"

„Julia sagt, dass man auch ein Prepaid-Handy orten kann, nur weiß man halt den Besitzer nicht. Am besten wäre es, dein Handy wäre nicht hier bei dir, und wichtige Gespräche solltest du von einer Telefonzelle aus führen. Bloß hier im Dorf gibt es so etwas nicht."

„Das ist ja toll. Du bist spitze!" Er umarmte sie scheu. „Ich danke dir. Also werde ich mein Handy sofort verschwinden lassen. Meinst du, der Bach reicht? Kann ich mir dein Fahrrad leihen?"

„Es ist dunkel. Nimm meinen Wagen und fahr ruhig ein paar Kilometer weiter. Und was das Jugendheim angeht, werde ich morgen früh Materialien für meinen nächsten Malkurs hochbringen. Das kann ich nicht allein." Sie zwinkerte spitzbübisch mit einem Auge.

Friedemann fühlte sich unendlich befreit. Das Ziel, das er seit Monaten verfolgte, rückte näher, war geradezu greifbar. Vielleicht schon morgen würde er Buttermann anrufen können und ihn nach Dilschhausen locken. Jetzt fehlte nur noch der geeignete Raum, alle anderen Utensilien hatte er bereits vorbereitet. Hanna gab ihm ihre Autoschlüssel, und er fuhr aus der Einfahrt. In Elnhausen fuhr er Richtung Marburg, vor Wehrshausen bog er ab zur Dammmühle, einem beliebten Ausflugslokal. Er stellte den Wagen auf den Parkplatz, ging auf das Hauptgebäude zu und warf im Vorbeigehen sein Handy in den Teich vor dem großen Mühlrad. Es machte einen Platsch, eine Ente quakte, dann war Ruhe. Man hörte diffuse Geräusche aus dem Restaurant, aber kein Mensch war zu sehen. Er machte kehrt, setzte sich in den Wagen und fuhr zurück.

Hanna saß im Wohnzimmer und las, als Friedemann die Wohnung betrat. „Alles erledigt?", fragte sie nur, und Friedemann nickte.

Er verabschiedete sich und ging in sein Zimmer, um das neue Handy auszuprobieren. Er musste Holger Bescheid sagen, dass er nicht zum Volleyball kommen würde. Sonst würde der noch Nachforschungen anstellen, und das wäre ihm absolut nicht recht.

***

Sybilles Kerzenvorräte waren inzwischen ordentlich gewachsen, der Winter konnte kommen. Der ließ zwar auf sich warten, aber dafür kamen Korbinian und Silvester, letzterer heute trocken und deshalb weniger geruchsintensiv.

„Ich warte begierig auf die nächste Folge des Fortsetzungsromans", sagte Sybille, nachdem sie ihren Pflichten als Gastgeberin nachgekommen war und die Sherrygläser gefüllt hatte.

„Na, da kann ich liefern. Was hättest du denn gern, Sex oder Crime?"

„Wie bitte? Du überraschst mich immer wieder. Sex natürlich."

„Also, ehrlich gesagt, wird aus der Ankündigung eher eine Beziehungskiste."

„Ooooooh", machte Sybille, als sei sie enttäuscht.

„Agnes hat mal wieder einen Versuchsballon abgeschossen. Sie wollte unbedingt mit mir in einem ‚hübschen Restaurant einen netten Abend verbringen'." Korbinian markierte die Anführungsstriche mit den Fingern. „Als Vorwand musste Julia herhalten, die sich offenbar in größter Gefahr befindet."

„Ist das wahr?"

„Natürlich. Um sie herum wimmelt es von Drogendealern, Menschenhändlern und anderen Kriminellen. Vielleicht auch Kannibalen, wer weiß. Jedenfalls soll ich mal nach dem Rechten sehen und dann zum Rapport erscheinen."

„Und? Als braver Vater machst du das natürlich. Sag mal, Julia wohnt doch auf diesem komischen Hof in Dilschhausen, war das nicht so?"

„Genau. Deshalb sammeln sich ja da auch die Ganoven."

„Wegen Julia?"

„Quatsch. Wegen dem Hof."

„Verstehe ich nicht."

„Na, da wohnen halt Leute, die ein bisschen anders ticken als der brave Bürger, deshalb ist das für Agnes alles gleich suspekt. Kannst du dich an die Kommunen erinnern, als wir jung waren?"

„Und wie." Sybilles Augen leuchteten. „Wer zweimal mit demselben pennt..."

„Schon gut. So hat das wohl mal angefangen, und jetzt ist das halt ein buntes Trüppchen von Ökos und Jungunternehmern ohne Geld und vielleicht auch ein paar Spinnern. Jedenfalls hat mir Julia nie zu verstehen gegeben, dass sie sich dort unwohl oder gar bedroht fühlt."

„Prima. Sag mir, wann du hinfährst, dann komm ich mit."

„Echt? Warum?"

„Erstens schafft dir das bei deinem Rapport den entsprechenden Abstand - selbstverständlich nur, sofern du den wünschst - und zweitens kenne ich eine Frau dort, die ich gern mal wiedersehen würde.

Die wohnt in demselben Dorf."

„Sehr gut. So machen wir das."

„Und jetzt Crime."

„Gib mir noch einen Schluck, bitte."

„Wird es jetzt spannend?"

„Klar, was denkst du denn? Danke. Thomas hält mich freundlicherweise auf dem Laufenden, auch wenn er das nicht nötig hat, denn er ist ein guter Polizist. Trotzdem..."

„Komm zur Sache, ich bitte dich."

„Bin schon dabei. Thomas hat bei der Krankenschwester und dem Witwer rumgefragt, das hat aber keine eindeutigen Ergebnisse gebracht. Aber dann hat er von einem Finanzbeamten knallharte Sachen über den Apotheker erfahren. Der wird jetzt vorgeladen, aber Thomas glaubt, dass er sich vorher aus dem Staub macht. Deshalb hat er ihm eine Wanze verpasst."

„Wo?"

„Am Auto."

„Und wenn er mit der Bahn fährt?"

„Hast du schon mal einen, der einen BMW Cabrio hat, mit der Bahn fahren sehen?"

„Das sieht man den Bahnfahrern ja nicht an."

„Na gut, wie dem auch sei, er hat die Flughafen-Polizei in Frankfurt alarmiert, das sind die beiden nächstliegenden Möglichkeiten für eine Flucht. Bei allem Schmutzgeld, das er so angehäuft hat, wird er ja wohl noch keinen Privatjet besitzen. Und eine Yacht wäre auf der Lahn schon aufgefallen."

„Du kriegst keinen Sherry mehr. Weiter?"

„Wagner ist verschwunden."

„Wie bitte?"

„Er hat Thomas Material gegen den Apotheker in die Hand gedrückt, sich im Institut krank gemeldet und ist erst mal auf Tauchstation gegangen. Er ist nach wie vor der Hauptverdächtige. Also müssen wir uns mal um ihn kümmern."

„Was bedeutet ‚kümmern'?"

„Fahndung ausschreiben, Handy orten. Solche Sachen."

„Und wenn er schon längst im Flugzeug sitzt?"

„Glaube ich nicht. Er will doch irgendwie mit dem Arzt abrechnen. Also muss er noch in der Nähe sein. Außerdem hilft Flugzeug heutzutage nicht viel. Dafür gibt es entsprechende Netze. Ich denke, er wird sich irgendwann mit dem Arzt in Verbindung setzen, und das müssten wir rauskriegen..."

„Also die Telefone der beiden checken."

„Genau."

Sie lehnten sich zurück, tranken einen Schluck.

„Das könnte ja bedeuten, dass da in ganz naher Zukunft etwas richtig spannend wird", meinte Sybille. „Wann willst du in dieses Dorf fahren?"

„Weiß ich nicht. Noch drängt mich ja nichts."

„Bist du dir da sicher?"

Korbinian grinste. „Nein, überhaupt nicht. Spätestens wenn der nächste Anruf von Agnes kommt, ist es so weit. Ich sag dir rechtzeitig Bescheid."

***

Als Hanna und Friedemann am nächsten Morgen aufbrachen, regnete es. Beide wussten, dass die Mal-Utensilien mehr Feigenblatt als Ursache für den Besuch des Jugendheims waren, aber trotzdem hatte Hanna brav ein paar Papiere, Pigmente, Latex, Gefäße und Pinsel zusammengesucht und in einem Karton verpackt. Zu Fuß wäre es wesentlich leichter und kürzer gewesen als mit dem Auto, aber dies war ja nun eine offizielle Mission.

Unterhalb des Hauptgebäudes gab es eine Parkbucht, in der Hanna hielt. Sie ließen den Karton im Auto und gingen zuerst hinauf zu dem weiter oben gelegenen Blockhaus. Hanna schloss auf, und sie betraten einen Raum, der die ganze Grundfläche der Hütte einnahm. Es gab einige Sitzgelegenheiten, ein altes Sofa, auf dem ein Schlafsack lag, einen kleinen Tisch. Außer dem Schlafsack deutete nichts darauf hin, dass hier in letzter Zeit jemand gewesen war.

„Das ist eigentlich der beste Raum zum Malen", sagte Hanna. „Das Licht ist schön. Nur gibt es kein Wasser, das ist ein großer Nachteil. Deswegen gehen wir oft ins Haupthaus."

„Für den Raum im Sockel hast du keinen Schlüssel, oder?"

„Nein, das ist, glaube ich, nur Lager für Baumaterialien." Sie verließen das Gebäude, Hanna schloss wieder ab, und sie gingen zum Haupthaus. „Wir bringen den Karton erst einmal in die Küche", meinte sie und schloss auf. Die Tür führte direkt in die Küche. Zwischen den beiden Schrankzeilen stand ein kleiner Tisch. Nach links erweiterte sich der Raum zu einem größeren Aufenthaltsbereich mit zwei Fenstern. Ein paar einfache Tische und Stühle waren die einzige Möblierung. Auf der rechten Seite der Küche schloss sich ein kleiner Lagerraum an. Friedemann betrat ihn und sah sich um. Ein paar leere Regale standen dort, einige Kartons lagen auf dem Boden. Dann entdeckte er, dass sich an der Rückwand ein Nebeneingang befand. Wären beide Türen geöffnet, könnte man leicht vom Haupteingang durch den Lagerraum hindurch das Haus an der Rückseite wieder verlassen. Friedemann ging zum Auto, holte die Malsachen und stellte sie in der Küche auf den Tisch.

„Friedemann, ich weiß nicht genau, was du vorhast. Aber ich zeige dir das hier im Vertrauen darauf, dass du keine krummen Dinger machst. Du willst diesen Doktor zu einem Geständnis bringen, zwingen, ich weiß nicht wie, aber ich bin nicht bereit, Helfer für eine Gewalttat zu werden. Wenn du so etwas vorhast, musst du dir andere Verbündete suchen. Habe ich mich da klar ausgedrückt?"

„Ja, Hanna." Nachdenklich sah er sich um, sah Hanna an, überlegte. Wo fängt Gewalt an? Wie konnte er wissen, ob er sie anwenden musste? Welche Mittel standen ihm überhaupt zur Verfügung? Würde sein Plan funktionieren? Er musste jetzt endlich handeln, noch mehr Zeit durfte nicht verstreichen. Heute noch würde er Buttermann anrufen.

„Wann wird dein Malkurs stattfinden?"

„Jetzt am Wochenende. Von Samstagmorgen bis Sonntagmittag. So circa 14 Uhr denke ich."

„Wie viele Personen werden teilnehmen?"

„Zwölf haben sich angemeldet, erfahrungsgemäß sind es dann zehn."

„Musst du im Anschluss noch länger aufräumen?"

„Das kann ich auch am Montag machen. Das Haus ist erst nächstes Wochenende wieder besetzt. Gehen wir?" fragte Hanna.

Friedemann nickte. Hanna schloss den Raum ab, und sie gingen zum Auto zurück.

„Ich muss noch kurz nach Elnhausen. Willst du mitkommen oder zurücklaufen?"

„Gibt es in Elnhausen eine Telefonzelle?"

„Ja."

„Dann komme ich mit."

Die Telefonzelle stand ziemlich im Zentrum des Dorfes. Hanna ließ ihn aussteigen und sagte: „Ich bin in 20 Minuten wieder da." Friedemann nickte und betrat die Zelle. Er war sehr aufgeregt, seine Hände schwitzten. Er holte die Nummer heraus und wählte.

„Dr. Buttermann."

„Hier ist Wagner. Herr Buttermann, wir hatten ein paar Tage Bedenkzeit verabredet, die sind nun vorbei. Die Lage hat sich verändert, deshalb habe ich mich entschlossen, doch auf Ihr Angebot einzugehen. Allerdings sind 20 000 in keinem Fall ausreichend. Legen Sie die gleiche Summe noch einmal drauf, und wir kommen ins Geschäft. Dann bin ich bereit, mein Wissen und meine Materialien nicht an die

Medien weiterzugeben. Im anderen Fall geht alles sehr schnell an die Öffentlichkeit. Ich gebe Ihnen einen Tag Bedenkzeit. Morgen um die gleiche Zeit rufe ich Sie noch einmal an, dann verlange ich eine Entscheidung. Ich will keine Banknoten höher als 100 €. Haben Sie mich verstanden?"

„Ja, Herr Wagner. Ich muss sehen, wie ich eine so große Summe flüssig kriege, ob meine Bank so schnell reagieren kann. Aber ich denke, es wird gehen. Rufen Sie morgen wieder an. Auf Wiederhören."

Friedemann legte auf. Das war ja gar nicht so schwierig gewesen. Er hoffte, dass er durch die Erhöhung der Geldsumme seinem Angebot mehr Glaubwürdigkeit verliehen hatte. Dass Buttermann so schnell zugestimmt hatte, schien ihm eher ein positives Zeichen. Morgen würde er ihm dann den Ort für die Geldübergabe sagen und dort alles vorbereiten. Und dann musste er nur schnell genug und besonnen sein.

Es regnete noch immer, und er blieb einfach in der Telefonzelle stehen. Es war eine der letzten ihrer Art, und Friedemann war dankbar dafür, dass sie ausgerechnet hier stand. Er fühlte sich ein bisschen geschützt, nicht nur vor dem Regen.

Hanna kam bald, lud ihn wieder ein und sie fuhren nach Hause. „Ich lasse dich wieder allein, ich muss noch einmal weg", sagte sie. Friedemann nickte und begab sich wieder in sein Asyl. Er wusste nicht, was er machen sollte mit seiner Zeit. Er war noch immer etwas aufgeregt, zum Lesen oder Fernsehen hatte er keine Lust. Hanna hatte ihm angeboten, ihren Computer zu benutzen, aber das traute er sich nicht. War er dann nicht erst recht aufspürbar? Draußen herumlaufen, bei diesem Wetter, war auch nicht besonders attraktiv, deshalb setzte er sich erst einmal ins Wohnzimmer.

So musste es Arbeitslosen oder Flüchtlingen gehen, dachte er.

Verdammt dazu, in Untätigkeit zu warten - wie schrecklich, sich dies für einen längeren Zeitraum vorzustellen! Für ihn würde dieser Zustand morgen glücklicherweise zu Ende sein. Je länger der andauerte, desto schwankender war er in seinen Gefühlen. Die einstige Wut kam immer wieder hoch und erfüllte ihn so stark, dass er glaubte, zu allem in der Lage zu sein. Und dann gab es wieder Momente, in denen er lediglich eine tiefe Depression spürte, die ihn lähmte, ihn völlig handlungsunfähig zu machen schien. Dann spielte er noch nicht einmal mit Flucht- oder Verkriech-Gedanken, sondern wollte am liebsten einfach mit allem aufhören. Er wollte sich nicht das Leben nehmen, dazu hätte es ja Energie gebraucht. Nein, einfach nicht mehr existieren, einfrieren oder sich auflösen oder einschlafen. In solchen Augenblicken versuchte er zu spüren, was Barbara dazu wohl gemeint hätte. Er wusste ziemlich sicher, dass sie keines der beiden Extreme gutgeheißen hätte.

***

Thomas hatte das Gefühl, als hätte er irgendetwas Wichtiges übersehen. Etwas, was er noch mal nachprüfen musste oder wo er nicht genau genug hingeschaut hatte. Aber er kam nicht drauf. Seit Mittwoch versuchte er, Wagner zu erreichen, aber erfolglos. Der hatte sich krankgemeldet, das hatte er ebenfalls am Mittwoch erfahren. Heute war Freitag. Wenn er Glück hatte, erreichte er noch jemanden in dem Institut. Er hatte Glück. Die Sekretärin, mit der er auch schon vor zwei Tagen gesprochen hatte, bestätigte ihm, dass Wagner bis heute nicht zum Dienst erschienen war.

„Liegt eine Krankschreibung vor?", fragte Thomas.

„Nein. Bei uns nicht. Aber die könnte auch direkt an die Verwaltung geschickt worden sein. Herr Wagner war noch nie krank, deshalb kann ich Ihnen nicht sagen, wo er ein Attest hinterlegen würde."

„Meinen Sie, in der Hauptverwaltung treffe ich noch jemanden an?"

„Ich kann versuchen, Sie weiterzuverbinden. Aber garantieren kann ich nichts."

„Ganz herzlichen Dank."

Während der Schaltung dudelte ein klassischer Gassenhauer, dann wurde tatsächlich abgenommen, und er konnte sein Anliegen vorbringen. Auch hier lag keine Krankschreibung vor.

„Aha", murmelte Thomas, „habe ich es mir doch gedacht. Ausgeflogen der Vogel."

Er würde noch einmal zu seiner Wohnung gehen müssen und unter Umständen gewaltsam die Tür öffnen, wenn Wagner nicht aufmachte. Sollte er tatsächlich krank im Bett liegen und nicht in der Lage sein zu reagieren, war es sogar eine gute Tat.

Bevor er losfuhr, ging er noch einmal kurz hinüber zu seinem Kollegen, der die Technik betreute.

„Hast du mal geguckt, was bei dem Buttermann bisher an Gesprächen eingegangen ist?"

„Ja, außer den Dienstgesprächen von Kliniksangehörigen waren da ein Anruf vom Handy seiner Frau und heute einer ohne Nummer, vermutlich von einem öffentlichen Fernsprecher."

„So was soll es ja noch geben. Kann man den orten?"

„Ja, aber dafür brauche ich noch ein bisschen Zeit."

„Gut. Und Schneider?"

„Auf dem Telefon in der Apotheke einiges, allerdings nicht die Nummer von Wagner. Auf dem Handy ist gar nichts eingegangen."

„Danke. Was ist mit den Fahrzeugbewegungen?"

„Bis jetzt hat sich das nur im Marburger Raum abgespielt, aber ich guck gleich noch mal."

Der Kollege tippte flink auf der Tastatur des Computers.

„Oha, da bewegt sich was. Sieht ganz danach aus, als wolle da jemand in den sonnigen Süden. Also bis jetzt noch in Hessen, Nähe Bad Nauheim."

„Danke. Ist von der Spurensicherung noch etwas eingetroffen?"

„Einen Moment, ich schau gerade mal nach."

Wieder machte er einige Eingaben und neigte sich dann nach vorn, um besser lesen zu können.

„Ist nicht viel. Soll ich es Ihnen auf Ihren Rechner schicken, oder wollen Sie gerade hier reinschauen?"

„Ich gucke gern gleich mal, ich bin auf dem Sprung."

Der Kollege drehte den Bildschirm so, dass Thomas lesen konnte.

„Mmmmh. Auf dem Rohr leichter Abrieb von Wildleder, Rohr aus Zink, wie früher als Wasserleitung benutzt. Im Treppenhaus nur Straßenschmutz, den jeder hineingetragen haben kann. Sonst keine weiteren Spuren. Okay. Danke. Dann will ich mich mal auf den Weg machen. Schönes Wochenende!"

„Danke, ebenfalls."

Thomas ging noch einmal in sein Büro und führte ein kurzes Gespräch mit der Flughafen-Polizei in Frankfurt. Dann lief er hinunter auf den Parkplatz und nahm auch diesmal seinen Privatwagen, um nicht aufzufallen. Er fuhr die kurze Strecke bis ins Südviertel und parkte in einer Nebenstraße nahe Wagners Wohnung.

Auf sein Klingeln reagierte niemand, wie erwartet. Er versuchte es noch einmal. Nichts. Dann klingelte er ein Stockwerk höher, und kurz darauf tönte eine jugendliche, männliche Stimme aus der Sprechanlage.

„Ja, bitte?"

„Hier ist die Kriminalpolizei. Würden Sie mir bitte öffnen?"

Er hörte nur noch ein „Uiiiii", dann wurde der Summer betätigt, und Thomas konnte das Haus betreten. Im ersten Stock stand vor der geöffneten Tür ein etwa 15-jähriger Junge und erwartete ihn neugierig. Er trug einen Trainingsanzug mit Aufdruck und Sportschuhe.

„Mein Name ist Lichtenholz. Darf ich reinkommen?", fragte Thomas höflich.

„Na klar", sagte der Junge und ging vor ihm in die Wohnung. Er öffnete eine andere Tür, die zum Wohnzimmer führte. „Möchten Sie sich setzen?"

„Danke. Sind deine Eltern auch da?"

„Nein, tut mir leid. Sie müssen mit mir vorliebnehmen", antwortete der Teenager keck und grinste. Sein Respekt vor der Kripo war offenbar nicht besorgniserregend ausgeprägt.

„Sagst du mir bitte deinen Namen und dein Alter?"

„Ich heiße Finn Gerstenmeier und bin 14."

„Danke. Ich wollte zu Herrn Wagner, kann ihn aber nicht erreichen. Weißt du, wo er sein könnte?"

„Keine Ahnung. Ich habe ihn eine Weile nicht gesehen."

„Hast du in den letzten Tagen mal die Tür unten schlagen hören oder das Tor von der Garage?"

„Nein. Stimmt. Es war überhaupt nichts von ihm zu hören. Das Rad steht auch seit Tagen unverändert neben der Mülltonne."

Jetzt endlich kam die Erleuchtung. Thomas hatte vergessen, nach dem Rad zu fragen. Er hätte den Jungen umarmen können, was dieser vermutlich ausgesprochen seltsam gefunden hätte.

„Das ist eine super Beobachtung! Kannst du mir bitte das Rad zeigen?"

„Klar. Kommen Sie mit."

„Ihr habt nicht zufällig einen Schlüssel von der Garage oder der Wohnung?"

„Doch. Die Wagners und wir haben die Schlüssel ausgetauscht, falls einer sich mal ausschließt oder zum Blumengießen in den Ferien."

„Ich würde gern mal hineinsehen. Da müsste ich allerdings erst mit deinen Eltern sprechen. Weißt du, wann sie zurückkommen?"

Er zog sein Smartphone heraus und schaute auf die Uhr.

„Das wird nicht mehr lange dauern. 15 Minuten vielleicht, dann müsste meine Mutter da sein."

„Prima. Dann sei doch so gut und zeig mir inzwischen mal das Fahrrad."

Der Junge ging voran, nahm zwei Schlüssel vom Haken und zog die Tür zu. Sie gingen hinunter vor die Haustür. Auf einem schmalen Weg, der um das Haus herum in den tieferliegenden Garten führte, standen die Mülltonnen und ein Fahrradständer. Der Junge tippte auf eins der drei Räder, die an dem Ständer befestigt waren.

„Das ist es. Das von seiner Frau steht bestimmt in der Garage."

Thomas betrachtete das Rad. Es war ein gutes Tourenrad mit einer hochwertigen Nabenschaltung. Zwei große, wasserdichte Satteltaschen hingen an den Seiten, die Beleuchtung war tadellos, der Rahmen schwarz gespritzt. Dieses Rad wurde offenbar nicht nur für den Sonntagsausflug, sondern für den täglichen Bedarf genutzt. Thomas machte ein Foto.

„Soll ich Ihnen die Garage aufmachen, damit Sie das andere Rad auch sehen können?", fragte der Junge, „oder brauchen Sie dafür auch die Genehmigung meiner Eltern?"

„Nein. Die Garage ist Okay. Danke."

Der Junge öffnete das Tor, und wie erwartet, stand kein Auto darin. Außer den Winterreifen und einem Dachgepäckträger gab es dort lediglich eine Leiter, einen Schneeschieber und einige Plastikbehälter mit Öl oder Frostschutz. An der Rückwand stand ein Damenrad von der gleichen Firma wie das eben gesehene: Der gleiche gerade Lenker, die gleiche Gangschaltung, die gleiche Beleuchtung. Nur der Rahmen war anders: Er war blau und hatte einen tiefen Einstieg. Auf dem Gepäckträger war ein Korb befestigt. Thomas schaute noch einmal gezielt nach alten Wasserrohren, es waren aber keine zu sehen.

„Vielen Dank, junger Mann, du bist wirklich sehr freundlich. Ich kann gern hier unten auf deine Mutter warten, dann brauchst du dich nicht mehr um mich zu kümmern." Anstatt zu gehen, blieb der Junge allerdings stehen und druckste etwas herum. Schließlich sagte er:

„Darf ich Sie etwas fragen?"

„Natürlich."

„Hat der Herr Wagner etwas verbrochen? Oder ist er ermordet worden? Ist er deswegen verschwunden?"

„Das wissen wir nicht. Deshalb bin ich hier und muss auch noch einmal in die Wohnung gucken."

„Darf ich mitkommen?"

„Nein. Das geht auf keinen Fall. Tut mir Leid."

„Hab ich mir schon gedacht. Da drüben kommt übrigens meine Mutter."

Er winkte einer blonden Frau zu, die sich auf einem Fahrrad näherte. Sie war noch nicht ganz zum Halten gekommen, da sprudelte er schon los: „Mama, der Mann ist von der Kripo und will die Wohnung vom Wagner sehen. Der ist verschwunden. Wahrscheinlich ermordet."

Die Frau riss erschrocken die Augen auf und starrte Lichtenholz an.

„Ist das wahr?", stammelte sie.

„Wahr ist, dass ich von der Kripo bin und zu Herrn Wagner möchte. Der Rest ist zu viel Fernsehkonsum Ihres ansonsten sehr hilfsbereiten Sohnes", erwiderte Thomas lächelnd und zeigte seinen Ausweis. „Lichtenholz ist mein Name. Ich möchte Sie um den Schlüssel von Herrn Wagners Wohnung bitten."

„Was ist denn nun wirklich passiert?", fragte Frau Gerstenmeier.

„Das versuchen wir herauszufinden. Deshalb bin ich hier."

„Mama, ich hab den Schlüssel schon gleich mitgenommen. Hier ist er."

„Du bist ja wirklich fix", grinste Thomas und nahm den Schlüssel in Empfang. „Ich bringe ihn nachher wieder zu Ihnen hinauf. Vielen Dank."

Der Junge schaute etwas traurig, er wäre zu gern mitgekommen. Aber stattdessen bekam er den Einkaufskorb seiner Mutter in den Arm gedrückt, damit sie ihr Rad in den Ständer schieben und abschließen konnte. Während die beiden in die obere Etage verschwanden, öffnete Thomas die Tür zu Wagners Wohnung. Er kramte in der Hosentasche nach den Latexhandschuhen, die er noch geistesgegenwärtig eingesteckt hatte, und streifte sie über.

„Hallo, ist da jemand?", sagte er laut. Er öffnete die Tür zum Wohnzimmer, er kannte sich ja hier mittlerweile aus. „Hallo, Herr Wagner?" Niemand antwortete. Auch die Küche war leer.

Zwei geschlossene Türen lagen an dem Flur, vermutlich Schlaf- und Arbeitszimmer, eine dritte war nur angelehnt. Das war offenbar das Bad. Er schob sie vorsichtig auf und steckte seinen Kopf hinein, hier war nichts Auffälliges zu sehen. Alles war sauber und roch hygienisch. Jetzt öffnete er eine der beiden geschlossenen Türen und befand sich in einem Raum voller Bücher. Zwei Schreibtische standen sich gegenüber, ein kleiner Hilfstisch war vollgepackt mit Zeitschriften. Auch hier nichts.

Jetzt fehlte nur noch das Schlafzimmer. Was, wenn Wagner wirklich sterbenskrank im Bett lag? Oder gar Schlimmeres?

Das Zimmer war total dunkel, die Jalousien komplett heruntergelassen. Thomas schnupperte. Roch es hier irgendwie auffällig? War etwas zu hören? Nichts. Er betätigte den Lichtschalter. Statt mit einer Deckenlampe wurde der Raum durch einen in einer Ecke angebrachten Strahler beleuchtet. Er sah sich um. Kein kranker oder toter Wagner. Zwei gemachte Betten, ein großer Kleiderschrank, ein Stuhl mit einem Morgenmantel.

Nachdem nun klar war, dass Wagner sich nicht in dieser Wohnung aufhielt, konnte er ein wenig genauer arbeiten. Als Erstes nahm er die Post auf, die durch den Briefschlitz auf den Boden gefallen war, und legte sie auf den Küchentisch. Die Zeitungen steckten noch dazwischen, es hätte keine weitere dazu gepasst. Weil das entsprechende Schild am Briefkasten klebte, gab es Gott sei Dank keine Anzeigenzeitungen, die normalerweise die Briefkästen verstopften. Dann untersuchte er die Garderobe. Ja, hier gab es eine Schirmmütze. Die war offenbar ein Souvenir, denn es stand „Australia" darauf. Das Schweißband war ein wenig gelblich, also war sie häufig getragen worden. Graue Plastiktasche oder Rucksack? An einem Haken hing ein kleiner, schwarzer Lederrucksack, auf dem Boden stand eine dunkelblaue Sporttasche. Thomas öffnete sie und nahm den Inhalt heraus: kurze Sporthose, T-Shirt, Hallenschuhe, Knieschoner, Duschgel.

Er packte alles wieder ein, das war wirklich unauffällig.

Zurück im Schlafzimmer untersuchte er zuerst die Nachttische. Auf dem einen standen ein Wecker und eine Wasserflasche, daneben lagen ein paar Schlaftabletten. In einem hölzernen Rahmen lächelte Barbara Wagner freundlich den Betrachter an. Im Kleiderschrank waren garantiert keine geheimen Fächer, der war von IKEA, und da gab es so etwas nicht. Das wusste Thomas aus eigener Erfahrung.

Im Arbeitszimmer erkannte Thomas schnell, welcher Schreibtisch zu wem gehörte. Er öffnete Wagners Schubladen und fand außer dem üblichen Bürobedarf Kontoauszüge, Korrespondenzen mit Krankenkasse und Beihilfe, eine Mappe Belege für die Steuererklärung und einen Karton mit Zeugnissen und Urkunden. Bei Barbara gab es dagegen Unterrichtsmaterialien, Zeugnislisten, Fotoalben.

Er wusste nicht, ob er nach irgendetwas Bestimmtem suchte, oder ob er einfach nur darauf wartete, dass ihm etwas ins Auge fallen könnte, das ihm mehr Klarheit gab. Noch immer konnte Wagner der Täter sein oder auch nicht, sein Verschwinden konnte sehr wohl mit dieser Tat in Verbindung stehen.

Unschlüssig ging er in die Küche und setzte sich an den Tisch.

Hier sah alles so entsetzlich normal aus, genau wie in seiner eigenen Küche. Dass hier offenbar drei Tage lang niemand gewesen war, konnte man auf den ersten Blick nicht feststellen. Wagner hatte alles ordentlich und sauber hinterlassen.

Er blätterte die Post durch. Außer Werbung gab es nur drei Schreiben, die persönlich an Wagner gerichtet waren. Zwei davon waren offenbar Rechnungen, das dritte stammte von einer Firma, die laut Logo etwas mit Elektronik zu tun haben musste. Vielleicht auch Werbung?

Thomas autorisierte sich selbst, in einem derartigen Fall einen Brief öffnen zu dürfen, und riss den Umschlag auf.

„Sehr geehrter Herr Wagner,
aufgrund Ihrer freundlichen telefonischen Nachfrage vom 24.07.2017 möchten wir Ihnen noch einmal schriftlich die Vorzüge des von Ihnen favorisierten Geräts schildern. Der Pager „c&c 95" ist eins der zuverlässigsten Geräte im Klinikbetrieb und hat bei verschiedenen Tests hervorragende Ergebnisse erzielt. Sein Sicherheitsstandard ist bisher unübertroffen.

Wie Sie vermuteten, ist ein Versagen praktisch nicht möglich, da der Ladestand der Batterien ständig überprüft wird und beim Erreichen eines Grenzwertes akustische Warnsignale abgegeben werden. Sollten diese nicht bemerkt werden, tritt ein Notreservoir in Aktion, das, ähnlich einem Reserve-Akku, das Gerät noch einmal für eine halbe Stunde aufladen kann. Auch dann werden wieder sowohl optische, als auch akustische und dazu haptische Signale ausgesendet. Einfach ausgedrückt: Das Gerät piept, blinkt und vibriert. Es ist damit höchst unwahrscheinlich, den Alarm nicht zu bemerken.

In dem von Ihnen geschilderten Fall muss das Gerät von seinem Benutzer aktiv ausgeschaltet worden sein. Auch das geht, um Irrtümern vorzubeugen, nur mit einer doppelten Sicherung, indem zwei Tasten, die sich an unterschiedlichen Stellen des Gehäuses befinden, gleichzeitig gedrückt werden müssen.

Ich hoffe, wir haben Ihre Fragen hinreichend beantwortet. Sollten Sie noch weitere Informationen benötigen, wenden Sie sich bitte vertrauensvoll an uns.

Mit freundlichen Grüßen,

M. Thomson."

„Sehr interessant", murmelte Thomas. „Buttermann, jetzt geht's dir an den Kragen. Die Märchenstunde ist vorbei."

Er steckte den Brief ein, zog die scheußlichen Handschuhe aus, stand auf, verschloss die Wohnungstür und brachte den Schlüssel ins obere Stockwerk. Finn öffnete sofort und fragte begierig:

„Und? Liegt er da unten? Ist er tot?"

Seine Mutter erschien ebenfalls gleich auf der Bildfläche, sie war ähnlich wissbegierig wie ihr Sohn.

„Nichts dergleichen. Es ist alles in Ordnung. Sie brauchen sich keine Sorgen zu machen. Vielen Dank für Ihre Hilfsbereitschaft. Auf Wiedersehen."

***

Manfred Buttermann war erstaunt, dass Wagner bereits heute angerufen hatte. Also konnte ihn die Polizei doch nicht so lange in Beschlag genommen haben, wie er gedacht hatte. Er rechnete nach.

Letzten Samstag war Sarah niedergeschlagen worden, am Montag war der Kommissar in der Klinik, da hatte er ihm seinen Verdacht und Wagners Namen genannt. Daraufhin hatten mit Gewissheit Ermittlungen begonnen, die sicher mehr als nur ein paar Tage in Anspruch genommen haben dürften. Heute war Freitag. Das war ganz schön schnell gegangen. Morgen würde er erneut anrufen. Dann konnte die üble Geschichte am Sonntag beendet werden.

Gut, dass Ilsa nicht da war, so konnte er seine Vorbereitungen in aller Ruhe und ohne Nachfragen treffen. Das Geldpaket war bereits gepackt, blieb abzuwarten, ob Wagner eine bestimmte Form von Tasche oder Beutel wünschte. Auch die übrigen Utensilien lagen bereit, er war sicher, an alles gedacht zu haben.

Am Samstagmittag kam der erwartete Anruf. Auf dem Display war keine Nummer zu sehen, also hatte er sie unterdrückt oder rief von einem öffentlichen Fernsprecher an.

„Wagner. Haben Sie das Geld?"

„Ja, die Bank war sehr entgegenkommend."

„Packen Sie die Scheine in Tausender-Bündeln in eine Plastiktüte und dann in einen Stoffbeutel. Kommen Sie am Sonntag um 16.00 Uhr an das Jugendheim Dilschhausen. Es liegt südlich des Dorfes am Waldrand. Fahren Sie bis zum Ende des Feldwegs, den Rest laufen Sie. Der Eingang des Haupthauses wird offen stehen, er führt direkt in eine Küche. Legen Sie das Geld dort auf den Tisch, der in der Mitte des Raumes steht und verlassen Sie das Gebäude wieder."

„Gut. Wie garantieren Sie mir, dass Sie nach Erhalt des Geldes nicht doch an die Öffentlichkeit gehen?"

„Sie finden auf dem Tisch eine eidesstattliche Erklärung von mir. Die tritt dann in Kraft, wenn die Geldsumme korrekt ist. Sollten Sie die Polizei oder andere Personen benachrichtigen, ist die Erklärung nichtig."

„Das habe ich verstanden. Ich werde um 16.00 Uhr am angegebenen Ort sein."

Es wurde aufgelegt, Manfred war zufrieden.

Er holte sich ein Stück Pizza aus dem Tiefkühlfach, legte es in die Mikrowelle und wartete. Den Rotwein ließ er unangetastet, er musste ja noch Auto fahren.

Nach seiner kleinen Mahlzeit ging er hinunter zur Garage, ließ sich ins Auto fallen und startete den Wagen. Natürlich wusste er, wo Dilschhausen lag, aber er war in seinem Leben bestimmt erst dreimal durch dieses Dorf gefahren. So betrachtete er seine kleine Rundfahrt als eine Art Heimatkunde, war aber doch sehr gespannt auf die Ortsverhältnisse, die er antreffen würde.

Als er das erste Mal hindurchfuhr, merkte er sich die grobe Anordnung, nach etwa fünf Kilometern wendete er und durchfuhr den Ort von der anderen Seite. Dann ließ er den Wagen in einem Feldweg stehen und ging zu Fuß weiter. Er musste eine ganze Weile laufen, aber er wollte nicht auffallen. Womöglich registrierten die Dorfbewohner jedes unbekannte Fahrzeug und gaben diese Nachricht mit Buschtrommeln weiter.

Als er sich so dem Jugendheim näherte, staunte er nicht schlecht, denn um das Anwesen herum standen bestimmt sechs Autos. Sie verteilten sich auf den kleinen Parkplatz und den Waldwegen darum herum. Hier musste ja was los sein, also konnte er nicht so einfach um das Haus herumschleichen.

Er blieb in einiger Entfernung stehen und betrachtete den Haupteingang. Hier gab es nichts zu sehen, keine Bewegung, es war auch nichts zu hören. Nach etwa 20 Minuten wollte er gerade den Rückzug antreten, als sich die Tür öffnete. Eine Frau kam heraus, ging ein paar Schritte auf den kleinen Hof und zündete sich eine Zigarette an. Sie setzte sich auf eine der Sitzbänke und rauchte langsam und mit Genuss. Als sie fertig war, drückte sie die Kippe sorgfältig aus und steckte sie in eine kleine Dose. Dann verschwand sie wieder im Innern des Hauses.

Manfred machte sich auf den Rückweg. Hier konnte er nicht mehr erfahren, das wäre zu auffällig. Er kannte jetzt das Terrain, wusste, wo er seinen Wagen stehen lassen konnte. Er ging davon aus, dass hier morgen keine Autos mehr rumstehen würden. Wagner müsste doch wissen, ob und wann sein vorgeschlagener Treffpunkt belebt sein würde oder nicht.

Er konnte diesen Mann ganz schlecht einschätzen. Seine gesamte Vorgehensweise erschien ihm schwer durchschaubar. Da waren zu Beginn die Plakate an den Märchenfiguren, von denen er erst spät erfahren hatte. Das ließ auf einen etwas versponnenen Professor schließen. Dann kamen die Briefe, die sehr emotional, aber auch sehr eindeutig formuliert waren. Dann die Schikane mit der Farbe am

Wintergarten. Das war schwer nachzuvollziehen, erinnerte ein wenig an Theater. Und das Gespräch im Café Dünner - da war er als ein rationaler, seine Emotionen beherrschender, zielgerichteter Mensch aufgetreten, den nichts und niemand von seiner Linie abbringen konnte. Der gemeine Überfall auf Sarah - er ging davon aus, dass es Wagner gewesen war - zeigte ihn dann jedoch als skrupellosen Verbrecher.

Und das jetzt? War diese Aktion voll durchgeplant und damit gefährlich, oder eher improvisiert? Er musste mit allem rechnen.

***

„Was meinst du, möchtest du ein wenig persönliche Eskorte auf dem Weg vom Welt-Laden nach Hause?", fragte Korbinian am Telefon, „oder reicht meine Anwesenheit zum Fünf-Uhr-Treff?"

„Herzlichen Dank für das großzügige Angebot, eine Eskorte habe ich mir schon immer mal gewünscht. Allerdings eher mit Motorrädern und berittenem Personal als mit grauer Promenadenmischung", erwiderte Sybille lachend, „aber besser als keine wäre das schon. Ich habe bloß noch ein paar Besorgungen zu machen, das würde den Begleitschutz zutiefst langweilen, da bin ich mir sicher. Wenn ihr es bis 17 Uhr aushaltet ohne mich, lass es dabei bleiben."

„Okay, Madame, wir sind nicht beleidigt und wünschen einen schönen Nachmittag."

Korbinian grinste. „Dann müssen wir uns eben einen anderen Spazierweg aussuchen, mein Guter", sagte er zu Silvester und legte ihm die Leine an. „Ich muss nur gerade noch Mephisto ein paar Körner hinlegen. Bin gleich wieder da."

In diesem Augenblick klingelte das Telefon.

„Na, hat sie es sich anders überlegt?" Doch der Blick aufs Display belehrte ihn eines anderen.

„Hallo, Agnes?" „Nein, noch nicht." „Okay, mache ich." „Ja, ich sag dir dann Bescheid. Tschüss."

„Puuh, Silvester, wir kommen nicht drum herum. Aber auf dem Dorf kann man auch schön spazieren gehen. Jetzt wollen wir erst mal raus, was? Telefonieren kann ich auch unterwegs."

Sie liefen in Richtung Lahnufer und wandten sich anschließend nach Süden. Hier war die Stadt zu Ende, auf dem Radweg konnte man gut laufen, und Silvester freute sich, dass er ohne Leine nach Herzenslust herumschnüffeln konnte.

Korbinian nahm wieder sein Handy heraus und wählte Julias Nummer.

„Hallo, hier ist dein alter Vater. Wie steht's?"

„Na, das ist ja mal eine Überraschung! Gut geht's. Und dir?"

„Prächtig, bin gerade mit Silvester auf den Lahnwiesen, Krähen erschrecken."

„Na, ich hoffe, das macht euch beiden gleich viel Spaß. Du rufst bestimmt nicht ohne Grund an, oder?"

„Du bist eine kluge Frau, ich wusste es immer. Und ich will nicht lange drum herum reden. Silvester meint, ihm täte Landluft mal ganz gut, und deshalb haben wir beschlossen, mal bei dir vorbeizugucken, wenn es dir passt."

„Na, schon die zweite Überraschung heute. Ich bin zugegeben etwas erstaunt, aber ich freu mich natürlich darüber. Hast du schon einen konkreten Plan?"

„Wann passt es dir denn?"

„Ist es dir eilig, oder hat es Zeit? Ich weiß ja nicht, was dich treibt."

Korbinian druckste ein wenig herum. „Also bald wäre mir lieber."

„Wie wär's mit morgen? Kleinen Sonntags-Kaffeeklatsch auf dem Dorf?"

„Klasse. Machen wir. Äääähm, darf ich eventuell noch jemanden mitbringen?"

„Das wird ja immer spannender. Du meinst doch nicht etwa Agnes?"

Julia gehörte zu der Generation, die ihre Eltern von früh auf mit Vornamen angeredet hatte.

„Nein! Bewahre!"

„Hast du einen neuen Schwarm?"

„Du bist zwar klug, aber trotzdem neugierig. Das kann sich auch ausschließen, merk dir das. Aber zu deiner Beruhigung: Nein, ich habe keinen neuen Schwarm, sondern eine liebe Freundin, die ebenfalls jemanden in Dilschhausen besuchen möchte. Nur für den Fall, dass die nicht zu Hause ist, frage ich."

„Aha. Alles gut. Du oder ihr kommt am besten gegen 15 Uhr, das ist auf dem Dorf Kaffeezeit. Okay?"

„Prima. Ist lieb von dir. Dann bis morgen!"

„Tschüs, Korbi, grüß Silvester."

Er wählte gleich noch einmal, diesmal Sybille.

„Ich bin's schon wieder. Keine Angst, ich will uns nicht aufdrängen. Ich wollte dir nur rechtzeitig Bescheid sagen, dass ich morgen Nachmittag nach Dilschhausen fahre. Falls du deine Bekannte rechtzeitig fragen möchtest."

„Das ist eine gute Idee. Danke. Ich werde Hanna nachher anrufen und sag dir heute Abend Bescheid."

Korbinian steckte sein Handy in die Jackentasche. Jetzt hatte er erst mal genug telefoniert.

Silvester hatte gerade seine Schnauze tief in ein Loch versenkt, und Korbinian hatte Sorge, er könnte darin stecken bleiben. Deshalb pfiff er ihn zu sich. Unwillig trennte sich der Hund von der verheißungsvollen Beute, aber er war ein gehorsames Tier. Er hatte sehr schnell verstanden, dass die Leine im anderen Fall die unweigerliche Konsequenz wäre, und das galt es unter allen Umständen zu vermeiden.

Korbinian schritt zügig aus, er hatte Freude an der Bewegung an der frischen Luft. Er pfiff „Nothing Else Matters", eine Melodie, die sich heute Morgen aus dem Radio in seinen Gehörgang gefressen hatte und nicht wieder hinaus wollte. Aber der Ohrwurm wurde bald gestört: schon wieder das Telefon. Das Display zeigte Thomas, das war in Ordnung.

„Hallo Korbi! Thomas hier. Ich habe ein paar Neuigkeiten und wette, du bist daran interessiert."

„Natürlich, immer. Aber mach's kurz. Ich bin mit Silvester in den Lahnwiesen und telefoniere ungern beim Spazierengehen."

„Nein. Dafür ist meine Geschichte zu schade. Dann lass uns doch später ein Bier zusammen trinken."

„Gute Idee. Sagen wir, um sieben? Hier bei mir um die Ecke im ‚Töpfchen'?"

„Abgemacht. Dann spaziert mal schön weiter. Bis dann!"

Korbinian hatte es noch nicht fertiggebracht, sein Handy mal für ein paar Stunden auszuschalten. Das war offenbar seine berufliche Vergangenheit, die ihm ständige Verfügbarkeit abverlangt hatte. Einfach mal so ausschalten kam nicht in Frage. Dabei war das doch im Moment absurd. Wer etwas wollte, sollte halt noch einmal anrufen. Das war der rationale Teil der Geschichte. Aber wenn er ganz ehrlich war, hatte er wohl doch ein bisschen Angst, etwas zu verpassen. Das war die Angst, im richtigen, wichtigen Augenblick nicht präsent zu sein - nicht, weil es der Job oder der Vorgesetzte verlangte, sondern weil man es selber wollte. Das war's wohl eher.

Gegen 17 Uhr, zur „Blue Hour", erschien er bei Sybille, wie gewohnt. Er mochte dieses Stündchen. Er hätte zwar gern mal auch etwas anderes als Sherry getrunken, aber da Sybille immer einen trockenen kredenzte, war es nicht so schlimm. Meist redete Sybille, und das war ihm recht. Er war nicht so der große Redner, aber er hörte gern zu. Sie sprachen über den kleinen Tratsch im Ort und über den großen in Berlin und oft genug über die Ungeheuerlichkeiten, die die Menschen sich gegenseitig antaten und dies für unabwendbare Katastrophen ausgaben.

Heute allerdings ging es mehr um den kleinen Radius. Sybille hatte versucht, Hanna anzurufen, aber sie war nie zu erreichen. Ihre Handynummer wusste sie nicht. Entweder war sie verreist, sehr beschäftigt, oder sie nahm einfach nicht ab, um ungestört zu sein.

„Ich fahre morgen einfach mit und gucke, ob sie da ist, und wenn nicht, mach ich einen Spaziergang und hol dich dann bei Julia ab. Ist doch alles kein Problem", meinte sie.

„Woher kennst du Hanna eigentlich?", fragte Korbinian.

„Ich habe einmal ein Projekt mit Schülern gemacht, da ging es um Füchse. Das war toll. Hanna hat solche Unterrichtseinheiten angeboten, und das waren immer Kombinationen unterschiedlicher Disziplinen. In diesem Fall haben wir im Wald nach Fuchsbauten und Spuren gesucht, haben uns literarisch und auch künstlerisch mit dem Fuchs beschäftigt, haben von einem Mediziner einen kurzen Vortrag über die Gefahren des Fuchsbandwurms gehört und lauter solche Sachen. Später haben wir uns noch einmal bei einer Veranstaltung vom BUND getroffen, dann war lange Zeit Sendepause. Erst bei Barbaras

Beerdigung haben wir uns wieder getroffen."

„Welche Barbara?"

„Barbara Wagner. Die Kliniksgeschichte. Friedemann Wagner ist oder besser war ihr Mann."

„Ach, klar. Übrigens habe ich heute Abend noch ein Date mit Thomas. Er will mir unbedingt eine brandneue Geschichte erzählen. Ich möchte wetten, da geht es wieder um Wagner und Co."

„Dann haben wir ja morgen auf der Fahrt genügend Gesprächsstoff. Wann fahren wir?"

„Ich hole dich um halb drei ab. Ist das in Ordnung? Ich finde es ein bisschen früh, aber Julia sagt, das ist auf dem Dorf Kaffeezeit. Sie scheint sich schon ganz schön angepasst zu haben, oder ich habe den Gag nicht verstanden."

„Was soll's. Wir werden uns jedenfalls den geheimnisvollen Laden mal genauer ansehen."

Heute hatte er ja wirklich einen Termin nach dem anderen. Gegen 19 Uhr trudelte er mit Silvester im „Töpfchen" ein. Das war seine Stammkneipe, weil sie die nächstliegende war. Früher war das eine Kneipe gewesen, wo viel Darts und Snooker gespielt wurde. Das war an sich nicht schlecht, aber man konnte dort nichts essen, dafür rauchen. Und das gefiel Korbinian überhaupt nicht. Wenn man selbst nicht raucht, ist das eine Strafe. Deshalb hatte er sich immer anders orientiert, war aber umso erfreuter, als der Pächter wechselte und dem Lokal nicht nur einen neuen Namen, sondern auch einen anderen Charakter gab.

Jetzt saß er bereits an seinem Lieblingstisch am Fenster, Silvester unter dem Stuhl, vor ihm stand ein frisch gezapftes Hefeweizen. Er hatte gerade bei Paul, dem Chef, ein Bauernfrühstück bestellt und freute sich auf Thomas und seine Geschichte. Er musste nicht lange warten, zumindest nicht auf Thomas. Auf die Geschichte schon, denn Thomas hatte Hunger und Durst, und auch er musste sich erst einmal stärken. Nachdem er ein großes Schnitzel vertilgt hatte, lehnte er sich zurück, ließ diskret ein bisschen Kohlensäure aus seinem Bauchraum entweichen und begann: „Also, ich war heute bei dem Wagner zu Hause."

Korbinian hob erwartungsvoll seine Brauen, was bei deren imposantem Volumen eine gewaltige Mimik verursachte.

Und dann erzählte Thomas von seinem Besuch in epischer Breite, man merkte ihm an, wie gern er fabulierte, ausschmückte, abschweifte, ließ weder den Brief noch die Sporttasche oder das Fahrrad aus. Auch von den Telefongesprächen und dem Bericht der Spurensicherung sprach er, aber das Beste hob er sich bis zum Schluss auf.

Das zweite Weizen neigte sich schon dem Ende entgegen, als er triumphierend verkündete: „Und du glaubst es nicht, was ich dann rausgefunden habe." Eigentlich ist das ja der Job eines Kriminalpolizisten, aber das wollte Korbinian ihm nicht gerade jetzt unter die Nase reiben, überzeugt, wie sein Freund im Moment von sich selber war.

„Das Fahrrad ließ mich nicht mehr los. Irgendwie hatte ich es im Gefühl, dass hier der Hase im Pfeffer lag. Deshalb habe ich noch mal bei der Nachbarin von Frau Kirchberg angerufen. Die, die den angeblichen Kurier reingelassen hatte. Ich fragte sie, ob sie denn das Fahrrad von dem Mann gesehen hat. Und was glaubst du, was die mir antwortete?"

„Mach's nicht so spannend."

„Nee, das hat sie nicht gesagt. Sie sagte: ‚Ja, klar hatte der ein Fahrrad, der war ja Kurier. Das war so ein ganz schnelles, ein Rennrad mit so runtergebogenem Lenker.'" Thomas haute auf den Tisch vor Begeisterung. Gut, dass die Biergläser fast leer waren. „Wie findest du das?"

„Das ist ein starkes Stück. Damit wäre Wagner mit seiner geraden Lenkstange ja raus aus dem Rennen."

„Genauso ist es. Und wenn da nicht noch ein ganz anderer Film läuft, war der Apotheker der Angreifer. Aber warum?"

„Also ganz ehrlich, genauso gut könnte es der Arzt gewesen sein, denn die Schwester war die einzige Mitwisserin. Das wäre doch zumindest ein Motiv! Daran haben wir noch nie gedacht."

„Ich dachte, sie war seine Geliebte!"

„So etwas kann ganz schnell kippen, wenn der Boden heiß wird. Aber mit dem Brief, den du gefunden hast, hat sich die Schlinge sowieso ganz schön eng gezogen. Dann würde ihm, so zynisch das klingt, der Tod von Frau Kirchberg auch nichts mehr nützen."

***

Am Sonntag stand Korbinian auf seinem Balkon und blickte in den Himmel. Es war leicht bewölkt, aber trocken. Bestimmt würde am Nachmittag sogar noch ein wenig die Sonne herauskommen. Mephisto hockte auf dem Geländer und schaute ihn mit seinen rabenschwarzen Augen an. „Na, mein Guter", sprach Korbinian ihn an. „Was glaubst du, wird uns heute erwarten? Alles in Butter oder doch mulmige Verhältnisse?" Mephisto schwieg. „Ich dachte immer, Vögel könnten die Zukunft voraussagen. Das hat jedenfalls mein Griechischlehrer immer behauptet." Mephisto hob die Flügel, als wollte er sich beleidigt entfernen, hopste aber nur auf die nächste Strebe. „Nun sag schon. Oder soll ich mich überraschen lassen?" Die Krähe plusterte sich auf, schüttelte ihr Gefieder und ließ etwas fallen. „Mmh. Du sprichst in Rätseln. Heißt das vielleicht: Unsichere Ausgangslage, aber es könnte besch... werden?" Der Vogel schien zu nicken, breitete seine Flügel aus und verließ seinen Standort mit kräftigen Schlägen. Dabei ließ er ein kräftiges „Kraah kraaaaah" hören. „Na gut. Das wusste ich auch schon vorher", brummte Korbinian und schloss die Balkontür.

„Silvester, komm, wir wollen aufs Land fahren, egal, was Mephisto dazu meint." Sie verließen die Wohnung und waren pünktlich zur Stelle, um Sybille abzuholen. Silvester hatte seinen Platz im Laderaum des alten Passats und fühlte sich da fast wie zu Hause.

Inzwischen war das Wetter freundlich, lud ein zum Spazierengehen.

Marburg ist umgeben von hügeliger Landschaft. Immer wenn man die Stadt Richtung Westen verlässt, muss man erst mal steigen und wird dann belohnt durch einen weiten Blick ins Hinterland. Es gibt hier keine schroffen Wände oder weite Ebenen, immer wieder wechseln sich harmonisch Hügel und Senken, Kuppen und Täler, Wald und landwirtschaftliche Nutzflächen ab. Dazwischen liegen kleine Dörfer, die von Weitem aussehen, als hätte ein Riesenkind seine Spielzeughäuser aus einem Korb fallen lassen. Meist stehen die Häuser eng aneinander gedrängt, nur vereinzelt werden die Dorfgrenzen durch Aussiedlerhöfe ausgefranst.

Sybille genoss die Fahrt, es war ein bisschen wie eine Rückkehr in ein Stück Vergangenheit, war doch diese Strecke zum Teil ihr Schulweg nach Marburg gewesen. Jetzt schob Korbi auch noch ihre Lieblings-CD von „Queen" ein, und die achtziger Jahre hoben ihren Vorhang.

Sie näherten sich schon Dilschhausen, aber Freddie Mercury hatte gerade die „Bohemian Rhapsody" begonnen, und das durfte man nicht abwürgen.

„Fahr doch bitte einfach noch ein Stückchen weiter", bat sie leise und lauschte mit Inbrunst.

Korbinian durchquerte das Dorf, die Straße ging bergan. Am höchsten Punkt bogen zu beiden Seiten asphaltierte Feldwege ab.

„Bleib bitte stehen", flüsterte sie, und Korbinian tat, wie ihm geheißen. Er bog in einen der Wege ein und stellte den Motor aus, ließ aber wegen des CD-Players die Zündung an. Man sah auf eine leicht ansteigende Weide, die durch eine Hecke durchbrochen und hinten von einem Wald begrenzt wurde. Dort sah man einen Hochsitz, etwas weiter rechts einen Bauwagen und noch etwas weiter einen kleinen Gebäudekomplex.

Während Sybille sich mit geschlossenen Augen völlig der Musik hingab, schnaufte Silvester ab und zu ein wenig wie zur rhythmischen Unterstützung, und der Dritte im Bunde betrachtete das idyllische Panorama, das sich vor ihm ausbreitete.

Dies wurde jetzt unterbrochen von einem Mann, der am Waldrand auftauchte. Er war groß, hager, trug einen Rucksack und näherte sich zügig dem Bauwagen. Dort blieb er stehen und sah sich um. Er schien zu prüfen, ob die Besitzer des Wagens anwesend waren. Nach einer Weile ging er weiter in Richtung der kleinen Anlage, schaute auch dort erst einmal in alle Richtungen. Dann nahm er einen Schlüssel aus seiner Hosentasche, schloss die Tür des Haupthauses auf und verschwand darin.

‚Mm, bisschen merkwürdig', dachte der alte Polizist in Korbinian, ‚sieht so aus, als wünschte der sich absolut kein Publikum.'

Jetzt war Freddie fertig, und Sybille seufzte. „Der ist so klasse."

„Wenn man ihn nur hört, aber nicht sieht", grunzte Korbi.

Sybille lachte. „Da hast du allerdings recht. Aber du musst zugeben, in dem Konzert mit der Caballé war er ziemlich schnieke."

„Kann mich nicht so dran erinnern. Ich habe eher die anderen Bilder im Hinterkopf."

„Welche meinst du?"

„Na, die Auftritte, in denen er mehr oder weniger strippt."

„Stimmt. Die gibt's auch. Aber egal, der war einfach klasse. Wollen wir umkehren? Du kannst mich da vorn rauslassen, Hannas Haus muss hier am Ende des Dorfes sein. Ich werde es schon finden."

Korbinian wendete und fuhr den Feldweg zurück zur Hauptstraße. In diesem Augenblick kam ein eleganter Wagen aus dem anderen Tal heraufgefahren und verlangsamte seine Geschwindigkeit, um ihn herauszulassen. Korbinian bedankte sich mit einem Handzeichen und fuhr zurück. Im Rückspiegel sah er, wie der Wagen ebenfalls in den Feldweg einbog. Bei den ersten Häusern stieg Sybille aus und verabschiedete sich. „Ich ruf dich dann an, ja?"

„Gut, bis nachher!" Der alte Passat mit seinen beiden kauzigen Insassen fuhr hinunter ins Dorf und bog vor der Kirche nach links ein.

Währenddessen lief Sybille ein Stückchen die Dorfstraße hinunter und schaute, wo eines der Häuser ein wenig abseits stehen könnte. Hanna hatte ihr damals erzählt, dass sie in einer Kate am Waldrand lebte.

„Suche Sej woas Bestimmtes?" wurde sie von einer älteren Frau angesprochen. Sie trug ein Kopftuch und Gummistiefel und hatte ein freundliches Gesicht. „Sej sejh so aus, als wirn Sej nitt vo häij."

„Ja, stimmt. Ich suche Frau Kamper. Können Sie mir sagen, wo sie wohnt?"

„Ach, doas Kampers Hanna. Joa, gewess doch. Gieh Sej häij dej Strurß nop bis zoam Schild do vorne. Gucke Sej, doas weiße mit der Sonnebloam druff. Da gih Sej immer nooch raichts weirer, do es es naut mi asphaltiert, do lait mi Schotter, bis de Weg eh Biegung nooch raichts macht. Da misse Sej uffpasse en noch links gieh. Da sei's nur noch eh poar Schritte. Mejstens stiht ähre Auto vir der Garage, eh ruures. Doas sejh Sej da schuut."

Die Bäuerin unterstrich ihre Beschreibung mit entsprechenden Hand- und Armbewegungen, so dass Sybille sich in etwa vorstellen konnte, was sie gesagt hatte.

„Herzlichen Dank. Das finde ich bestimmt."

Die Bäuerin nickte und stiefelte weiter, Sybille schlug den soeben beschriebenen Weg ein und stand kurze Zeit später neben dem roten Auto.

Sie klingelte und lauschte, aber es bewegte sich nichts im Innern.

Sie wartete eine Weile, klingelte noch einmal. Jetzt hörte sie Schritte, und die Tür öffnete sich.

Hanna schien ein wenig müde, aber ihr Gesicht hellte sich auf, als sie Sybille erkannte.

„Mensch, das ist ja eine Überraschung! Komm rein!"

„Tut mir leid, dass ich dich so überfalle, aber ich habe mehrere Male versucht, dich anzurufen, aber du hast nie abgenommen. Und deine Handynummer weiß ich nicht."

„Ja, das ist im Moment ein bisschen schwierig mit dem Festnetz. Aber komm doch rein, setzen wir uns. Magst du einen Tee?"

Sybille nickte. Sie hatte eine Tüte feines Gebäck mitgebracht und überreichte Hanna diese.

„Oh, danke. Das können wir gleich probieren."

Hanna schüttete die Plätzchen in eine Schale und setzte Teewasser auf.

„Wie bist du hergekommen? Ich habe gar kein Auto gesehen."

„Ein guter Freund hat mich mitgenommen, er besucht hier seine Tochter."

„Wer ist das?"

„Ich könnte mir vorstellen, du kennst hier so ziemlich alle. Sie heißt Julia."

„Julia Wackernagel?"

„Ja, siehst du, ich wusste es. Du kennst alle hier."

„Na, fast. Aber Julia ist wirklich wie eine Freundin für mich, obwohl sie so viel jünger ist als ich. Wenn ich mal Gesellschaft brauche, gehe ich runter auf den Hof."

„Den Hippie-Hof?"

„Genau. Du bist ja gut informiert."

„Ja, Korbinian hat mir ein wenig erzählt."

„Korbinian? Heißt so etwa ihr Vater?"

„Ja. Witziger Name, was? Kommst du mit den anderen Leuten auf dem Hof auch gut klar?"

Sybille wollte ein wenig Ermittlungsarbeit leisten, falls an Agnes' Ängsten doch etwas dran war und der Anruf nicht nur als Vorwand gedient hatte.

„Warum fragst du? Brodelt mal wieder die Gerüchteküche? Oder sucht Julias Vater Beschäftigung? Er ist doch Polizist gewesen, oder?", fragte Hanna eher amüsiert als schnippisch. „Es wird immer viel getratscht, bloß weil die Leute dort ein wenig anders leben. Dabei sind das alles ganz friedliche Zeitgenossen. Manche haben einen kleinen Tick, aber nicht mehr als wir alle. Also, wenn ihr böse Buben sucht, seid ihr dort auf der falschen Fährte."

Sybille pustete in ihren Tee und grinste. „Das habe ich mir schon gedacht."

Hannas Gesicht war plötzlich ernst geworden, als lauschte sie dem hinterher, was sie eben gesagt hatte. Auch Sybille hatte etwas aufgehorcht, weil ihr schien, als habe Hanna das „dort" etwas betont.

„Aber woanders gibt es sie schon?", fragte Sybille vorsichtig. Sie wollte nicht neugierig erscheinen, aber Hannas Gesichtsausdruck beunruhigte sie.

„Mmm. Bestimmt." Eine tiefe Falte hatte sich zwischen ihren Brauen gebildet, ihr Mund war ein schmaler Strich geworden. Sie schien mit sich zu ringen, ob sie etwas erzählen sollte oder nicht. Sybille wartete und schwieg.

Schließlich schien ein Ruck durch Hanna hindurch zu gehen, und sie blickte auf.

„Lass uns einen Spaziergang machen, ja?"

„Gern. Das ist eine sehr gute Idee. Es ist wunderbar draußen."

Hanna nickte, stand auf und zog sich in der Garderobe ihre Wanderschuhe und eine bequeme Jacke an. Sie schien jetzt eher entschlossen als besorgt, und Sybille war sehr gespannt, wo sie sie hinführen würde.

***

Als der alte Passat in den Hof einfuhr, wurde er gleich von mehreren Augenpaaren neugierig betrachtet. Ein junger Kerl, höchstens 17, schraubte an einem Moped und blickte kurz auf. Zwei kleine Mädchen unterbrachen ihren Gummitwist, indem die Springerin sich verwundert verhedderte, und eine korpulente Blondine in Trainingshosen und neongrünen Sneakers latschte gelangweilt über den Hof. Sie blieb stehen, als Korbinian ausstieg. „Hallo, guten Tag, kann ich meinen Hund rauslassen?"

„Denke schon. Zu wem wollen Sie denn?"

In diesem Augenblick kam Julia aus einer der Türen des umgebauten Stallgebäudes. Silvester sprang geschmeidig aus dem Kofferraum und rannte voller Freude auf sie zu. Er sprang an ihr hoch und kläffte begeistert.

„Na, alter Freund, das ist ja eine Begrüßung!" Sie kraulte den Wuschelkopf und rief lachend zu ihrem Vater hinüber: „Solltest dir mal ein Beispiel nehmen!"

„Ich bin weder im Springen noch im Kläffen besonders gut", antwortete der und nahm Julia in die Arme. Sie schmunzelte und führte ihre Besucher ins Haus.

„Und deinen Schwarm hast du nicht mitgebracht?"

„Sie ist nicht mein Schwarm. Habe ich dir schon mal erklärt. Sie ist drüben bei ihrer Bekannten, offensichtlich ist die doch zu Hause."

„Wer ist das?"

„Ach ja, du kennst hier ja alle in diesem Dorf. Ich glaube, sie heißt Hanna. Weiter weiß ich nicht."

„Alle kenne ich natürlich nicht, aber hier gibt es nur eine Hanna. Sie ist eine gute Bekannte, ja, eigentlich sogar eine Freundin. Wohnt da oben ganz allein. Magst du Kaffee oder Tee?"

„Du hast mich doch zum Kaffeeklatsch eingeladen, dann will ich auch Kaffee."

„Schon gut. Besondere Wünsche? Ich hab ein Edelmaschinchen, das kann alles."

„Na, wenn du so fragst, möchte ich einen Cappuccino. Hast du etwa gebacken?" Korbinian schnupperte, und Silvester stellte sein bewegliches Ohr auf.

„Na, wenn du mich schon mal besuchen kommst! Echten Dilschhäuser Butterstreusel."

Mit großer Geste stellte sie eine Platte mit Kuchen auf den Tisch und setzte die Kaffeemaschine in Gang. Es blubberte und zischte, Julia schäumte die Milch auf und ließ etwas Kakao auf die Haube rieseln.

„Voilà, Monsieur. Lass es dir schmecken und berichte."

„Was soll ich berichten? Bei mir gibt es nicht viel Neues. Und fang nun nicht wieder von meinem angeblichen Schwarm an."

„Das meinte ich gar nicht. Aber du hast doch einen Grund, warum du hergekommen bist, oder? Musst nicht so unschuldig tun. Ich freu mich trotzdem, dass du da bist."

„Ach, es ist schon schwierig mit den klugen Töchtern, die einen immer gleich durchschauen", spielte er den Verzweifelten. „Liebes Kind. Ich will nicht um den heißen Brei herum reden: Deine Mutter meint, es gäbe hier auf dem Hof oder im Dorf Menschen, die dir gefährlich werden könnten. Ich soll also nach dem Rechten sehen. Das tu ich hiermit. Dein Kuchen ist übrigens köstlich."

„Und du glaubst nicht so recht daran, oder?"

Korbinian schaufelte erst einmal zwei Kuchengabeln voll Butterstreusel in sich hinein, bevor er antwortete.

„Schon wieder sofort durchschaut. Ich denke, Agnes will irgendwie neu anbandeln und braucht dafür Gelegenheiten. Und dazu hat sie eben dich und diesen Hof gewählt." Wieder verschwanden zwei Gabelladungen Kuchen von seinem Teller.

„Aber wenn ich's recht bedenke, war ihre Idee gar nicht schlecht. Sagte ich schon, dass dein Kuchen köstlich ist?"

Er grinste und schob seinen leeren Teller in Richtung Nachschub.

„Aber nun sag mir, damit ich glaubhaft wirke: Gibt es hier irgendjemanden oder irgendetwas, das dich beunruhigen oder gar bedrohen könnte?"

„Nein, Korbi, mach dir keine Sorgen. Hier ist wirklich alles in Ordnung. Die Leute auf unserem Hof sind zum Teil ein wenig spinnert, aber harmlos. Ein Stück weiter im Dorf gibt es eine Wohngemeinschaft, die sind ein bisschen - na sagen wir mal - impulsiv, da fliegen schon mal die Teller, manchmal mitsamt Besteck. Aber sie bekriegen sich höchstens gegenseitig. Ansonsten... Nein..."

Julia wurde nachdenklich, und ihre beiden Besucher merkten das sofort.

„Aber?"

„Das ist jetzt etwas delikat, weil es wenig konkret ist, woran ich denke. Es ist mehr ein Gefühl, und ich weiß nicht, ob ein alter Polizist gut damit umgehen kann." Sie lächelte verhalten.

„Dein alter Polizist ist nicht mehr im Dienst, vergiss das nicht."

„Na, gut, wie du willst. Ich mache mir weniger um mich als um Hanna Sorgen. Ich glaube, es gibt hier jemanden, der sich versteckt. Sie fragte mich kürzlich über Handys aus, und wie man sie ortet. Ich kann mir nicht vorstellen, dass sie das für sich wissen will. Vielleicht ist alles ganz harmlos, aber..."

In Korbinians Hinterkopf machte es einen gewaltigen ‚Pling', und er musste fast lachen, dass plötzlich alles so einfach schien.

„Mensch, Mädchen!"

In diesem Augenblick klingelte sein Telefon. Er nahm es auf und hörte eine extrem kurze Nachricht. Er wurde etwas blass, stieß noch ein kurzes „Ich komme sofort!" aus und lief hinaus zu seinem Wagen. Silvester sprang gekonnt auf den Beifahrersitz, und ehe Julia noch etwas fragen konnte, hatte ihr Vater mit quietschenden Reifen gewendet und fuhr hinauf Richtung Ortsausgang.

***

Hanna kam gegen 14.30 Uhr von ihrem Malkurs zurück und parkte wie gehabt vor ihrer Garage.

„Ich habe oben alles stehen und liegen gelassen, ich denke, dir ist das recht. Du kannst gerne etwas beiseiteräumen, wenn du willst."

„Danke, ich werde gleich losgehen und in Ruhe gucken, was ich brauche."

Hanna nickte und gab ihm den Schlüssel.

„Viel Glück. Und sei vorsichtig."

Friedemann schulterte seinen Rucksack, der schon lange fertig gepackt war, nahm den Schlüssel in Empfang und ging.

Sie blickte ihm besorgt hinterher. Sie wusste nicht genau, was ihr mehr Sorgen bereitete: dass er in eine gefährliche Situation geraten könnte, oder dass er doch Gewalt anwenden müsste, obwohl er es eigentlich nicht vorhatte.

Als Friedemann am Bauwagen ankam, bewegte er sich erst einmal in den Wald hinein, um vor eventuellen Beobachtern geschützt zu sein. Er blieb stehen und lauschte. Außer Vogelgezwitscher war nichts zu hören. Dann trat er an den Waldrand und schaute sich um. Unten auf einem der Feldwege stand ein Wagen, aber kein Mensch war zu sehen. Auch in Richtung Jugendheim war alles still. Vorsichtig ging er weiter, mit allen Sinnen auf Geräusche oder Bewegungen ausgerichtet, aber er schien wirklich allein zu sein.

Schließlich erreichte er das Jugendheim. Die Spuren auf dem Gelände zeugten davon, dass sich hier vor kurzem mehrere Menschen aufgehalten hatten und PKWs wieder fortgefahren waren. Er ging auf das große Haus zu, schloss die Tür auf und steckte den Schlüssel von innen wieder ins Schloss. Ein Geruch nach Farbe, Lack, Leim und Kaffee lag in der Luft. Auf dem Tisch standen einige Plastikschüsseln, Farbdosen, Tuben und ein Strauß Pinsel in einem Eimerchen, auf dem Abtropfbrett der Spüle trockneten Kaffeebecher und kleine Teller. In dem angrenzenden größeren Raum lagen auf einem Tisch Papiere unterschiedlicher Qualität und Farbe, daneben Scheren und Klebebänder.

Friedemann räumte die Dinge auf dem Küchentisch ein wenig zur Seite und packte seinen Rucksack aus. Für das Aufnahmegerät brauchte er einen verborgenen Platz, wo man es nicht sehen konnte, aber trotzdem das Mikrofon nicht zugebaut war. Er stellte es in ein Regal auf einen etwas höheren Boden und legte einige Farbtuben daneben und davor. Er stellte das Gerät auf „Aufnahme", ging in den Raum zurück und sagte: „Heute ist Sonntag, der fünfte November." Er drückte die Taste Wiedergabe und hörte seine eigene Stimme. Sie war klar und deutlich. In einer halben Stunde würde er das Gerät wieder anschalten, das Band konnte zwei Stunden aufnehmen.

Dann räumte er den Tisch ganz frei, die Malsachen kamen in das Regal, der Pinseleimer in die Spüle. Er nahm eine Prospekthülle mit einem beschriebenen Papier aus seinem Rucksack und legte sie in die Mitte des Tisches.

Dann suchte er nach einem passenden Stuhl. Die Auswahl war leicht, denn es gab nur eine Sorte: Einfache, robuste Küchenstühle, von denen er einen neben den Küchentisch stellte.

In die Ecke hinter der Tür legte er eine Rolle Klebeband, nicht ohne den Anfang herausgezogen und umgelegt zu haben. Eine zweite kam auf die Fensterbank.

Dann nahm er seine neuen Waffen heraus. Er hängte sich die eine um das linke Handgelenk, die andere nahm er in die rechte Hand. Er fühlte sich ein bisschen wie James Bond in einem Actionfilm, aber die Rolle war gar nicht so übel.

Er schaute auf die Uhr. Es war 15.40 Uhr. Noch zwanzig Minuten.

Er ging zum Fenster und sah hinaus. Der Wagen auf dem Feldweg war inzwischen fort gefahren, rundherum schien totale Einsamkeit zu herrschen.

Er stellte das Aufnahmegerät an. Ab wann sollte er die Tür öffnen? Wenn Buttermann nun früher käme?

Er wartete noch zehn Minuten. Er versuchte ein stilles Zwiegespräch mit Barbara, wollte ihre Genugtuung darüber, dass er nun einen Schuldigen zur Rede stellen würde. Aber es wollte nicht gelingen. Seine Nervosität stieg, um 15.50 Uhr öffnete er die Tür etwa 20 Zentimeter und stellte sich so dahinter, dass die geöffnete Tür ihn verbergen würde. In jeder Hand hielt er eine Waffe. Er lauschte, es war alles still.

Nach wenigen Minuten hörte er Schritte. Die Tür wurde aufgestoßen, aber niemand kam herein. Für den Bruchteil einer Sekunde durchfuhr Friedemann ein eisiger Schreck: Was, wenn ein Fremder draußen stünde? Ein Spaziergänger oder ein Jagdpächter? Er konnte von seiner Position aus nicht sehen, wer in der Tür stand.

Schließlich betrat ein Mensch den Raum. Er trug eine Lederjacke und darunter einen Kapuzenpullover. Er näherte sich schnell dem Tisch und legte eine Stofftasche darauf.

In diesem Augenblick schnellte Friedemann hinter der Tür hervor und stieß mit dem Stock, an dessen Spitze sich der Elektroschocker befand, auf den Oberschenkel des Mannes. Der ließ ein kurzes Ächzen ertönen und knickte ein wenig ein, ging aber nicht zu Boden. Er drehte sich abrupt um, und was Friedemann jetzt sah, ließ ihm das Blut in den Adern erstarren.

Der Mann hatte kein Gesicht.

Er hielt eine Pistole in der Hand, die auf ihn gerichtet war, und kam langsam auf ihn zu. Friedemann stierte wie ein gelähmtes Tier in die Öffnung der Pistole, er wagte keine Bewegung.

„Werfen Sie Ihren albernen Elektroschocker weg", befahl der Mann mit undeutlicher Stimme.

Jetzt sah Friedemann seinem Gegner ins Gesicht und erkannte, dass er eine OP-Maske mit Mund- und Nasenschutz trug, dazu eine Art Schwimmbrille. Er gehorchte und legte den Stock auf den Boden.

„Den anderen auch."

Auch den legte er daneben.

Der Andere griff sich die Waffe mit dem Stock, drehte ihn um und hielt sie auf Friedemanns Brust.

Ein wahnsinniger Schmerz durchzuckte ihn, und er hielt sich beide Hände vor den Oberkörper. In diesem Augenblick erhielt er einen weiteren Schock in den Oberschenkel, der ihn zu Fall brachte. Er krümmte sich vor Schmerzen und konnte an keine Gegenwehr mehr denken.

Der Angreifer legte seine Pistole auf den Küchentisch, nahm schnell eine Rolle Klebeband aus der Tasche seiner Lederjacke und band Friedemann zuerst die Hände und dann die Füße an den Gelenken zusammen. Er schleifte ihn zu dem von Friedemann bereitgestellten Stuhl, setzte ihn darauf und band ihn fest.

Dann zog er den Stuhl ein wenig in Richtung Lagerraum, so dass er vom Fenster aus nicht gesehen werden konnte, ging zurück, verschloss die Tür und nahm Maske und Brille ab. Jetzt erkannte Friedemann seinen Widersacher. Buttermann grinste hämisch.

„Wir wollen in unserem Plauderstündchen doch nicht gestört werden, nicht wahr, Herr Wagner?"

Friedemann hatte sich von seinem Schock erholt, obwohl die getroffenen Muskeln noch immer höllisch wehtaten.

„Was wollen Sie? Was haben Sie vor?" ächzte er.

„Wir werden uns erst mal ein bisschen unterhalten, und dann werden Sie eine kleine Beruhigungsspritze bekommen", sagte er mit boshafter Sanftheit. Plötzlich änderte sich seine Tonlage abrupt, wurde kalt und hart. „ Glauben Sie wirklich, ich hätte Ihnen den Sinneswandel abgenommen? Glauben Sie wirklich, in der Tasche ist Geld?"

„Warum denn nicht? Mit 40.000 € kann man eine Menge anfangen."

„Aber Sie doch nicht! Sie wollen doch lediglich Ihre kleine, miese Rache. Sie wollen mich fertigmachen, meine Karriere ruinieren. Mehr wollen Sie doch nicht."

Friedemann schwieg. Buttermann hatte ja völlig recht.

„Und Sie haben die Geldgeschichte doch auch nur als Vorwand gebraucht, um mich hierher zu locken. Sonst hätten Sie sich ja nicht mit diesen Spielzeugen ausgerüstet", höhnte er und nahm den Stock wieder in die Hand.

„Ich kann das Ding ja noch ein paarmal benutzen, testweise. Aber das hängt von unserem Gespräch ab."

„Was wollen Sie denn noch? Sie haben meine Frau getötet und mich in Ihrer Gewalt."

„Genau. Ich werde Ihnen erzählen, wie Ihre Frau gestorben ist, und dann werden Sie ihr folgen. Die Spritze wird Sie seeehr beruhigen."

Er ging zurück zu dem Tisch und nahm seine Pistole und die Stofftasche, die er in Friedemanns Nähe auf einem der leeren Regale ablegte. Er zog eine Plastikverpackung aus der Tasche, der er eine Ampulle und eine Kanüle entnahm. Er zog die Kanüle auf und hielt sie gegen das Licht. Dann legt er auch diese neben Friedemann ab und sah ihn boshaft an.

Friedemann fühlte eine lähmende Angst, die nach den letzten Worten des Arztes in ihm aufgestiegen war. Ihm wurde klar, dass Buttermann es ernst meinte und ihn töten würde; nur so konnte er sicher sein, dass das vernichtende Material nicht an die Öffentlichkeit gelangte. Plötzlich jedoch flaute diese Panik ab und ihn überkam eine merkwürdige Ruhe. Er hatte keine Chance, hier lebend herauszukommen, im Grunde hatte er nichts mehr zu verlieren.

„Warum hatten Sie vorhin eine Maske auf?" fragte er, als ob das jetzt noch wichtig wäre.

„Es hätte ja sein können, dass auch Pfefferspray zu Ihren Spielzeugen gehört. Das mag ich nicht so."

Buttermann nahm wieder die Rolle mit dem Klebeband, drehte sie in seinen Händen.

„Aber jetzt bin ich dran mit Reden. Und damit Sie mich nicht unterbrechen oder vielleicht sogar um Hilfe rufen, machen wir hier mal Sendepause."

Er nahm ein Taschentuch aus der Hosentasche, legte es über Friedemanns Mund, verknotete es und zog es mit drei Lagen Klebeband fest.

„Wir wollen ja keine Klebespuren hinterlassen, nicht wahr?"

Jetzt stellte er sich vor Friedemann in Positur und grinste ihn hämisch an.

„Sie wollten doch immer wissen, was damals auf der Station geschehen ist, nicht wahr? Das will ich Ihnen erzählen. Natürlich hat man den Notruf Ihrer Frau wahrgenommen. Natürlich haben die Schwestern reagiert. Allerdings nicht Schwester Sarah, denn die hatte mit mir etwas Besseres zu tun. Natürlich habe ich den Pager ausgestellt, solange ich im Arztzimmer war, und ihn erst wieder in Gang gesetzt, als ich mich im OP auf die Reanimation vorbereitete. Das war einfach Pech für Ihre Frau. Anders kann man es nicht sagen."

Friedemann stieß einen gequälten Laut aus, der durch das Klebeband nur sehr gedämpft hervorkam.

„Und jetzt will ich Ihnen auch noch verraten, wieso Sie meine Karriere ganz bestimmt nicht beenden werden. Das Gift, das ich Ihnen gleich spritze, wirkt schnell und ist nach kürzester Zeit nicht mehr nachweisbar. Ich werde Ihre Fesseln lösen, und wenn Sie gefunden werden, hatten Sie einen tödlichen Infarkt. Pech. Auch für Sie. So einfach ist das."

In diesem Augenblick wurde gegen die Tür gepocht.

„Hallo, ist da wer?" rief eine Frauenstimme. „Hallo?"

Zum zweiten Mal wurde gepocht, nun etwas intensiver, und schließlich hieb jemand mit ganzer Kraft gegen die Tür.

Buttermann erschrak. Auch diesen Fall hatte er natürlich mit in seine Planung einbezogen, aber im Moment war er überrascht. Er machte ein paar Schritte zur Tür, besann sich aber eines anderen, weil er seine Pistole auf dem Regal neben seinem Gefangenen abgelegt hatte. Er machte kehrt, um sie zu holen - da stand plötzlich ein kräftiger Mann vor ihm. Ein Hund knurrte bösartig zu seinen Füßen.

„Was wollen Sie? Wie kommen Sie hier herein?"

Im gleichen Moment sah er, dass die hintere Nebentür geöffnet war. Sollte er besser fliehen?

„Keine Bewegung." Der Mann hielt eine Pistole auf ihn gerichtet. Es war seine eigene und er wusste, dass sie geladen war.

„Gehen Sie zurück und stellen Sie sich mit dem Gesicht zur Wand,

Hände auf den Rücken."

Buttermann gehorchte erschrocken. Er hörte, wie durch den Nebeneingang zwei Frauen hereinkamen, die sich an Friedemanns Fesselung zu schaffen machten. Der Hund stellte sich direkt hinter den Arzt und behielt seine Waden in greifbarer Nähe.

„Bitte fixiert dem großen Chirurgen erst mal die Handgelenke", bat Korbinian.

Sybille nahm eine der Klebebandrollen und umwickelte geschickt Buttermanns Hände. Inzwischen hatte Hanna Friedemanns Fesseln zerschnitten. Er stand auf und streckte sich.

„Mein Gott, tut das gut."

„Sybille, Hanna, bitte schaut, ob die Polizei bereits im Anmarsch ist und lotst sie her."

„Nicht nötig", sagte eine tiefe Stimme, Thomas und ein weiterer Polizist betraten den Raum. „Wir sind doch schneller als die Polizei erlaubt. So, Herr Doktor Buttermann, trifft man sich wieder."

„Kannst du bitte als Erstes hier das Provisorium ersetzen?", sagte Korbinian und deutete auf die Klebebänder um Buttermanns Handgelenke.

Thomas nahm ein Paar Handschellen heraus und legte sie an.

„Können Sie mir bitte kurz den Sachverhalt schildern?" wandte sich Thomas an Friedemann.

„Herr Buttermann und ich haben uns hier zu einer Geldübergabe getroffen, die aber nicht stattgefunden hat. Er hat mich mit einer Pistole bedroht, mit einem Elektroschocker wehrlos gemacht und an einen Stuhl gefesselt. Er wollte mich mit einer Giftspritze töten. Aber davor hat er ein Geständnis abgelegt, das ich aufgezeichnet habe."

Friedemann ging zu dem Regal mit den Farben, räumte die Tuben weg und nahm das Aufnahmegerät herunter.

„Hier ist alles drauf, was wir wissen müssen", sagte er stolz zu Korbinian und Thomas und überreichte dem Kommissar das Gerät. Während Buttermann anfangs mit einem aufgesetzten Lächeln Sicherheit und Unangreifbarkeit signalisieren wollte, brachen seine Züge plötzlich zusammen. Das Lächeln machte einem fassungslosen, angstvollen Staunen Platz.

„Das ist ein unverzichtbares Beweisstück und wird den Doktor in arge Bedrängnis bringen - das ist ausgezeichnet! Wir werden mit Herrn Buttermann zur Wache fahren und einiges von hier mitnehmen. Herr Wagner, von Ihnen brauchen wir natürlich auch noch einen ausführlichen Bericht. Sie können entweder gleich mitkommen oder sich morgen bei uns melden."

Zu seinem Kollegen gewandt, sagte er: „Du kannst den Herrn schon mal zum Wagen begleiten, ich hole einen Plastiksack für die Beweismaterialien."

Thomas und der Polizist fassten Buttermann an den Armen und schoben ihn hinaus. Von dem souveränen Chirurgen war nicht mehr viel übrig. Mit hängenden Schultern ließ er sich willenlos zum Streifenwagen führen. Thomas kam kurze Zeit später mit einer Tüte zurück. Er packte das Aufnahmegerät mit den Waffen, dem Stoffbeutel und der Ampulle ein.

„Herr Wagner, möchten Sie gleich mitfahren?"

„Mir wäre es lieber, ich könnte morgen bei Ihnen vorsprechen."

„In Ordnung. Bitte gegen zwölf Uhr, dann bin ich auf jeden Fall da. Der Buttermann ist doch sicher mit dem Auto gekommen, weiß jemand, wo er geparkt hat?"

„Ich habe auf dem Hinweg einen Wagen beobachtet. Er ist in den Feldweg unterhalb der Wiese dort eingebogen", antwortete Korbinian. „Aber ich weiß natürlich nicht, ob er das war."

„Na, das werden wir schon rauskriegen. Wahrscheinlich steht er irgendwo in der Nähe. Ich muss euch leider wieder verlassen, aber ich denke, ihr kommt auch so zurecht, oder?" Und an Korbinian gewandt, fügte er noch hinzu: „Und auf den Rapport warte ich heute Abend. Ouzo oder Töpfchen, kannst du dir aussuchen. Ruf mich einfach vorher kurz an."

Hanna, Sybille und Friedemann guckten etwas verständnislos, was diese Chiffre wohl bedeutete, aber Korbinian wusste mit Gewissheit, worum es ging.

„Leute, ich bin ganz schön fertig. Mir zittern jetzt noch die Knie", stöhnte Hanna. „Das hätte ja auch ganz schön schiefgehen können."

„Stimmt. Das war nicht ohne", bestätigte Sybille. „Aber so einiges ist mir noch nicht ganz klar."

„Lasst uns zu mir gehen und uns etwas erholen. Dann können wir darüber reden", schlug Hanna vor, und alle nickten bestätigend.

Friedemann packte erleichtert seinen Rucksack zusammen, Hanna verschloss die beiden Türen, und dann zog die kleine Karawane zu dem alten Passat. Silvester sprang in den Kofferraum, die Damen saßen hinten, die Männer vorn, und alles sah aus wie ein Sonntagsausflug.

***

Als alle in Hannas Wohnzimmer Platz gefunden hatten, sagte Korbinian seiner Tochter Bescheid, dass alles in Ordnung sei und sie doch zu Hanna kommen möge, wenn sie Genaueres wissen wolle.

Sie musste sich sehr beeilt haben, denn bereits nach wenigen

Minuten war sie zur Stelle. Hanna reichte ihren Gästen Gläser mit Wasser und Saft und meinte:

„Ich habe da eine Menge Fragen."

„Ich auch", schloss Friedemann sich an, „obwohl ich im Moment eigentlich nur glücklich bin, dass ich lebe. Mir wird erst jetzt so langsam klar, wo ihr mich da rausgeholt habt. Ich hatte wirklich schon mit allem abgeschlossen."

„Ich bin auch total neugierig, ich habe ja überhaupt keine Ahnung", meinte Julia.

„Erklär doch bitte erst mal, was du nun wirklich vorhattest mit dem Doktor da oben im Jugendheim", wandte sich Hanna an Friedemann.

Der nahm noch ein paar Schlucke Wasser, streckte sich ein wenig und begann etwas mühsam und stockend.

„Wie ihr ja alle wisst, trägt Buttermann die Hauptschuld am Tod meiner Frau. Deshalb wollte ich ihn zur Rechenschaft, das heißt, zu einem Geständnis zwingen. Weil ich nicht wusste, wie ich ihn dazu bringen könnte, habe ich scheinbar sein Geldangebot akzeptiert und eine Geldübergabe im Jugendheim verabredet."

„Und wie hattest du dir dann den Ablauf der ganzen Geschichte gedacht?"

„Mir war eigentlich klar, dass Buttermann die Geldübergabe nur vortäuschen würde, genauso wie ich sie nicht ernst genommen habe. Ich wollte ihn überwältigen und hatte mir dafür zwei Elektroschocker gekauft. Einen kleinen fürs Handgelenk und einen in Stabform. Mit dem habe ich ihn ja auch getroffen, aber offensichtlich nicht lang genug. Außerdem hatte er feste Kleidung und eine Maske an."

„Wie? Eine Maske?"

„Ja, für den Fall, dass ich Pfefferspray benutzen würde. Ich hatte das auch überlegt, aber das ist zu gefährlich in einem geschlossenen Raum. Dann atmet man ja selbst das Zeug ein, auch wenn es so eine Strahlversion gibt."

„Und was wolltest du dann mit ihm machen?", insistierte Hanna.

„Dann wollte ich ihn auf dem Stuhl festbinden und sein Geständnis erzwingen."

„Mit dem Elektroschocker?"

„Ja. Den kann man sehr variabel einsetzen. Er verursacht Schmerzen und Lähmungen, ist aber nicht lebensgefährlich, da kann ich dich beruhigen. Und für das Geständnis hatte ich ein Aufnahmegerät auf dem Regal versteckt."

„Aber dazu ist es wohl nicht gekommen?"

„Zu dem Geständnis schon, aber auf andere Weise, als ich es mir vorgestellt hatte. Er drohte mir nämlich mit einer Pistole und hat dann seinerseits meine Elektroschocker gegen mich eingesetzt. Das tat wirklich höllisch weh! Dann hat er mich auf einem Stuhl gefesselt und wollte mich mit einer Spritze töten. Weil er ja nichts mehr zu befürchten hatte - so glaubte er -, hat er mir den gesamten Hergang auf der Station damals erzählt. Jetzt weiß ich genau, warum meine Frau sterben musste."

„Und dann erschienen die vier Helden hier?" fragte Julia atemlos.

„Ja, in der Tat erschienen die vier wie rettende Engel." Friedemann lächelte dankbar in Richtung seiner Befreier. „Aber wie habt ihr das bloß gemacht, dass ihr alle genau im richtigen Augenblick zur Stelle wart? Das gibt es doch sonst nur im Film."

„Das erzählt am besten Sybille, oder Hanna, denke ich", schmunzelte Korbinian.

„Hanna wusste, dass du etwas mit diesem Arzt im Schilde führtest und hat sich Sorgen gemacht", begann Sybille.

„Deshalb haben wir einen Spaziergang Richtung Jugendheim gemacht, um vorsichtshalber nachzuschauen, ob du vielleicht Hilfe brauchst."

„Ob du nicht vielleicht doch noch Unsinn machst und den Kerl aufhängst oder so", ergänzte Hanna schelmisch.

„Und als wir da oben vorsichtig durchs Fenster sahen, bugsierte der Buttermann gerade den armen Friedemann auf einen Stuhl. Das hat ihn so beschäftigt, dass er uns nicht wahrgenommen hat. Darauf haben wir schnell Korbi angerufen und ihn zum Hintereingang bestellt."

„Hab meinen Vater selten so schnell rennen sehen", warf Julia ein.

„Und Gott sei Dank war Hanna so schlau, auch gleich noch die Polizei anzurufen", ergänzte Sybille.

„Aber wieso zum Hintereingang?", fragte Friedemann.

„Das war Hannas Idee. Erzähl du mal", gab Sybille das Wort weiter.

„Ich hatte mir im wahrsten Sinne des Wortes ein Hintertürchen offen gehalten und habe Friedemann nur den Schlüssel für den Haupteingang gegeben. Den Hintereingang habe ich in dem Augenblick geöffnet, als Korbi um die Ecke bog. Das war für Sybille das Zeichen, gegen die Tür zu trommeln. Dann konnte keiner hören, wie ich aufgeschlossen habe. Und die Ablenkung hat ja auch bestens geklappt."

„Mann, ganz schön mutig, ihr zwei", sagte Julia voller Bewunderung. „Aber da hätte doch ganz schön viel schiefgehen können! Stellt euch vor, der Kerl hätte die Pistole noch in der Hand gehalten und dir dann erst aufgemacht."

„Dann wäre ich ganz schnell weg gewesen, und Korbi hätte den Rest allein machen müssen."

„Aber du hattest keine Waffe, oder?" fragte Julia ihren Vater.

„Natürlich nicht. Ich darf keine Dienstwaffe mehr tragen. Die habe ich mit meiner Pensionierung abgegeben. Aber vielleicht sollte man nach diesen Erfahrungen nicht mehr ohne Knarre nach Dilschhausen fahren. Deine Mutter hatte doch den richtigen Riecher", feixte Korbi und erklärte den anderen, warum er heute eigentlich seine Tochter besucht hatte.

„Aber so konnte ich Buttermanns Waffe vom Tisch nehmen und ihn selbst damit in Schach halten", führte Korbinian den Bericht zu Ende. „Und offenbar wusste er, dass er vor der Pistole Respekt haben musste. Wenn sie nicht geladen oder eine Spielzeugpistole gewesen wäre, hätte ich ganz schön schlechte Karten gehabt."

„Schade, dass der Kommissar das Aufnahmegerät mitgenommen hat. Ich hätte zu gern gehört, was Buttermann gesagt hat", meinte Sybille.

„Das kann man ja einrichten. Wenn ich Thomas darum bitte, wird er uns eine Kopie schicken."

„Das heißt, damit ist er überführt."

„Ja. Aber wir haben glücklicherweise noch einen zweiten Beweis dafür, was auf der Station geschehen sein muss", sagte Korbinian und berichtete von dem Brief, den Thomas in Friedemanns Briefkasten gefunden hatte.

„Mann, darauf habe ich so lange gewartet!" seufzte Friedemann.

„Woher wusstest du so genau, was für einen Pager der Buttermann benutzt hat?" fragte Hanna.

„Da hat mir mein Freund Holger geholfen. Die benutzen alle die gleichen Geräte dort oben, und er hat sich vorsichtshalber noch einmal auf der Station vergewissert. So froh ich bin, dass ich heute heil hier rausgekommen bin, bedrückt mich doch der Unfall von Frau

Kirchberg sehr. Weiß jemand, wie es ihr geht?"

„Ich kenne den Stand von gestern", antwortete Korbinian, „und der ist unverändert. Aber da gibt es noch eine ganz wichtige Nachricht. Dank des unermüdlichen Einsatzes unserer Polizei..." - alle grinsten - „können wir nachweisen, dass Friedemann unschuldig ist. Der Mann, der sich als Kurier ausgab und mit größter Wahrscheinlichkeit der Täter ist, fuhr ein Rennrad. Friedemann besitzt nichts dergleichen, sondern ein komfortables Tourenrad mit geradem Lenker."

„Stimmt. Das hätte ich euch gleich sagen können."

„Aber die Zeugin hatte nichts über das Rad gesagt, bis unser genialer Thomas sie darauf ansprach."

„Wenn wir euch nicht hätten..." schniefte Sybille ironisch, und alle lachten.

„Heißt das, dass ich meine Fluchtburg hier wieder verlassen kann?" fragte Friedemann.

„Ja sicher, wenn Sie gesucht werden, weiß ich ja jetzt eh, wo Sie sind", grinste Korbi.

„Nun macht mal langsam", meinte Hanna, „Friedemann sollte sich vielleicht erst mal ein wenig erholen von dem Stress der letzten Tage. Vorausgesetzt, er möchte das."

„Wenn du es mir anbietest, könnte ich vielleicht noch eine kleine Weile bleiben..."

„Liebe Leute", unterbrach Korbinian die amüsierte Stille, die Friedemanns Worten folgte, „ich habe noch eine ganz wichtige Aufgabe, wie ihr vorhin gehört habt. Ich muss Thomas Bericht erstatten von den aufregenden Geschichten hier. Der ist bestimmt schon ganz hibbelig. Deshalb werden Silvester und ich uns jetzt auf jeden Fall auf den Weg machen. Wäre das für dich in Ordnung, Sybille?"

„Also ehrlich gesagt, wird es ja jetzt erst richtig gemütlich. Aber ich habe keine Lust, nach Hause zu laufen, und auf den Bus mag ich mich nicht verlassen. Dann komme ich lieber mit dir."

Es dauerte noch ein wenig, bis die beiden sich von allen verabschiedet hatten, es fiel ihnen sichtlich schwer. Aber schließlich nahmen Silvester im Kofferraum und Sybille auf dem Beifahrersitz Platz, und Korbinian startete den Motor.

„Du warst klasse heute", meinte er, „du hättest so eine tolle Kollegin abgegeben."

„Man soll vertanen Chancen nicht nachtrauern", meinte Sybille und strich ganz vorsichtig über seine Wange.

Nachspiel

Kurzschluss

Daniel litt. Er hatte schnell die notwendigsten Sachen zusammengepackt und befand sich nun auf der Autobahn hinter Gießen. Es war wenig Verkehr, und er hätte gut durchstarten können mit seinem geschmeidigen Flitzer, aber immer wieder gab es Geschwindigkeitsbeschränkungen. Die nahm er diesmal etwas ernster als normalerweise, denn nichts wäre jetzt überflüssiger, als in eine Polizeikontrolle zu geraten. So schlich er brav mit 130 km/h an den LKWs vorbei und näherte sich viel zu langsam dem Frankfurter Raum.

Kurz vor Bad Homburg fuhr eine Polizeistreife an ihm vorbei, und es schien ihm, als schaute der Beamte auf dem Beifahrersitz aufmerksam in seine Richtung.

Blödsinn. Einbildung. Die werden mich ja wohl nicht sofort zur Fahndung ausgeschrieben haben. Aber ich muss vorsichtig sein... Er musste sich schnell entscheiden. War es nicht doch zu riskant, einen Flieger zu nehmen? Am Flughafen musste er sich ausweisen, an den Grenzen innerhalb Europas nicht. Aber konnte er nicht in jedem Land auf der berühmten Liste erscheinen? Wie flott waren die Bullen in Marburg wohl? Und wie clever?

Jetzt kamen die Hinweise auf das Westkreuz. Hier müsste er abfahren, wenn er zum Flughafen wollte. Nein. Das dauerte alles viel zu lang. Lieber blieb er auf der Autobahn. Erst mal nach Frankreich, dann Spanien. Und dann würde er weitersehen.

Auf Höhe von Karlsruhe bog er auf eine Raststätte ab, um zu tanken und zur Toilette zu gehen. Er brauchte auch etwas Proviant und Getränke. Er blickte unauffällig herum, ob Polizeistreifen zu sehen waren, aber alles war ruhig. Er machte schnell seine Erledigungen und startete zügig zur Ausfahrt des Parkplatzes. Dort stand eine junge Frau mit einem Schild „Barcelona". Sie trug enge Jeans und eine kurze, leuchtend rote Daunenjacke. Ihre blonden Haare waren zu einem Pferdeschwanz zusammengebunden. Ihr Rucksack stand neben ihr, und sie hielt ihm ihren Daumen auffordernd entgegen.

Daniel taxierte ihre Figur und pfiff durch die Zähne. Er zögerte ganz kurz. Ein bisschen Abwechslung in jeglicher Beziehung wäre nicht schlecht. Doch dann trat er auf das Gaspedal. Das war nicht der richtige Moment dafür.

Er legte eine CD ein und versuchte, möglichst rasch voranzukommen. In Lyon überkamen ihn die ersten Anzeichen von Erschöpfung und er war versucht, auf einen Rasthof zu fahren. Aber er verbot sich diese Schwäche und fuhr weiter. Noch dazu jetzt, wo der Betrieb nachgelassen hatte und er schneller fahren konnte.

Kurz vor Valence gab es plötzlich Warnsignale, die die Fahrer zum Bremsen aufforderten. Sehr schnell kam der Verkehr zum Stehen, offenbar war weiter vorn ein Unfall passiert. Daniel fluchte. Außerdem erfasste ihn gerade wieder ein lähmender Anfall von Müdigkeit, dass er seine Augen kaum noch offen halten konnte. Den Hinweis auf einen Rastplatz wertete er als Zeichen des Himmels, und er fuhr ohne lange nachzudenken ab. Bald stand er in der Halle eines kleinen Hotels, das etwas abseits der Raststätte gelegen war und einen gepflegten und freundlichen Eindruck machte. Er hatte Glück, dass er noch ein Zimmer bekam, denn mittlerweile hatten mehrere Fahrer beschlossen, den Stau gegen ein Nachtlager zu tauschen.

Auf seine Frage nach einer Möglichkeit zum Essen - sein Französisch war nicht toll, aber dazu reichte es - wurde ihm gesagt, dass die Küche geschlossen sei, der Imbiss an der Raststätte aber geöffnet habe. Außerdem gäbe es kleine Snacks in der Bar.

Daniel bedankte sich, steuerte auf die Bar zu und bestellte sich ein

Bier und ein Sandwich. Er war zufrieden. Morgen würde er ausgeruht nach Spanien fahren und dort entscheiden, wie er weiter vorgehen würde.

Während er den letzten Schluck seines Biers zu sich nahm, hatte er plötzlich eine Erscheinung. Da, wo die Theke einen Winkel machte, saß eine Frau, die ihn anlächelte. Sarah. Dunkle Locken, fröhliche Augen, schmaler Mund. Er hätte sich fast verschluckt, räusperte sich und schalt sich einen Idioten. War er schon so erschöpft, dass er halluzinierte? Sarah lag im Krankenhaus, wenn sie überhaupt noch lebte. Hier war sie ganz bestimmt nicht.

Er schaute noch einmal vorsichtig in die Richtung der Frau. Die lächelte ihn immer noch an und hob jetzt ihr Weinglas, um ihm andeutungsweise zuzuprosten. Daniel konnte seinen Blick nicht von ihr lösen. Sie sah Sarah wirklich sehr ähnlich. Sie rutschte von ihrem Barhocker, kam auf ihn zu, fragte: „Darf isch?" und setzte sich, ohne eine Antwort abzuwarten, neben ihn. Jetzt, aus der Nähe, hätte er sie gewiss nicht mehr mit Sarah verwechselt, aber sie war in dem Alter, das er bevorzugte, und sie war attraktiv. Ihre dunklen Augen waren dezent, aber wirkungsvoll geschminkt, ihr offenes Lächeln offenbarte eine kleine Zahnlücke zwischen den Schneidezähnen und ein Grübchen am Kinn. Sie trug einen flauschigen schwarzen Pulli mit einem weiten, runden Ausschnitt. In der Mulde zwischen den Schlüsselbeinen leuchtete ein tiefroter Granat an einem schwarzen Lederband, in den filigranen Ohrgehängen funkelten die gleichen roten Steine.

„Monsieur, noch einen Drink?" fragte der Barkeeper, und Daniel nickte automatisch. „Ja, einen Rot... Vin rouge, s´il vous plaît." Der Barkeeper grinste, goss ihm ein bauchiges Glas mit Rotwein ein und lächelte der Frau zu. Sie wechselten ein paar schnelle Worte, die Daniel nicht verstand, und dann stand auch vor ihr ein neues Glas Rotwein. Sie erhob es, stieß mit ihm an und sagte: „Isch 'eiße Jeanette, und du?"

Daniel antwortete: „Daniel. Ich heiße Daniel." Sie tranken beide, und Daniel empfand den vollen, fruchtigen Geschmack des Rotweins als einen würdigen Genuss zum Einstieg in sein neues Leben. Es blieb nicht bei dem einen Rotwein, und die Konversation wurde mit jedem Glas lockerer und fröhlicher. Daniel war froh, dass er die kesse Anhalterin nicht mitgenommen hatte. Das hier war doch viel besser! Jeanette schien gefesselt, als er von seiner unglaublich erfolgreichen Arbeit und seinen fantastischen Reisen erzählte. Um ihre Faszination noch zu unterstreichen, legte sie ihre Hand auf seinen Unterarm und hing gebannt an seinen Lippen. Irgendwann lagen auch Daniels Finger auf ihrem Knie und rutschten stetig etwas höher. Es war gar keine Frage, dass Jeanette ihn auf sein Zimmer begleitete.

Als er aufwachte, hörte er ein dumpfes, gleichmäßiges Geräusch, das offenbar aus seinem Kopf kam. Gepaart mit einem kräftigen, aber erträglichen Schmerz, war die Diagnose „Kater" einfach. Er würde gleich eine Tablette nehmen. Als er seine Gedanken ein wenig geordnet hatte, erinnerte er sich an die Frau von gestern Abend. Sie war offenbar schon gegangen, jedenfalls lag er allein im Bett. Er stand auf, stellte sich unter die Dusche und ließ lange lauwarmes Wasser über seinen Körper laufen. Danach ging es ihm sehr viel besser, aber das Geräusch war immer noch da. Es dauerte eine Weile, bis ihm bewusst wurde, dass er sich neben einer Autobahn befand.

Er holte sich frische Unterwäsche aus der Reisetasche und zog seine Hose an. Sie erschien ihm merkwürdig leicht. Hatte er das Portemonnaie heraus genommen? Es lag nirgends, und auch sonst lag nichts auf der Kommode oder dem kleinen Tisch. Kein Autoschlüssel, kein Smartphone, nichts. Mit plötzlicher Gewissheit, die ihn fast erschlug, wurde ihm klar, dass diese Frau ihn komplett ausgeraubt hatte. In einer Innentasche des Jacketts fand er noch ein paar Geldscheine. Wie freundlich!

Was war mit seinem Cabrio? Wild entschlossen rannte er hinunter auf den Parkplatz, in der wahnwitzigen Hoffnung, die Frau könnte noch nicht weggefahren sein. Aber der Platz, wo sein schönes Auto gestanden hatte, war leer.

Er ging zurück in sein Zimmer, setzte sich auf das Bett und stützte seinen Kopf in die Hände.

Panik ergriff ihn. Was sollte er tun? Das Selbstverständlichste wäre, die Polizei anzurufen und eine Anzeige zu erstatten. Aber wurde vielleicht inzwischen nach ihm gefahndet? Begab er sich nicht direkt in die Hände seiner Verfolger, wenn er sich jetzt an die Polizei wandte? Deutsche Botschaft? Hier in Valence? Lächerlich!

Er fühlte sich absolut hilflos. Er hatte kein Auto, kein Telefon, keine Kreditkarte, das Bargeld reichte gerade einmal, um die Rechnung für das Hotel zu bezahlen. Vielleicht könnte er mit einem LKW weiter nach Süden kommen, aber was half das? Dann könnte er sich zum Beispiel in Barcelona an das Konsulat wenden - aber was dann?

Es blieb eigentlich nichts anderes übrig. Er packte seine Sachen, ging zur Rezeption, zahlte, als sei nichts geschehen, und begab sich auf den Parkplatz der Brummis. Er schaute auf die Nummernschilder, fast alle europäischen Nationalitäten waren vorhanden. Einige der Fahrer saßen neben ihren Kabinen auf Klappstühlen und warteten darauf, dass ihre vorgeschriebene Pause zu Ende ging. Sie blickten ihn neugierig an, hatten aber offenbar kein Interesse, ihm ein Mitfahr-Angebot zu machen. Als er eine Gruppe spanischer Wagen sah, steuerte er auf sie zu und fragte einen der Männer in einem recht ordentlichen Spanisch, ob er ihn mitnehmen könne. Wo er denn hinwolle, lautete die Gegenfrage. Er wollte schon „da igual" sagen, aber das wäre vielleicht verdächtig gewesen. „A Barcelona, a ser posible", antwortete er stattdessen. Ein kleiner, drahtiger Endfünfziger mit dunklem Schnurrbart und vollem, schwarzen Haar machte eine einladende Armbewegung. „Venga, vámonos." Daniel nickte lächelnd und folgte dem Fahrer, der einen gewaltigen Truck ansteuerte, die Kabine aufschloss und behände hinaufkletterte.

In diesem Augenblick näherte sich ein Polizeifahrzeug und blieb direkt neben dem LKW stehen. Zwei Beamte stiegen aus, notierten das Nummernschild des Wagens und forderten den Fahrer auf, auszusteigen. Der zeigte unaufgefordert seine Papiere, und die Polizisten schienen zufrieden. Daniel hatte sich ein wenig zur Seite bewegt, als gehöre er nicht zu dem Gespann, aber die Polizisten hatten ihn sehr wohl im Visier. Sie kamen auf ihn zu und wollten offenbar auch seine Papiere sehen.

In diesem Moment brannte bei Daniel eine Sicherung durch.

Er fühlte sich in die Enge getrieben wie ein wehrloses Tier. Er stürzte sich auf einen der Polizisten und brachte ihn zu Fall. Er hieb auf ihn ein, worauf der andere Uniformierte sich ebenfalls auf die beiden warf und versuchte, sie auseinander zu bringen. Als dies erfolglos blieb, zückte er seine Waffe und schoss in die Luft. Daniel schien dies überhaupt nicht wahrzunehmen, während die anderen Fahrer erschrocken einen Kreis um die Kämpfenden bildeten. Er war offenbar besser trainiert als sein Gegner, hielt den unter ihm Liegenden fest und schloss seine Hände um dessen Hals. Einer der Fahrer stürzte nach vorn, um dem Unterlegenen zu Hilfe zu kommen, doch als der andere Polizist sich mit gezogener Pistole den beiden Kämpfern näherte, zog er sich wieder zurück. Das war für den Bewaffneten das Signal, einzugreifen, um seinen Kollegen vor dem gefährlichen Angreifer zu schützen. Er zielte auf Daniels Bein und drückte ab, um ihn mit einem Streifschuss kampfunfähig zu machen. Der schrie auf, ließ aber nicht ab von seinem Opfer. Im Gegenteil, der Schmerz schien seine Aggression noch zu steigern, und er schlug den Kopf des Polizisten auf das Pflaster. Aus einer Platzwunde an der Seite strömte Blut auf Daniels Hände. Jetzt musste der andere Beamte beherzt einschreiten, denn sein Kollege befand sich im Griff dieses Wahnsinnigen mittlerweile in akuter Lebensgefahr. Ein zweiter Schuss traf

Daniel so gezielt, dass er über dem wie leblos da liegenden Polizisten zusammenbrach.

Inzwischen hatte sich eine Menge Gaffer angesammelt, die Fahrer der Trucks jedoch agierten wie eine Mannschaft. Einer setzte sofort einen Notruf ab, einige schirmten den Schauplatz vor den Neugierigen ab, zwei zogen Daniel weg und begannen, den bewusstlosen Polizisten wiederzubeleben, zwei andere brachten dem verstörten Schützen Kaffee.

Nach kürzester Zeit trafen ein Notarzt, zwei Krankenwagen und weitere Polizisten ein, der Tatort wurde abgesperrt. Während der attackierte Polizist sofort notversorgt wurde und schnell wieder bei Bewusstsein war, schien für Daniel jede Hilfe zu spät zu kommen. Beide Verletzten wurden in die Rettungsfahrzeuge geschoben und in die nächste Klinik gebracht.

Die Umstehenden und das Personal des Hotels wurden befragt, der Mann an der Rezeption konnte nichts Auffälliges über den Gast berichten.

Die französische Polizei arbeitete auf Hochtouren, um die Identität des Schwerverletzten zu ermitteln. Das Hotelpersonal erwähnte zwar das auffällige Cabrio, das plötzlich verschwunden war, jedoch hatte sich keiner das Kennzeichen gemerkt. Der Barkeeper erinnerte sich zwar an Jeanette, aber das half alles nicht weiter. Erst als die Fahndung auf die Eurozone ausgedehnt wurde, erhielten die Kommissare in Frankreich Kenntnis über die Person Daniel Schneider. Eine entfernte Verwandte wurde ausfindig gemacht, die aber jegliches Verantwortungsgefühl oder Interesse an seiner Person ablehnte. Nach einer Woche erlag Daniel seinen Verletzungen. Die Organe seines durchtrainierten Körpers gaben mehreren schwerkranken Menschen Hoffnung auf ein besseres Leben.

Friedensschluss

Nicht häufig zog es Friedemann in die Oberstadt. Es waren zu viele Erinnerungen an Barbara in diesen Gassen, und es gab nichts, was er hier hätte erledigen müssen. Natürlich lauerten die Erinnerungen auch im Südviertel oder am Schloss oder sonst wo, und nicht allen wollte und konnte er sich entziehen. Aber die Oberstadt war ein besonderes Pflaster.

Heute konnte er es nicht vermeiden, weil er seine Brille zum Optiker bringen musste. Er schlenderte den Steinweg hinauf, blieb kurz bei dem Wolf und den Geißlein an der Mauer stehen und murmelte leise den Spruch, den er damals auf die Hinweistafel geklebt hatte: „...Könnt ihr den Hals nicht voll kriegen? Ihr spart auf Kosten der Patienten..." Auf Kosten der Patienten. Hätte mehr Pflegepersonal Barbaras Tod verhindert? Ja, gewiss, dessen war sich Friedemann sicher. Damit hätten die kriminellen Begleitumstände weniger Wirkung gehabt. Aber solange eine Klinik Geld verdienen musste, würde der Wolf das Programm diktieren.

Ein Stück höher sah er kurz die Programme der Kinos an, dann ging er weiter und wunderte sich, wie viele Läden hier neu aufgemacht hatten oder auch leer standen. Er war wirklich lange nicht mehr hier oben gewesen.

Auf der Wasserscheide angekommen, schaute er hinauf zum Froschkönig, und die Diskussion mit Barbara über die blöde Prinzessin ließ ihn wehmütig lächeln.

Eine Gestalt näherte sich von der anderen Seite des Bergs, und Friedemann erkannte sie sofort. Sie hinkte ein wenig und ging langsam, den Kopf nach unten gesenkt. Jetzt richtete sie sich auf, blickte auf den Froschkönig und stand Friedemann nun genau gegenüber. Ihre dunklen Locken waren länger geworden, ihre Augen etwas müde, ihr Mund traurig. Alles Frische, Junge, Unternehmungslustige schien teilweise oder ganz verschwunden.

Friedemann stockte der Atem, er war etwas erschrocken und unvorbereitet. Aber sie konnten sich nicht aus dem Weg gehen, deshalb begrüßte er sie mit einer höflichen Floskel.

„Guten Tag, Frau Kirchberg", sagte Friedemann, „Wie geht es Ihnen?" Unwillkürlich blickte er auf ihr Bein, das ihren hinkenden Gang verursachte.

„Danke", erwiderte Sarah, „es wird nur wenig leichter. Und Ihnen?"

„Ich hätte es nicht treffender ausdrücken können."

Friedemann war verwirrt. Ihm war noch nie so klar geworden, dass Sarah ja nicht nur Täterin, sondern auch Opfer war. So wie Barbara, so wie er. Aber auch er war ja zum Täter geworden. Er hatte mit einer Geldstrafe seine Attacke auf Buttermann gebüßt, war zu Schadensersatzzahlungen für die Sachbeschädigungen herangezogen worden. Wollte er ein Gespräch mit ihr? Sollte er sie zu einer Tasse Kaffee einladen? Konnte er so viel Nähe zu dieser Frau ertragen?

Bevor er lange abwägen konnte, sagte Sarah: „Bitte verzeihen Sie meine Direktheit, aber ich muss Sie etwas fragen. Können wir uns irgendwo hinsetzen? Ich kann nicht lange stehen."

„Gern. Lassen Sie uns einen Kaffee trinken." Sein Widerstand war geschmolzen, er fühlte sich nicht schlecht bei dem Gedanken, mit ihr zu reden. So nahmen sie fast an der gleichen Stelle Platz, wo sie vor langer Zeit einmal gesessen hatten und Friedemann mehr über Barbaras Tod wissen wollte. Damals hatte Sarah gelogen, um Buttermann zu schützen. Jetzt fühlte Friedemann sogar so etwas wie Neugier, wie sie heute reagieren würde.

Als jeder seinen Kaffee vor sich stehen hatte, fing Sarah an zu sprechen.

„Ich habe weder mit Daniel Schneider noch mit Dr. Buttermann

Kontakt gehabt im letzten Jahr, weiß also nur das, was mir die Polizei mitgeteilt hat. Ich kenne kaum Einzelheiten. Können Sie mir die Hergänge aus Ihrer Sicht beschreiben?"

„Ja. Sie wissen vielleicht, dass Herr Buttermann mich töten wollte, dies aber in letzter Minute verhindert werden konnte."

Sarah blickte erschreckt hoch, offenbar wusste sie nichts davon.

„Das ist ja ungeheuerlich! Bitte erzählen Sie!"

Und Friedemann erzählte seine Geschichte. Nicht nur die letzte Episode in Dilschhausen, sondern auch, wie es dazu gekommen war, wie er verdächtigt wurde, Sarah verletzt zu haben und wie er dilettantisch versucht hatte, Buttermann zur Rechenschaft zu ziehen. Sarah hörte gebannt zu und unterbrach ihn kein einziges Mal. Aber ihre Mimik erwachte, und es bedurfte keiner verbalen Kommentare. Als Friedemann ergänzte, dass Buttermann eine langjährige Haftstrafe bekommen hatte, schien sie erleichtert auszuatmen.

„Ich habe von der Polizei erfahren, dass Schneider zu Tode gekommen ist. Wissen Sie darüber Näheres?"

„Herr Schneider war erst mal spurlos verschwunden."

„Gibt es das denn heutzutage noch?"

„Natürlich. Er war nicht so dumm, ins nächste Flugzeug zu steigen, denn spätestens bei der Passkontrolle hätte die Polizei ihn erwischt. Man vermutete, dass er sich nach Russland abgesetzt hatte."

„Nach Russland?"

„Ja, jedenfalls kamen von dort die letzten Signale der Wanze, die Herr Lichtenholz an seinem Wagen angebracht hatte."

Sarah prustete los, Friedemann schaute sie irritiert und fragend an.

„Und da betreut er jetzt die Leistungssportler, was?"

Jetzt musste auch Friedemann grinsen. Doch schnell wurde er wieder ernst.

„Ich weiß nur, dass er tatsächlich in Frankreich bei einer Schießerei ums Leben gekommen ist. Einzelheiten kenne ich auch nicht."

Nach einem kurzen Moment des Schweigens fragte Friedemann: „Bitte sagen auch Sie mir, wie es Ihnen ergangen ist."

„Das ist schnell erzählt", erwiderte Sarah. „Ich lag mehrere Wochen in der Klinik, dann folgte eine langwierige Reha. Ich habe sehr bald beschlossen, dass ich nicht mehr in einer Klinik arbeiten kann. Das ist mir schwer gefallen, denn ich liebe meinen Beruf. Und vor allem der Umgang mit hilfsbedürftigen Menschen hat mich immer sehr erfüllt. Aber nach dem…" Sie schluckte, gab sich einen Ruck, „...nach dem Tod Ihrer Frau ging das einfach nicht mehr." Sie blickte nach unten.

„Und haben Sie einen Weg für sich gefunden?"

„Ich mache eine Ausbildung zur Physiotherapeutin. In der Reha wurde mir klar, dass dies eine Alternative für mich ist. Und meine medizinischen Kenntnisse kommen mir dabei zugute. Es läuft ganz gut."

Jetzt trat wieder der müde Zug in ihr Gesicht, und Friedemann spürte, dass die Last, an der sie trug, noch sehr schwer für sie war. Auch sie litt unter Barbaras Tod - konnte das ein wenig Trost bedeuten?

Entschluss

Auf die Frage „Stadt, Land, Fluss?" hatte Silvester diesmal eindeutig mit „Stadt" geantwortet und zog Korbinian in Richtung Wilhelmsplatz. Dieser folgte dem Wuschelkopf gern, auch wenn er etwas überrascht war. Krähen erschrecken konnte man in den Lahnwiesen doch viel einfacher.

Als sie am „Töpfchen" vorbei kamen, zögerte Korbinian. Aber für ein Weizen war es eigentlich noch zu früh, und Silvester brauchte seinen Auslauf.

In diesem Augenblick klingelte sein Telefon. An der Nummer erkannte er leicht den Anrufer.

„Hallo, Thomas, altes Haus. Was gibt es Neues im Revier?"

„Nicht viel. Mehr Trott als Spektakuläres. Und bei dir?"

„Ebenso. Bin gerade mit Silvester auf dem Weg in die Stadt."

„Das trifft sich gut. Ich bin gerade fertig mit meinem Dienst. Hast du Lust auf ein Bier?"

„Klar. Ganz zufällig komme ich gerade am „Töpfchen" vorbei. Soll ich dir ein Weizen mitbestellen?"

„Prima. Bin sofort bei dir."

Korbinian beendete das Gespräch und steckte das Handy in seine Jackentasche.

„Tut mir leid, mein Freund", richtete er sich an seinen Hund. „Du musst noch ein bisschen warten. Aber anschließend machen wir einen schönen Spaziergang, ja?"

Silvester schnaubte ein wenig, trottete aber ohne Widerstand hinter seinem Herrchen in die Kneipe und legte sich wie gewohnt unter dessen Stuhl. Fünf Minuten später saßen die beiden Polizisten hinter ihrem Weizen und stießen miteinander an. Sie hatten sich länger nicht gesehen, und so gab es doch einiges zu erzählen. Das Bier neigte sich schon dem Ende entgegen, als Thomas sich an die Stirn fasste.

„Mensch, ich habe ja noch eine kleine Neuigkeit für dich. Guck mal."

Er griff in die Innentasche seiner Lederjacke und holte ein dünnes Taschenbuch heraus.

„Habe ich kürzlich erstanden und bin fast durch. Kommt dir das nicht bekannt vor?"

Korbinian griff nach dem Büchlein und las den Titel: „‚Trio mortalis. Kriminalität in der Medizin'. Von Friedemann Wagner. Ich werd verrückt! Ist das etwa die Geschichte von Buttermann und Co?"

„Nicht ganz", antwortete Thomas, „beziehungsweise nicht nur. Unser Herr Wagner hat sich vom Märchenonkel zum investigativen Journalisten entwickelt. Er stellt wirklich gut recherchierte Beispiele für kriminelle Machenschaften in deutschen Kliniken und Apotheken vor."

„Nennt er auch Namen?"

„Klar. Da kennt er nichts."

„Na, das hole ich mir auch. Ich hatte schon befürchtet, er hätte einen Krimi geschrieben."

„Wieso befürchtet?

„Dann wären wir beide, pardon, wir drei die Hauptpersonen und würden berühmt."

„Du hast recht. Bei aller Bescheidenheit sollten die drei begnadetsten Ermittler Mittelhessens weiterhin brav ihre Arbeit machen. Und zwar ohne Publikum. Meinst du nicht auch, Silvester?"

Das Wollknäuel unter dem Tisch ließ erst einen tiefen Seufzer und dann einen breiten, zustimmenden Brummer hören.

Mitten in Silvesters wohlklingenden Bass quäkte ein Handy. Thomas holte seins aus seiner Jackentasche und hielt es ans Ohr. Er hörte konzentriert zu und nickte mehrmals.

„In Ordnung, komme sofort."

Während er sein Telefon wieder einsteckte, stand er bereits auf und zog seine Jacke an.

„So viel zum Thema ‚brav seine Arbeit machen'. Unter der Weidenhäuser Brücke liegt eine Leiche. Wir sehen uns später. Macht's gut, ihr beiden."

Damit war er schon draußen, und Korbinian saß allein vor den beiden angefangenen Weizen.

„Tja, Silvester. So kann's gehen. Jetzt haben wir hier zwei Bier und einen neuen Fall. Und was machen wir? Einen schönen Spaziergang. Und du entscheidest, ob wir zufällig an der Weidenhäuser Brücke vorbei kommen. Einverstanden?"

Danksagung

Unser herzlicher Dank gilt unseren Gegenlesern Heidi Kesting und Klaus-Peter Kronemann, die uns mit ihrer konstruktiven Kritik sehr unterstützt haben. Herrn Kronemann danken wir besonders für seine versierte IT-Arbeit bei der Umsetzung unseres Manuskripts und Miriam Neumann für ihr akribisches Korrekturlesen, das eine immense Hilfe für uns war.

Zuletzt sei Dank der lieben Dilschhäuserin Regine Merte, die einige Passagen für uns ins „Dilschhäuser Platt" übersetzt hat.

Verzeichnis der genannten Märchen aus der 7. Auflage 1857

1	Der Froschkönig
2	Katze und Maus in Gesellschaft
5	Der Wolf und die sieben jungen Geißlein
11	Brüderchen und Schwesterchen
13	Die drei Männlein im Walde
15	Hänsel und Gretel
16	Die drei Schlangenblätter
19	Von dem Fischer un syner Frau
20	Das tapfere Schneiderlein
26	Rotkäppchen
28	Der singende Knochen
44	Der Gevatter Tod
46	Fitchers Vogel
50	Dornröschen
53	Schneewittchen
54	Der Ranzen, das Hütlein und das Hörnlein
55	Rumpelstilzchen
60	Die zwei Brüder
81	Bruder Lustig
97	Das Wasser des Lebens
99	Der Geist im Glas
118	Die drei Feldscherer
163	Der gläserne Sarg